U0119386

我遇見了所有的不平凡卻沒有遇見平凡的你

現代輕小說12

熊顯華 著

博客思出版社

好的故事，自有力量

知名出版人 白翎

十三個故事，十三種不同的表達。

作爲出版人，這是我看到過的少有的、幾乎不雷同的故事和表達。

你要讀這本書的理由有三個。

第一個理由：十三個故事每一個都是好故事。好的小說首先是一個好的故事。一個好的故事，應該可以用一句話就能講述。如果一句話講不清楚，就很難是一個好的故事。無論是〈不經寺裡的千山雪〉還是〈凡人情緣〉……它們都具備了好故事的元素。

第二個理由：故事要講得好。要把故事講得好，在我看來需要三個基本條件：

首先要有好的語言，好的語言是能寫進讀者心裡，又不矯揉造作。你在讀的時候即便不出聲，它卻在你的心裡留下了漣漪，彷彿竊竊私語一般。像〈長樂寺裡的冷居士〉一篇便是首者。

其次，要有一顆悲憫之心。悲而不憫，讓人心生絕望，這不是一個作家應該有的。好的故事，無論裡面的人物經歷了什麼，最終他能心生善念，就是有生命力的。很多故事很精彩，看過，不久就忘了。而好的故事，總能在你心裡留下點什麼。〈在青石街遇見桑吉〉〈挑山少年薩爾比〉〈師姐沒有走〉，這些作品做得最好。

再次，故事裡的人物是有溫度的。有了溫度才能接地氣。〈凡人情緣〉〈人到中年〉〈林雪的人生〉……都有著內在的生命力。

第三個理由：好的故事得有一定意義。這就是說，在這個世界上，在一個離你不遠的地方，你沒有去過，或者說沒有在意過有這樣的地方，可它就是這樣的存在著。那麼，你可能會問，這是不是眞的？

我不能回答。就問熊顯華。

他說都是眞的，就發生在江湖，這個江湖不是武俠世界裡的江湖，是我們芸芸眾生的世界。按照他的說法，書裡的故事都是他聽人講述的，或者是經歷過的。

作家不應脫離生活而不食人間煙火，他應該像農民一樣耕耘於地頭。熊顯華能寫出這十三個直抵人心的故事，至少是「食了人間煙火」的。

關於這本書，還有很多想說的話就不再說了，把空間留給更多的讀者。我也相信，因爲讀到，因爲讀了你才會看到，在這個世上很多好的故事，絕不會在你掩卷的那一刻沒有一絲留戀。

因爲，好的故事，自有力量。三個要讀這本書的理由，雖不多，卻夠了！

白翎 二〇一九年四月十八日 晚寫於北京

白翎，知名出版人，策劃出多部破五十萬，甚至百萬級別的超級暢銷書。陳忠實、朱光潛、劉慈欣等名家的一些作品也出自他手。

目錄

推薦序—好的故事，自有力量 002

第一輯 不要癡，這只是小劫數 006

不經寺裡的千山雪 007

長樂寺裡的冷居士 028

生死禪 054

世間男子多許仙 071

第二輯 不要慟，這只是小傷口 080

在青石街遇見桑吉 080

挑山少年薩爾比 119

凡人情緣 152

師姐沒有走 182

第三輯　不要走，這只是小難過

1
9
9

沒有消息的侯鳥　199

我不是龐樹森　218

人到中年　240

林雪的人生　253

番外篇　流鶯時代

266

——第一輯

不要癡，這只是小劫數

——第一輯

不經寺裡的千山雪

佛說，大悲無淚，大悟無言，大笑無聲。

一

千山雪不是雪，千山雪是一個的人的名字，他的身份是小和尚。

我總覺得小和尚不會長大的，長大後就是老和尚了，直到我再也聽不到不經寺的鐘聲響起。

有生之年，我定要認認眞眞地看看這個靜謐執著，或許又是易碎的世界。佛說，大悲無淚，大悟無言，大笑無聲。我想，不經寺裡發生的一切正是應了這話。當然，它可能也是我虛妄了的表達。

不管怎樣，我和不經寺曾有一段不解之緣。

不經寺的香火不旺盛不是因爲這裡的供奉不靈，也不是因爲這裡的和尚不通惠達。不經寺的和尚很奇怪，只有三人，一老兩少，一個師父，兩個徒弟。師父法號密空，兩個徒弟，其一明淨，其二千山雪。

這當中不解的問題來了，千山雪沒有法號。聽密空師父說是修行不夠，留待觀察，再賜予法號。

不經寺的香火不旺，聽山下的人說這三個和尚面色不好，臉上永遠掛著淡青色。由於上山供奉、燒香的人太少，不經寺的生存就成問題了。於是，師徒三人就在寺後的山坡開闢出一塊菜園子，裡面種了許多蔬菜、瓜果。顯然，這是不能確保一年四季都溫飽的，不過，他們一點兒都不著急，該念經則念經，該曬太陽則曬太陽……樂此不疲。

我從小跟著奶奶長大，奶奶是一個虔誠的佛教徒。

奶奶對佛的虔誠已經達到較高的修爲，我們這個家庭本不富裕，沒有多餘的口糧，但奶奶還是堅持從不多的口糧裡拿出一部分，隔三差五地送上山去。

以前，我是不想上山的，覺得上不經寺一點都不好玩。直到有一天奶奶更老了，上山很費勁了，我也就上了不經寺。

記得那一天陽光很好，鳥兒也叫得歡暢。奶奶說：「天色這麼好，去不經寺上上香吧！」奶奶這是話裡有話，那一年我已經十二歲了，成績一點都不好，還因調皮把腿給弄傷了，很長時間才好。

奶奶覺得這一定是我之前不願意去不經寺才造成的。現在，必須去求求菩薩，聽聽密空師父的眞言，開化開化。

我心疼奶奶上了年紀，所以，一大早就攙扶著奶奶上不經寺。

路上，我問奶奶：「不經寺的和尚都長什麼模樣啊！是不是就跟小人書上畫的一樣？」

奶奶摸著我的頭說：「一樣……一樣，比書上還眞。」

我心裡泛起一點漣漪了，又似懂非懂地充滿了嚮往。

大約一個時辰的樣子，我們到了不經寺。

抬頭一望，「不經寺」三個蒼勁有力的大字嵌入在一塊大匾上，寺門的前面有十來級的石梯，兩旁的樹木高高矮矮、稀疏有落地矗立在那裡，微風吹來，一些樹葉落下，爲這寺院平添了幾分禪意。

這是不經寺給我的初步印象。

我當時在想，這麼好的地方香客怎麼寥寥無幾呢？正想著，不經寺的住持密空師父出來了，在他的身後還跟著年紀與我不相上下的小和尚。

我看見他們向我輕盈地走來，也看見密空師父身披袈裟，那袈裟上還有幾個破洞。

我當時又在想，看來不經寺的確很窮啊！而密空師父的身後小和尚竟然沒有光頭，也讓人心生詫異：不是光頭，戒疤……戒疤呢？沒有剃度，他不算和尚啊！

在我還沒有來得及做出驚訝狀時，密空師父定睛看了我一眼，沉聲說道：「這位小施主，你心中有不小疑惑啊！」

我心一驚，他怎麼知道我心有疑惑呢？

這時，一旁的奶奶趕緊向密空師父雙手合十，虔誠的說道：「密空法師，這是我的孫兒，喚名智賢，調皮搗蛋，學習成績總上不去，還望您多指點迷津。」

奶奶的話一說完，沒等密空師父開口，我就先開問了，「師父，您爲什麼不換一件好的袈裟呢？您看身上這件袈裟都破了……」

密空師父呵呵一笑，「換與不換本無區別，好袈裟、破袈裟就是一皮囊，不必在意。」

我聽後忍不住「嘎嘎」笑了，「師父，師父——您的意思我明白，人穿的衣服就是一皮囊，穿不穿都無所謂。」

奶奶一聽，急了，揚手欲打我，密空師父制止了。

奶奶趕緊雙手合十向密空師父解釋，「罪過，罪過，這孩子不懂事，滿嘴胡言亂語，您千萬別介意，千萬別介意，罪過，罪過……」

密空師父身旁的小和尚眨巴眼看著我，正偷偷笑呢。

我朝他做了一個鬼臉。

密空師父示意我走近他身邊，我近了過去，他摸了摸我的頭，臉上露出慈祥的笑，抬頭對奶奶說道：「老人家，您這智賢孫兒啊！有慧根，有慧根……」

我一臉懵狀。

密空師父讓我們進禪院就坐。

我扭頭看著身後的景象，不經寺的前面是連綿起伏的青黛色群山，有早陽從那邊傾灑過來，把整個不經寺，還有我們映襯得清亮、燦爛，美不勝收。

進了禪院，裡面擺放了一些盆栽的青松，它們被修剪得錯落有致，簡約可觀。這時，密空師父把我的手放在他的手裡，我才仔細地發現這是一雙很大的手，有別于於奶奶那雙粗糙的手，它細膩、很軟。在這雙手裡，我有了不曾有過的平靜。

我有些羨慕小和尚了。也許在他的世界裡，一直都是平靜的呢？但我又有點替他不值，我學習成績不好，但身邊有很多夥伴啊！他呢？他平靜的日子裡，該如何度過？一天，一年，十年……

奶奶和密空師父面向坐著，我和小和尚並排坐著。

奶奶和密空師父交談著，內容大都關於家境、還有她孫兒的。

我和小和尚也不打坐，雙手撐著下巴，靜靜地聽著他們的談話。

這時，密空師父停止了和奶奶的交談，轉向我們，又摸了摸我們的頭說：「老人家，我看他們兩個也很有緣分呢。」

奶奶笑了笑，恭敬地合十。我和小和尚都聽不懂，但我們心裡都非常的高興，小和尚開心得眉毛一上一下地律動著。

我和小和尚的友誼就從這裡開始了。也許，這就是密空師父所說的緣分吧，就像他和奶奶一樣。

二

小和尚就是千山雪了。

他是一個孤兒。

有一次，密空師父下山時，在半道聽有嬰兒的哭聲，循聲而去，在道旁的草叢中一棉布裹裹著一嬰兒。他彎下身，抱起了他，嬰兒一下子就不哭了。

密空師父大喜，覺得這嬰兒與他有緣。那年月，生活艱難，常有人家因養不起，或把孩子送人，或丟棄荒野，任其自生自滅。但，把嬰兒丟放在寺廟途中的，應該是第一例。這麼多年來，密空師父就撿到這一個孩子。

「你爲什麼叫千山雪呢？感覺就像一個女孩子的名字。」我問。

「聽師父說過一回，他年輕的時候有個女兒就叫千山雪，後來因病死了。後面的事情師父就隻字不提了。」

那時，千山雪會念一些經文了，我覺得挺好奇，就讓他念給我聽。他張口就來。

我說：「這麼難念的經文，你是怎麼做到熟練的？我天天背書都背不下來。」

千山雪隨口說：「很簡單啊！用心去領會就能背了。」

我搖頭，表示聽不懂，「我也用心背過，可還是失敗了。」

「那就是你還不夠用心。」

我沒有說話了。反正，他的言語對我來說就像聽不懂老師上課在講什麼一樣。不過，我好玩的個性正一點點地影響著他。

在不經寺的東南邊有一條河流，千山雪經不住我的唆使，他第一次偷偷下山了。

那一天，我們在河裡嬉戲玩耍。打水仗，捉小魚，鬥螞蟻……我們做了很多小孩子童年該幹的事，好不悠哉！千山雪笑起來特別的可愛，兩小酒窩，還有那會律動的眉毛，至今我還能清晰地記得。

有一次，我想了新的玩耍花樣。我帶著千山雪去了一個竹林，用砍刀砍下一根約大人手臂粗的竹子。接著，取了中間兩節，又用燒紅的鐵條把它打通。

我拉著千山雪去了一片莊稼地，那裡長滿了豌豆，遠遠望去綠油油的一片。

這會兒正是午後，幾乎沒有人。不過，爲了安全，我讓千山雪放哨，自己去偷摘豌豆。他緊張得不行，催促我快點，我一臉不在乎的說道：「沒事，放心吧，如果被發現了我們撒腿就跑，他們跑不過我們的。」

不久，千山雪也不放哨了，加入偷摘的行列。我們將偷摘的豌豆用衣服包好，跑到一塊小山坳下剝了。

「接下來我們幹嘛？」千山雪摸著腦袋，一臉不明地問我。

我一邊得意地將豌豆裝進竹筒裡，一邊得意的說道：「你就瞧好吧，我做竹筒豌豆給你吃，可好吃了，清清的竹子香味慢慢地浸入到一顆顆嫩嫩的豌豆裡，那滋味……」說著，說著，我就止不住流口水了。

千山雪應該是第一次知道豌豆原來可以這麼去做，他的興致瞬間被我勾得高昂起來。一隻手不停地摸著光滑滑的圓腦袋。那模樣就像好多年沒有聽到新鮮事了一般。

我將準備好的鹽和從鄰居張大嬸家偷來的豬油混合在一起，灌進了竹筒，再扯來一把青草塞緊竹筒口。在架好簡易的灶台後，將竹筒橫放在上面。

在跳躍的火苗中，我們聽到「滋滋」、「啪啪」的聲響，火光把我們映照得紅亮，那光景下我哼著愉快的歌兒，千山雪則念起了我聽不懂的經文。

小山坳裡聲音悠遠，青煙裊裊，在少有人的鄉村午後形成一道別樣的風景。

大約過了二十分鐘，我裝作很專業的樣子察看被燒糊了竹子，又將手叉在腰間，略彎下身子說道：「豌豆熟啦，我們可以吃了。」

在竹筒口的青草被我取出來的那一刻，浸滿竹香的美味像筍子開放似地冒了出來。

「好香啊！一定很好吃！」千山雪吞著口水，讚歎道。

「那是肯定的，只有我才能做出這人間美味！」我渾身得意，眼放異彩。

接下來，就是一陣狼吞虎嚥，我們吃得滿嘴是油。

這時，千山雪突然害怕的說道：「糟了，糟了……我是不是犯戒了，師父說過……」

我依舊一臉不在乎的說道：「怕什麼，我不說，你不說，你師父怎麼會知道？」

他怔怔地看了我一會兒，才說道：「好像是呢。」

後來，我們更大膽，偷村裡的雞烤著吃，剛開始千山雪感到很後怕，後來膽子大了，寺廟裡吃得太清淡，肚子裡沒油水的滋味太難受，就來找我去尋肉吃。

那時，他常對我說一句話：「不經寺裡的生活太清苦，肚子老在遭孽，智賢，我們去捕魚、捉鳥來吃吧。」

我絕對全力支持他。

他偷偷下山的次數越來越多，直到有一天被密空師父察覺了。

那天，他再次下山，密空師父將千山雪帶了回去。

我很著急地看著他和密空師父的離去，卻無計可施。奶奶一再告誡我要對密空師父尊重，不可胡言、不可妄語、不可……

我一個人呆坐在草地上，擔心著千山雪會受到什麼樣的懲罰。我聽奶奶說過，如果和尚吃肉極有可能被逐出山門的。那一天，我心事不寧，奶奶看出來了，就安慰我說：「孫兒，你不用太擔心，密空師父對千山雪就像奶奶對你那樣，不管做了什麼事都不會不要你的……」

奶奶的話還沒有說完，我忍不住哭了，「奶奶，對不起，我錯了……」

千山雪終究沒能再下山來，我不再出去玩耍，就在家待著，有時也看看課本。不經寺的山門是遠望不到的，只有在傍晚和破曉時才會有鐘聲響起。聽著那悠遠的鐘聲，那個夏天我竟然數清了鐘聲響的次數。當然，這也代表了我想千山雪的次數，他已經成為我最好的朋友了。

暑假快要結束前的一天終我於有機會上不經寺了。

我高興壞了，盼望著能快一點天亮，這樣就可以見到千山雪了。

哼著「快樂謠」，我和奶奶一起向不經寺出發了。

密空師父照例在山門前迎接，這一天是不經寺對外燒香祈福的日子。我看到千山雪也在師父身旁，他們師徒二人在那裡肅穆地站著，從遠處望去，在佛光晨影中如同兩尊一高一矮的佛像。

這時，身後也陸陸續續有一些人前來，但依舊不多。我按照奶奶的樣子施禮，然後進了山門，去燒香，去拜佛，然後再到密空師父的禪房說話。

我不時地去密空師父的禪房看千山雪，他一點也不說話，一本正經地盤坐在那裡，也不看我。我也過去坐下，時間一久我坐不住了，歪來歪去的。他依舊不理我，我覺得無聊至極，這時候，密空師父和奶奶進來了。

他們談了十來分鐘，密空師父看了看我，又看看千山雪，就說：「你帶智賢小施主到外面去玩吧！」

我頓時像被注射了好幾升雞血似的，興致一下子提升，而千山雪也是很高興的樣子。我們就手拉著手蹦跳出了禪房。到了外面，感覺心情更加豁然開朗，我們向山門外面跑去。

「密空師父打你了嗎，上回我們一起偷吃肉的事？」我一邊跑著，一邊說道。

他搖搖頭，說道：「沒有打，師父只是讓我每天念十遍經文。」

「那還好，我都擔心死你了，害怕師父打你。」我滿滿釋懷的說道，「那—現在你還念嗎？」

「嗯，念，一直都在念，師父說了，經念得多了心就明了，不再犯罪業了（指身、口、意三業所造之罪）。」

「那你還是不要再吃肉了，你是和尚，吃肉不好。」

千山雪聽了，不說話了，眼神中流露出我看不懂的色彩。

我又說：「你師哥呢？怎麼一直見不到他，不經寺裡就你和密空師父兩人，你師哥如果一直不回來，你就是唯一的衣缽傳人。」

「師哥多半不回來了，走的時候很決絕。」他說道，「我其實挺想念師哥的。」

「那你害怕嗎？有沒有想過還俗下山也不回來了？」我開始爲千山雪的未來擔心起來。

「我不知道。」他輕搖著腦袋，「我在俗世，沒有家。」

於是，我們都沉默了。突然覺得眼前的景色黯淡了下來，最後我們坐在後山的石梯上一言不發。過了一會兒，他突然一臉憂心的對我說：「師父把我當成他的親生兒子，我要是走了，他會傷心的。」

我頓時說不出話來，第一次感覺到有一種說不出的難受在心裡作梗。

我和奶奶離開時，奶奶和密空師父臉上都掛著笑容。

那是一種怎樣的淡然啊！若干年後，我回想起當時的場景：我想起那時家境的貧寒，奶奶從來沒有抱怨過，她用她堅實的雙手把我拉扯大。想起這些，我忍不住要哭。

我記得當時是這樣問奶奶：「我和千山雪什麼時候才能像你們那樣啊？」

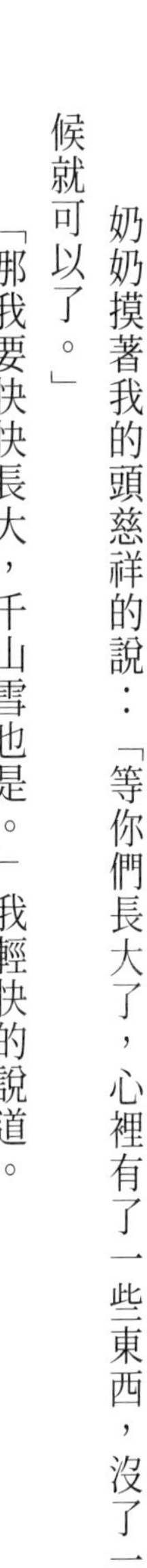

奶奶摸著我的頭慈祥的說：「等你們長大了，心裡有了一些東西，沒了一些東西的時候就可以了。」

「那我要快快長大，千山雪也是。」我輕快的說道。

密空師父笑笑地看著我們，揮手告別！

三

關於千山雪的師哥明淨，他有太多的故事。而關於他的故事，我從密空師父和千山雪那裡獲知一些。

時間需要倒流，流到好幾年前。

那時候的不經寺香火很旺，那時候的不經寺裡的和尚不但比現在多，還不夠「用」。香火旺的時候他們根本忙不過來。燒香者下山的時候，寺院裡香灰、紙錢……四下散落。

明淨就是在這個時候來到不經寺的。

未來之前當然不可能明淨，來了之後，幾經世事就明淨了。

明淨原名承志，他在小鎮的工地上做工時腿受傷了。醫治好了卻留下後遺症，做不了重體力活。一家人的生活變得有些拮据起來，小舅子就在不經寺給他找了個打掃衛生的事做。報酬雖不高，但是夠給他讀高中的女兒交學費，也夠他和媳婦的生活。

承志很滿意。

承志對寺院的一坡一地，一花一木都充滿了敬意，總是把寺院打掃得乾乾淨淨的。

寺裡的和尚都很滿意。沒事的時候，承志就坐在旁邊聽和尚們念經。不經寺裡念經念得最好的和尚有兩個，一個是密空師父，另一個是了情和尚。密空師父念的經清晰敞亮，了情和尚念的經悠遠意長。相比之下，香客們更喜歡了情和尚念的經，讓人聽了心裡特別舒服，就像欣賞曼妙的音樂一樣。很多來寺裡的香客都希望聽到了情和尚給自己念經。

了情和尚個頭不高，身形偏瘦，他爲人隨和，容易接近。

承志經常問他這樣那樣的問題，他從來不惱，總是耐心解釋、開導。

承志很喜歡和了情和尚在一起，他們的關係也越來越好。

一天，了情和尚病了，吃了幾天草藥不見好轉，只好去山下醫院就醫，好多天沒回來。於是，承志在不經寺裡的人生轉折就此開始，也應了「萬事皆有緣」這句話。

不經寺裡少了了情和尚顯得很忙亂，香客多，要求念經，應付不過來。密空師父已經忙得快嗓子冒煙了，一時也找不到會念經的和尚。正苦惱時，一和尚說：「密空師父，那個掃庭院的承志經常和了情在一起，何不問他會不會念經？」

密空師父一拍腦瓜，說：「有理！有理！」

在庭院的一個角落裡，密空師父找到承志，直言告訴要請他念經一事。承志有些惶恐的說：「密空師父，我會念，但念得不太好，這恐怕不行。」

密空師父說：「不妨，你且念一段我聽聽。」

承志就如被趕鴨子上架般地念了了情和尚最喜歡的無無明，亦無無明盡；乃至無老死，亦無老死盡……

密空師父聽後喜出望外，就說：「眞是太好了，從明天開始，你就代替了情給香客念經。」

承志推辭地說道：「不……不不，我又不是和尚，我不念！我不念！這讓我媳婦知道了，可不笑話死我。」

密空師父一捋鬍鬚說：「我沒讓你當和尚，你也不用剃頭，也不用穿僧袍，只是在我們忙不過來時幫著念一會兒就行了。」

承志還是推辭，說：「這也不好，我做不了。」

密空師父想了一會兒，說：「你看這樣行不？不讓你白念，念一天給你四十塊錢。」

承志聽到這話，有點心動了。他想，念經的收入可比掃院子多得多了。

密空師父見他還在猶豫，又說：「不用顧慮太多，也不是讓你一直念，等了情的病好了，你就不用念了。」

承志見密空師父把話說到這份兒上了，也就不好再推辭了。

承志不負密空師父所望，他學著了情和尚念經的樣子，有板有眼，香客竟然很喜歡他念的經。漸漸地，來找他念經的人越來越多。如果寺院里的人不說，香客們根本不知道承志就是一塵世俗人。

讓密空師父犯難的事情就這麼圓滿解決了，不經寺又恢復了從前的樣子。

有一天黃昏，不經寺裡難得有清閒，密空師父就跟承志隨口說：「我看你的確與佛有緣，要不，你把頭髮剃了吧？」

承志瞪了密空師父一眼，沒有說話。

密空師父接著又說：「我一個月給你兩千……」

承志聽了，立刻翻臉，「密空師父，我塵世難了，絕不可能出家做和尚的！」說完，不等對方再說什麼，當卽就下了山。

密空師父可能是眞的惜才，望著承志下山遠去的身影，輕歎了一聲。回到家裡的承志一肚子氣，飯也不吃。媳婦弄清楚丈夫爲什麼生氣後，樂呵呵地笑了好一陣子，「我說老承，你根本犯不著爲這事生悶氣，那密空師父讓你剃頭當和尚，你就眞的是和尚啦？只要你心裡不認，不就行了嗎？再說，你看隔壁村的那個小武，他都光頭十來年了，他是和尚嗎？還不是照樣喝酒、吃肉的。」

承志看了媳婦一眼，「你說的好像有點道理。可我心坎裡難過去啊！」

這時，媳婦湊過身去，「你看啊！老承，咱家閨女快要上大學了，我正愁沒處張羅學費呢，要不……」

承志無奈地歎了口氣。第二天就回到了寺院把頭髮剃了，成了假和尚。剃了頭的他名氣越來越大，大到就如得道的眞和尚一樣。

了情和尚得的是不治之症，生命的日子剩下倒數。這天，承志下山去看他。由於出門匆忙，就忘了脫去僧袍。當他出現在了情和尚的病床前時，了情著實地愣了一下，說：「你……怎麼皈依佛門了？」

承志摸著自己的光頭，「沒有，我是假和尚，我老婆孩子都指靠我呢，怎麼可能出家？」

了情和尚輕輕地笑了一笑，沒再說什麼。

承志或許沒有看出了情和尚的笑意味著什麼，他轉而問對方：「有一件事我一直想問你的，當初爲什麼出家啊？你有老婆和孩子嗎？」他曾聽不經寺的一些和尚說過，了情在出家前是有老婆孩子的。至於爲什麼上了不經寺做和尚，他隻字不提。

了情面無表情地搖搖頭，什麼也沒說。承志想，肯定是發生了什麼讓他傷心的事，要不然，好好的誰會出家呢？

了情和尚更加消瘦，已經不能進食了，只能靠鼻飼。他也知道自己時日不多了，執意不再住院，想回到山上了卻此生。承志心裡十分疑惑，生命都已經到這節骨眼上了，爲什麼就不肯說出家人在何方，也好見上最後一面啊！

承志心裡很不好受他凝視著了情和尚，心裏很不好受，一種莫名的悲痛襲上心來，想不到人的生命竟以這樣孤獨的方式終結。他悄悄抹去眼淚，每天照顧了情和尚的飲食起居。

這一天，暮色降臨。了情和尚對承志顫巍巍的說：「我櫃子裡有一件最好的袈裟，還有幾本經書就送給你了，這一輩子，我都孤苦，取名了情，就想了斷情緣，心無掛礙，唉——」說完，他又把那串掛了一輩子的佛珠取了下來，放在承志手上。

了情和尚的離去讓承志流了很多眼淚。他覺得這世上恐怕沒有比了情更傷心的人了。打坐的時候，他一不留神就進入到了一個場景，他發現自己最後只剩孤獨一人，任憑怎麼呼喊也沒有用。

從場景裡出來，承志害怕得冷汗直流，他可不想落得像了情和尚那樣的結局，到最後連個送終的人都沒有。於是，他做了一個決定：等女兒畢業工作落實後，就離開不經寺。

現在想來，當時了情和尚不語意味著什麼。或許他已經看穿，但又不能說明的心理阻礙了他。或許他眞的覺得承志與佛有緣，就像密空師父認爲的那樣。

等女兒終於畢業工作了，承志高興不已。他正盤算著回家享受的日子，連行當都收拾穩妥了。這一天，媳婦來找他，說女兒得體體面面的出嫁，不能讓婆家小看娘家，讓咱老倆幫著籌點錢。

承志一聽，立刻就犯愁了，說：「你讓我上哪籌這三萬去？」

媳婦想了一下，說：「要不，你向寺裡借，他們那麼多香火錢，不差這一點兒。」

承志也想了一下，最後決定去試試。於是，他就去問密空師父，說能不能借點錢給他應應急。

密空師父的回答很簡單，就說：「少部分可以，多了恐怕不行，不經寺裡也需要開支，再說，這是公共的錢財，挪用多了，他們有意見。」

承志說：「我知道，我這不是有急用嗎？那……能不能給我漲點工資呢？」

密空師父說：「可以漲，你擅長唸經文，不過……」

「不過什麼？」見有希望，承志趕緊追問。

「你得做眞和尚。」密空師父沉默了半晌，才說道。

承志用眼盯著密空師父，說：「我現在和眞和尚有什麼區別？」說完，他指著自己的上上下下。

密空師父說：「當然有，做眞和尚就要守清規戒律，並且……不能有老婆，你現在有老婆，塵緣不算了結，你不是眞和尚。」

「那……做眞和尚，一個月能給多少？」

「你想多少？」

承志想了一下，伸出五個手指——五千。

密空師父同意了。其實，他同意也是有不得已的苦衷，不經寺想要傳承下去，需要對佛有悟性的人，他縱觀寺內上下，找不出幾個人。

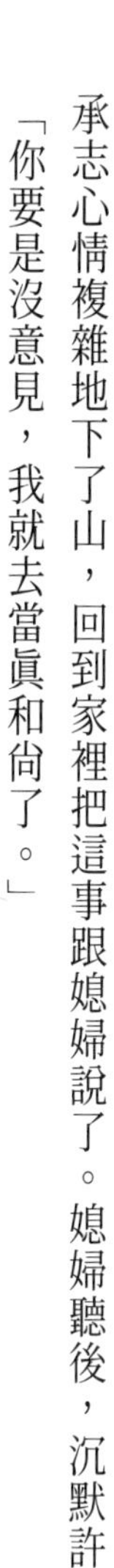

承志心情複雜地下了山，回到家裡把這事跟媳婦說了。媳婦聽後，沉默許久。

「你要是沒意見，我就去當眞和尚了。」

媳婦聽了，泣不成聲。

承志歎了一口氣，說：「事情也沒有到不可挽回的地步，你別哭，我還能還俗的。我打算做三年，就下山。」

「我等你，我等你……我一定等你。」媳婦抱著承志邊哭，邊說道。

就這樣，承志和媳婦去離了婚。

不經寺裡，密空師父在承志頭頂燒了戒疤，成了眞和尚。

那天，他第一次穿上了情和尚送給他的那件袈裟，戴上了了情和尚送給他的那串佛珠。承志心裡五味雜陳，沒有想到了情和尚給他的東西全都派上用場了。和尚們都說承志這身形和氣度儼然就是了情和尚啊！

此後，承志每天念經誦佛，但他心裡仍想著老婆和女兒。

有一天，承志隱隱地聽說他老婆在和另一個村的木匠來往。在那個年代，木匠還是很吃香的，每個月工錢收入有不少。承志不相信自己的媳婦是那樣的女人，他悄悄下山回到家一看，正好撞見自己的媳婦和那個木匠在床上滾得火熱。

那一刻，承志心痛不已，萬念俱灰。任憑媳婦如何抽打自己，哭喊……都沒換來他的一次回頭。他覺得自己付出那麼多，得到的卻是無情的背叛。

承志回到不經寺，再無掛念。

半年後，有兩個女人來到不經寺找承志。

承志坐在禪房裡，面對他昔日摯愛的妻女，就像陌生人似的。在凝視很久後，他只說了一句話：貧僧法號明淨，兩位施主請回吧！

再後來，已經是一年後的事了，承志突然失蹤。

有人說他去了天涯海角，也有人說他和媳婦走他鄉躲了起來。

總之，衆說紛紜。

這事給不經寺帶來極爲不利的影響，香火由此衰落。和尚們走的走，還俗的還俗，只剩下密空師父和千山雪在寺裡苦苦堅守。

我曾問密空師父，面對不經寺今天的境況，你恨過明淨嗎？

他不語，但我從他臉上的皺紋裡彷彿知道了答案。

四

我和千山雪的見面時間更少了。因爲，他的功課多了，我的功課也多了。最重要的是，我變得聽話多了。雖然很少見面，但我和他還是很好的朋友。有時，他會跟著密空師父下山來看我和奶奶，我也會跟著奶奶上山去看他們。

時間就這麼過了，直到我考上師範大學，幾經世事變化，回到鎮上教書。千山雪也長大了，從少年到青年。

回到家的第二天，我去了不經寺。上山的路沒有多大變化，路兩旁青草依依，那石階在風雨的吹打下略略顯得有些殘破了。到了山門，我輕步而行，這裡的環境我熟悉，這裡發生過的事我仍然熟悉，它們都在我的生命裡留下印記，兜兜轉轉的人生，小小的世界能

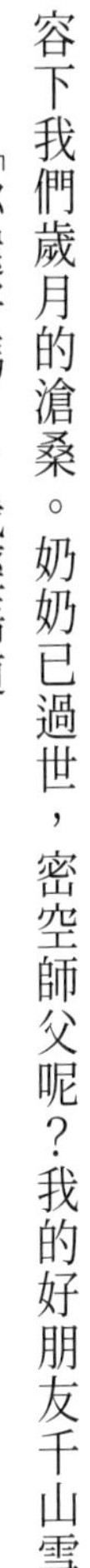

容下我們歲月的滄桑。奶奶已過世，密空師父呢？我的好朋友千山雪呢？

「你還好嗎？」我輕語道。

……

繼續前行數十步，看到了密空師父，他吃力地、慢騰騰地在庭院裡走著，我叫一聲「密空師父」，他沒有聽見。我走上前去，他看見了，我說：「密空師父，您還認得我嗎？」

他顫巍巍地看著我，牙齒幾近落光的他好半天才說出幾個字：「認得，認得……」

我點點頭，又問：「千山雪呢？他還在寺裡嗎？」

正說著，千山雪出來了。他穿著僧衣，就站在我面前，我很傷感，我們都長大了，他們都老了。我抱住他，縱然心裡有千言萬語，卻說不出一個字來。

好半天，我們才分開。

我和千山雪在禪房裡坐著。他說他不再叫千山雪了，現在有了法號，名叫成空，是師父想了好幾天才定下的。我聽後，有些悵然，成空，難道這一輩子就要成空嗎？

我看著千山雪，不，是成空和尚，忽然覺得他特別像佛。「也許他就是佛。」我心裡想道。

在不經寺我和成空和尚談了許久，大多都是兒時的回憶，一直不敢觸碰那敏感的話題。譬如，他會在不經寺做一輩子的和尚嗎？

離開的時候，他在山門前送我。揮別時，他忽然說了一句話：「我師父快不行了，估計就這幾天的事了。」他說得雲淡風輕，沒有痛苦。

我駐足一會兒，點頭默然。

生與死，或許和尚們早已看淡、看透。我呢?我不知道，我只知道如果讓我出家做和尚，我做不到。

沒過幾天，密空師父圓寂了。

密空師父圓寂的那晚，我和女友一起上了不經寺。

那天的天色黯淡，星光稀落。我和女友手牽著手上了山。在半路的時候，聽到了不經寺的鐘聲，它一聲一響，它聲響清脆又延長。寂靜的夜晚裡，除了蟲奏的聲音，就是那鐘聲在迴盪著。

到了不經寺。我們看到了成空和尚，他彷彿知道我們要來，他一身僧衣，面無痛色。「師父就在殿裡，你們去看看他吧！」

我們一起跪在密空師父的前面，他在那裡靜靜地躺著，沒有一絲痛苦與不舍捨。我想，在他圓寂前，師徒二人一定交談了什麼。但這又是一個秘密，除非成空和尚願意說出來。

我們跪在蒲團上，檀香迷繞，蠟燭照亮了我們。成空和尚念著經文，淡然、悠遠。我和女友默默的，一言不發。

第二天，成空和尚把密空師父火化了。在「劈啪」聲響中，塵歸塵，土歸土，生與死就這麼人生一遭，一切都結束了。

在山門口，我對成空和尚說：「保重！」

他雙手合十，也道一聲「保重」。

不經寺裡就只剩下成空和尚了，而不經寺也越來越衰落。這樣的境況過了一兩年，依然沒有任何好轉，而成空和尚的袈裟已經開始破爛。

這是光陰的摧殘，我們都知道人亦老。

我曾經對成空和尚說：「我幾年後，會有孩子，你卻沒有，你會後悔出家當和尚嗎？」

他笑了笑，沒有作答。

女友對我說：「這成空和尚爲什麼這麼執念啊！密空師父已離世多年，他就算離開不經寺，師父也不會怪他的。」

我說：「是人都有執念，就像我執念於你，紅塵中有你作伴，也是快哉！」

女友聽後，一臉嬌美。

六

成空和尚從此不下山了，與不經寺爲伴，誦經念佛，斷卻世間俗事。

我到底該叫他「千山雪」還是成空和尚？已不重要，重要的是我的生命裡永遠迴響著他敲響晨鐘、敲響暮鐘的靈音，直到我們都老去，直到我們不在人世。

有時我在想，人生的執念各有抉擇，在我們離世前，會後悔麼？

誰人知道……

——第一輯

長樂寺裡的冷居士

長樂寺裡只有冷居士，雲天閣裡只留「戒空」。

一

長樂寺並不長樂。

冷居士也並不冷，前天下山買藥的時候，半道上碰到一個女人，兩人擦肩而過，沒有佛說的多少次回眸……

那個女人邊走邊四處張望，像是有什麼心事似的。

冷居士本來打算對她說點什麼的，他看她有些無神地往山上走，而山上根本就沒有什麼可看的風景，辛苦上去，只作白行。冷居士當時又想，我和她素未平生，如何開口？

所以，冷居士什麼都沒有說，任由那個女人上了山。

一個是下山，一個是上山。

長樂寺裡，估計不會長樂了。

按理說，冷居士和長樂寺扯不上關係，他是散遊的行者，有一天覺得自己漂泊累了，正好路經長樂寺，索性就進了山門。

他善於表達一些有哲理的話語，長樂寺的住持覺得他是有緣之人，又想到自己年事已高，不日就登西方極樂世界，就把他留在了寺裡。

冷居士就此成了和尚。

我是在他成爲和尚的第三年遇見他的。那時，他已經是住持了。他給自己取了一個法號——戒空，意爲看破，四大皆空。

自從住持圓寂，長樂寺的香火在戒空和尚的努力下香火比以前更好了。他們上長樂寺或燒香，或訴苦……這樣的日子，無風無浪，直到那個女人上了寺。

……

戒空和尚繼續往山下走，到達鎮上的長街，他買了感冒藥，虎骨膏，還有一些新米、鹽醋、元書紙……山上清苦，特別在茹素（即吃素，不沾油葷）之後，肚子餓得很快。雖然上山的訪客中偶爾有一些人會帶上茶葉、糕點之類的，但還是大不夠的。戒空和尚打算這次下山後就不再下山了，欲在寺院的後山開墾荒地，種植蔬菜、水果之類的。

上長樂寺的訪客大都帶上煩惱、痛苦，他們坐在蒲團上一個勁兒地掏出心中痛苦，怨懟中淌出無助的眼淚。動情中，有的還放出聲音哭。

我那時心中有未明，譬如心中有明月，卻未得折桂枝，就如白居易在〈晚桃花〉一詩裡的心境。

我也想傾訴，但戒空和尚阻止了我。他對我說：「你就是能自明的人，無需傾訴，自可癒。」

我表示不解，且看他的不語，就住了嘴。

那些訪客——除了我，他們在恣情表達後變得安靜起來。這也是戒空和尚耐心聆聽，極少詢問或勸解的緣故。

我想，到這樣的境界後他們是不需要了，講完了，情緒自然就好了不少。然後，戒空和尚就帶著他們在寺內寺外慢走一番，他們的心情更加明朗。

我問他：「這些年，一直是這樣嗎？有沒有想過改變些什麼？」

他平靜的說：「世間煩惱苦痛猶如花開花落，無需去作任何改變。」

我雖聽不懂，那些訪客依然聽不懂。但，隨著這一遭走，他們的情緒已經穩定了，流過的淚水被風吹乾，又在顯出一些愉悅、慚愧……之後帶著一身輕鬆下了山。

一些訪客在轉身之際對戒空和尚說：「大師，還是你好啊，能長年在寺裡，我們上不了山，哎！紅塵、俗世難斷吶！」

望著下山的訪客，戒空和尚會說：「這一上一下，不知帶來多少新的痛苦，也不知帶走多少舊的痛苦，流俗的衆人吶，眞是萬般的苦！」

我望著他，心潮起伏，卻沒有了任何言語。

在山門前，我一轉身，抬頭望見那被風霜腐蝕過的牌匾，上書「長樂寺」三字。我輕吸一口氣，在點點落葉飛舞中跟隨戒空和尚進了山門。

二

如果這個世界允許我重走一遭，我會不會再走一遭長樂寺？

我不甚明瞭。

但我相信，戒空和尚應該不會。

那時候，我若也在，應該叫他冷居士還是戒空和尚？

這是一個難題。

我瞭解到長樂寺的一些隱秘，關於它的，還有住在裡面的人。

戒空和尚說他到長樂寺的第二年，無意中發現寺院後山有一天然山洞，距離寺院的路程並不遙遠，若爬得快，大約十五分鐘就可以達到，沿途有稀疏分佈的灌木，三三兩兩的野果樹穿插於其中。那山洞的面積不大，卻夠兩三個人輕鬆居住。當時，戒空和尚一陣驚喜，就將山洞改成宜居，取名「雲天閣」。

如果站在雲天閣的旁側向山下望，你會發現它和長樂寺就是渾然天成，猶如前生所生，給人十分的親切感。

早些時間，少有人知道雲天閣的存在。後來，有些愛探究的香客發現了，他們就盯著「雲天閣」三個字細看，問了很多奇怪的問題。譬如，爲什麼不配上一副對聯，這樣才好。又譬如，何不索性出家做和尚？

當時的他只是冷居士，還不是戒空和尚。

前一個問題，他的回答是隨性，有好的對子就貼上去。

後一個問題，他略有所思，回答說，自己還不夠格。

問者於是很懂地點頭：那你就是雲天閣的居士了，這樣也好的。彷彿這樣的回答是替他解答了心中疑惑，同時又有了幾分莫名的同情。

他笑笑地回應，又說：「其實，我就是居家之士罷了，或許有一天會遁入空門。」

問者聽後，不再言語。

三

還是叫冷居士戒空和尚吧！畢竟，我見到他的時候，他就是了。

戒空和尚回到雲天閣已近黃昏。他因偶感風寒，咳嗽得厲害，再加之早些年摔傷過，腰部會因天氣變化犯痛。他打算洗過熱水澡後，再用藥。

一盞茶的工夫，水準備得差不多了，突聽有腳步聲，而後拍門聲。

居士！居士！是女聲。

這時間還有人來？雖有疑惑，也只好重整衣衫，開了門。

女人直通通地走了進來，絲毫沒有生疏、違和感。「你就是那位居士嗎？穿的就是普通人家的衣服嘛，我還以爲……」她說話的語氣粗魯，甚至還有點揶揄。

戒空和尚直愣地望著她，「你是……你是……你就是……」他認出來了，就是前天下山途中與自己擦肩而過的那個女人。

他點點頭，說：「我就是你說的居士。」然後，他示意她坐下，一邊倒著茶水，並供上半根線香。

不知道爲什麼，自從戒空和尚在雲天閣住上幾月後，莫名的有了一些訪客會前來，若是到了長樂寺的旺季，訪客就更多。起初，他很不適應，這完全不是他的設想。後來，他也想通了，並慢慢地形成一種待客之道。淡淡的，沒有雜念的，也是真心的給人施與。他覺得，如果在雲天閣能讓他們在下山後有一種全新的生活，也是一種功德。

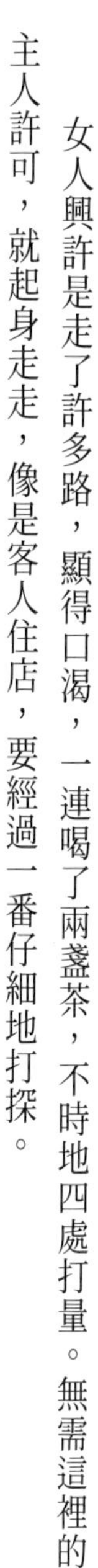

女人興許是走了許多路，顯得口渴，一連喝了兩盞茶，不時地四處打量。無需這裡的主人許可，就起身走走，像是客人住店，要經過一番仔細地打探。

戒空和尚保持閒淡、從容的姿態，一邊回答著她無關痛癢的問題，一邊用自然的視覺來判斷這位訪客。

她一頭略捲到肩的頭髮，在咫尺間就像寒冬後盛開的一叢黛色鮮花，給人一種唯美的感覺，眉宇間很空，沒有常見的憂鬱之色，一襲青衫在身……這樣的裝扮與她的急性子判若兩人。她總是不等回答就緊跟著問下一句。更讓人詫異的是，她會無故地發出笑聲，卻顯有凶色。當然，這也可能與她右上面頰的那道細疤相關，她安靜時就被頭髮遮掩，仰頭一笑時，就現出細疤，凶了。

拋開她的急性子，拋開她的那道細疤，她就是絕色美女。

「我要住在這裡，我也要像你那樣，看破紅塵，無慮無憂。」她認眞地盯著戒空和尚看，決絕地說道。

戒空和尚沒有表現出吃驚的模樣，因爲這些年見多了。他見過的訪客中，有因受了情傷，要出家的；有心煩意亂，要斷卻人倫關係的；有恨欲到頂，要自殺、墮胎的；有視錢財無物，要捐出所有的；有抱著剛出生不久的孩子，要他取名的；有風塵僕僕上山，請他下山勸慰某人的……總之，各色各樣、林林總總的都見識過了。

很多訪客都認爲戒空和尚無所不能，但他自己卻不這麼認爲。其實，對於自己是能還是不能，戒空和尚也說不清楚。有些時候，一些難解的問題在他這裡竟然奇蹟般地解決了。他想，這裡面或多或少有歪打正著的存在。

只是，這一次呢？他也不知道自己能還是不能。因此，他保持沉默。他需要再觀察觀察。

那女的很專注，確切的說，是執著。她毫不生疏地把這裡當作她的家了。她輕輕地拍了拍手，「東西都帶上山了，就擱在外面。你不吱聲，就是同意了哈！」說完，她旋地一轉身，約停留了兩三秒的時間，又說：「對了，東西有點多，我一個人拿不完，我們兩個人下去，就不用跑兩趟了。」

戒空和尚這才意識到問題的嚴重性，同時，他也想到洗澡水一定都涼了，對了，還有……還有感冒藥也沒有吃呢？可是，爲什麼要想到這些呢？它們與眼前這個女人有什麼關係嗎？不……不……沒有什麼關係，只是心有了從未有過的慌亂……

他面露難色，站在那裡一動也不動。

「怎麼了，是怕我嗎？」她咯咯地笑了起來，歪著頭，用眼睛斜望著他，「怕我是女的嗎？還是怕我會……吃了你！」後面三個字語氣有點重，說完，她又花枝亂顫地笑了笑。

戒空和尚低沉地說了聲「阿彌陀佛」，他不是有男女分別心，是他不想與別人共處。這事本自清明，只怕眼前的這個女人日後亂說，毀了長樂寺的清譽。

「女施主！」他再次用低沉的聲音說道：「這恐怕有所不便……你還是另選他處吧！」

她沒有顯示出不高興的神情，用同樣低沉的聲音說道：「阿彌陀佛，」這句話她也能念，她也能做到佛說的「阿彌陀佛」，所以，她說了這一句後就仰起頭笑了起來，那道細細的傷疤露了出來，「反正，我是斷了俗世，不想再見到人了。」

「我和你也一樣呀！」戒空和尚看著她，儘量壓制內心極其不願意而導致的神情。

「哦，這就是說我的到來妨礙到了你？」她聽出來戒空和尚的心意了，「可……可我還覺得你也妨礙了我呢？佛說『與人方便，就是與己方便』，這樣，我們先一起去拿東西，耽擱不了你太多的時間的。」她一邊說，一邊往門外走，「我給你說啊！我可是講道理的人呢。」

戒空和尚望瞭望盛洗澡水的木桶，遲疑了一下，還是跟著她走了出去。

「我不是要你主動讓出雲天閣，我們不妨來看看誰更需要它？我這樣說，講理吧！」她在前面走著，自顧自地說，「我跟你講我的事，絕對是佛聽了都要大發慈悲，你的事講不講都可以，隨你所想。你聽完了再想想，是我該走，還是你讓出，好吧？」

這樣的話聽起來也不是沒有道理，戒空和尚沒有反駁。他覺得自己今朝兒是遇上難解的訪客了。爲了長樂寺的大慈悲，他斷了許多念想。

其實，他不是沒有想過哪一天就有什麼力量迫使他從雲天閣搬走，譬如自然災害，一場暴雨將雲天閣毀滅，譬如旅遊開發公司，他們看上了這一方寸之地……他想著自己老了，再也不用下山買東西了，再也無能爲力去爲誰分擔憂愁，在無法阻擋的歲月的侵濁下死去，而雲天閣也一起灰飛煙滅，就像是從來沒有存在過。

他想了好多，就是沒有想到某一天會一個右上面頰有一道細細疤痕的女人出現在雲天閣，以她自言其說的理由「強行霸佔」了雲天閣。

若是從佛理上來說，這一定是有緣的！是前世的因？還是今世的果？

戒空和尚被這「因果說」定了神。畢竟，因果論所向披靡，一切抗拒的、煩躁的、不安寧的、嗔怒的、罪業的……都會在它的指引下變得溫順下去。

於是，他深舒了一口氣，戒空和尚在他的「不自在」裡找到了安寧的理由。

果然是斷絕俗世！那一大堆東西就擱放在那裡，在柔和的日光下顯得安安靜靜的，等待著主人將它們帶到雲天閣。

此情此景，很容易讓人想到「夕陽西下，斷腸人在天涯」後的皈依感。幾隻還沒有歸巢的鳥兒在枝頭叫著，聲音婉轉、流離。

再往山上走，那條路依舊在，她的話依然多，只因拿了東西顯得有些沉重，說話短促。戒空和尚拎著一些東西，沒有言語。他可能從未想過有一天，像他這「得道」的人會對訪客沒有了回應的語言。是自己退化了，還是……

總之，戒空和尚覺得暫時保持更多的沉默爲好。

走到半路的時候，戒空和尚突然想到兩個問題——

一、眼前這女人爲什麼來到長樂寺，而不是閑雲寺——它就在長樂寺的東南面，距離十多公里。

二、爲什麼住持圓寂前她不來，一圓寂後不久，她就來了。

如果將這兩個問題合二爲一，就一個問題，她到底要幹嘛？

快到雲天閣的時候，她停止了腳步，問：「我是古南鎮人氏，你呢？」

戒空和尚想了一會兒，說：「我在臨縣。」

「哦，那你是雲遊到這裡的？」

「嗯，也算是吧，有緣就到這裡了。」

「我沒有讀過多少書，初中未讀完就輟學了，你多大了？有四十了嗎？」

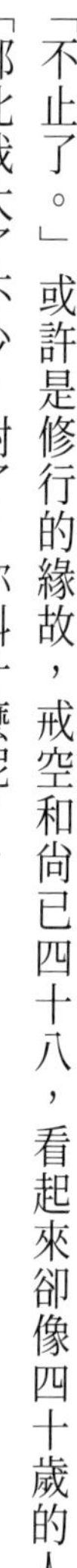
「不止了。」或許是修行的緣故，戒空和尚已四十八，看起來卻像四十歲的人。

「那比我大了不少，對了，你叫什麼呢？」

「姓冷。」戒空和尚只說了姓氏。

「那我該如何稱呼你呢？」

「就叫我戒空吧！」

「好啊！我姓陳，你就叫我陳麗吧！」說完，她笑了笑，在有點昏暗的光線下她驟然響起的笑聲打破了雲天閣以往的沉寂。

或許，雲天閣，不，應該是戒空和尚的命運從此將發生改變。

而我，對戒空和尚的講述顯得更加有興致了。

四

兩人進了雲天閣，一陣忙碌後，一切安排妥當。

戒空和尚走出雲天閣的那一刻，心情有些不平靜，他回頭望了一眼那個女人，哦，現在應該叫陳麗了，他看見她躺在床上很快就睡著了，「她可能是太累了，需要休息。」戒空和尚心裡想道，又輕輕地搖了搖頭，說了一聲「阿彌陀佛」就小步下山了，到長樂寺的一間禪房就寢。

戒空和尚有早起的習慣。他會由長樂寺往雲天閣跑上一遭，在雲天閣前迎著朝陽的方向慢慢呼吸吐納，之後，休息小片刻，再就地做一百個俯臥撐、高抬腿、足下蹬。他一直想弄兩個石墩，用以舉鼎，因未想好石墩的大小、重量，就有些不了了之了，他想著只要心靜，肌肉這一塊的鍛煉過得去就行了。

感染風寒還未痊癒，雖吃了藥，體力不比平常，戒空和尚練了一半就感到體力不支，渾身冒汗，衣衫都快濕透了。

他正想脫掉衣衫的時候，兀地想起這裡有外人，冷不丁地打了個顫。隨後，他停在雲天閣門前，放慢了動作，扭頭看了看房門，裡面的女人沒有任何動靜。

「看來，陳麗女士是眞的累了，未能早醒。」他正要籲口氣，一道人影卻猛地推門出來。

「戒空師父早啊！」她改口了，「哈哈，我都看了你半天了，這房門不嚴實，好些縫兒。」

「早！」戒空和尚略顯尷尬，幸好自己沒有脫掉衣衫，否則……他沒敢往下想。

「這裡蚊子有點多，但是我沒有打死它們，出家的人不能殺生的，這個我懂的，嘻嘻……」她說著這話，有點得意。

「也怪我，有蚊香的，忘記給你說了，回頭我給你拿去。」剛一說完，戒空和尚覺得自己講得不對，聽上去是同意她長期住下去了？

「我做了早餐，我其實起得很早的，我們一起吃早餐吧！」說著，她就小跑回了屋，到了裡屋她又回頭喊道：「戒空師父，進來啊！一起吃，我做的早餐很美味的。」

戒空和尚怔怔地立在那裡，沒有走動腳步。裡面的陳女士（他決定就這麼叫她了）沒有管他了，而是忙活著擺上飯菜。

幾分鐘後，桌上就擺好了早餐：一盤胡蘿蔔鹹菜、一疊豆腐乳，兩碗稀飯。

還是進去坐在了桌前，戒空和尚的臉上有幾分勉強，他努力不讓勉強過於明顯，筷子舉起一半，懸在空中，在停留片刻後端著碗出去了，他一筷子小菜都沒有夾。他坐在雲天閣外面的石塊上，齒舌攪動，吃不出味道來。他甚至還有一種無色的感覺：雲天閣是屬於他的，怎麼自己就在一夜之間成爲客人了呢？是自己心無明，還是心不淨？

他將嘴裡的粥慢慢地咽下去，到胃裡的那一刻有一種久違的溫暖。記不清這樣的溫暖是在什麼時候有過，也許是小的時候吧！恍惚中，感受到那時媽媽餵粥時的溫暖……！這得幾個世紀了啊！如果不是鬧饑荒，他怎麼會成爲居士，流浪天涯？如果不是那個老乞丐說自己與「道法」有緣，說不定……

戒空和尚的這頓早餐吃得有些不平靜，比他平靜的是雲天閣裡的陳麗女士，她喝粥的聲音，還有「嘰嘰」嚼菜的聲音從裡面傳出來，與這風輕輕的早晨一起形成了一種無法形容的曼妙。戒空和尚一仰頭將剩下的粥喝光了，心裡湧起一些慚愧感，自己算哪門子出家人，竟然思緒如此複雜？

爲了平復心裡的不安寧，戒空和尚整個上午都在雲天閣抄經，她則收拾完餐具後，打算睡一覺，昨晚被蚊子騷擾，現在比較困乏，她拿了蚊香，點燃，放在床下，安穩地睡了，中午也沒起來。

他認眞地抄著心經。到了中午，他沒有叫醒她，跟平時一樣，下山到長樂寺煮了一碗青菜麵，吃了。

午後的陽光比上午燦爛了許多，照在雲天閣上顯出別致的美，她醒了，肚子很餓，就從包裡翻出一些零食吃了起來。

戒空和尚站在雲天閣外，清風吹拂著他的臉龐，俊朗的表情在此刻更顯俊朗，他掐指一算，到長樂寺已經有些年頭了，如果時間倒流，自己還不會到長樂寺？如果時間向前，自己會不會離開長樂寺？

不！不會離開的……絕不會……主持在圓寂前跟他說過，長樂寺是他一生的心血，長樂寺與你有緣，長樂寺就是要讓世人長樂……

戒空和尚心中不免有些憂傷，這些年，他也想過親人，爲了緩解憂傷，他才取名了「雲天閣」，他覺得雲與天渾然一體，不會分離。可他怎麼就沒想過，風一吹，雲就散了……

她從雲天閣走出來，輕輕地、輕輕地來到他的身旁，沒有聲息。她開口說了話，「戒空師父，既然來了，爲什麼不進去？」

他轉身望瞭望「雲天閣」三個字，又將目光移向旁邊的籐椅，那是靠在雲天閣左邊的一張用藤條編制成的躺椅，上面有幾片發黃的落葉，微風吹過，落葉飛舞到地上，幾個打滾後，安靜地躺在那裡。

「還是不進了，我在籐椅上躺一下，默念一遍心經。」說完，他不理她，舒緩地躺在籐椅上，嘴唇翕動，般若心經已經在心裡次第展開——

……行深般若波羅蜜多時，照見五蘊皆空，度一切苦厄……受想行識，亦復如是。無無明，亦無無明盡，乃至無老死，亦無老死盡……

她不知道戒空和尚到底念的是什麼，就算她知道，又怎麼能知曉五蘊、無明……她不過是紅塵過客，心累了，又找不到方向，聽得長樂寺裡的戒空和尚明淨了得，她本不想那麼無賴地住進雲天閣，可……天下之大，竟沒有她的容身之處！

這些話，她現在還不能對戒空師父講。日光中，她微閉雙眼，一瞬間，有了恍若隔世的感覺，右手指輕輕地劃過右上面頰的那道細疤……

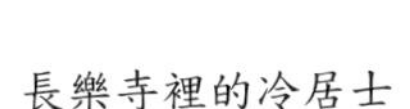

五

陳女士右上面頰的那道細疤是在五年前留下的。

她說自己曾經瘋狂愛上一個男人，爲了這個男人她和家裡鬧翻了。戒空和尚盯著她的細疤看了看，沒有說話。

「你就不問我這疤痕是怎麼來的嗎？」她若無其事地說道，「其實，我可以去醫院把它弄掉的，但我放棄了，我想留著它，好記得那個男人。我當時正在給深圳的客戶打電話，他就拿起刀，刀口對著他自己，就那麼一瞬間的事兒，他砍了過來，我本能地往後仰了一下，刀背還是砍到了我，他也砍了自己，我記得他流了很多的血。」說完，她依舊若無其事地眨了一下眼睛。

戒空和尚悄悄地吸了一口氣，他本來是正面向她的，現在，他將身子側向了一邊，不知怎的，他不敢再去看那道細疤。這些年來，他在長樂寺也聽了許多的故事了，那些訪客總是反復地停留在故事裡，爲那裡面的傷、恨、怨……所纏。他們在敍述自己故事的時候，會顯得表情豐富，猶如天生的、最出色的演員在「表演」。其實，這世上誰沒有受過傷痛，誰沒有被「罪業」所纏繞，這俗世裡的肉身早就「千瘡百孔」了。

可是，眼前的陳女士對自己過往的傷痛表現得如此淡然，像一縷風似的。她向戒空和尚靠近了一些，兩人的距離更近了。

「原來，你傾聽的方式是這樣的，怎麼樣？我的故事沒有嚇到你吧？這事已經過去很長時間了，我現在只是把它講了出來，在這之前，我沒有講給任何人聽，包括我自己，你是第一個聽過這故事的人。我在未上山之前，就聽很多人談起過你，他們說你好厲害的，所以我就上山了，我以爲就像他們說的那樣，現在看來，也很普通嗎，我住進雲天閣了，我也是修行人了，以後，你要是忙不過來，我也可以接待他們，我一定行的。」

戒空和尙側過身來，問她：「他爲什麼要用刀砍你呢？」

她笑了笑，不作正面回答，「我是那種不怕疼的人，我當時多機靈啊！往後一躲。但後來我又想，他應該把我砍死才對，這樣我就不會再有牽掛，我那時很生氣，就把肚子裡的胎兒打掉了。後來，他就消失了，我找過他，找了幾天，忽然覺得不值得，就再也沒有找他了。我覺得，他應該是回老家去了。」

說到這裡，她停頓了幾秒，用手撩了一下頭髮，「其實，我是孤兒院長大的孩子，那時候也調皮，院長都管不了我，十五歲那年離開孤兒院，獨自一人在社會上闖蕩，有一天，我認識了一個比我大十三歲的男人，那會兒，我忽然有了一種從未有過的安全感，我很愛他，他也很愛我，可爲什麼他就用刀砍了我呢？戒空師父，你能告訴我爲什麼嗎？」

戒空和尙沒有開口，只是靜靜地注視著她。

她又笑了笑，這次笑得有些淒涼，「如果我說男人都是很自私的，你會同意嗎？」

戒空和尙依舊沒有開口，他的嘴唇卻輕微地翕動了一下。

「我也知道自己的這個觀點多麼的錯誤，這世上好男人還是挺多的，你是好男人嗎？」她說到這裡，停了下來，彷彿是要等他說出點什麼，前兩次的問，他一句話也沒有說。

我曾問過戒空和尙，當時的你什麼心境。他說，感覺被什麼東西紮了心一下，忽然覺得自己留在長樂寺是天底下最正確的事。望著戒空和尙徹底了斷情緣的表情，我彷彿明白了他與世隔絕的心境，我也不在多言語。

陳女士隔了片刻，突然嘻嘻地笑了起來，「我覺得你就是好男人。」說完，她盯著她他看，眼睛都不眨一下。

戒空和尚沒有躲避，腦子裡在想著一些問題：這個女人或許有太多的故事，也的確受過很痛的傷，可她爲什麼對痛苦如此麻木？或者說，幾乎就看不出她有多麼地痛苦。自己是很想說些什麼，又關切些什麼的，可心裡更多的是一片迷茫……要知道，換作其他女客，早就哭得稀哩嘩啦，一塌糊塗了……

陳女士將目光移開，然後走進雲天閣，以這裡女主人的姿態說著：「戒空師父，我覺得這裡面的佈局應該重新一下，比如在屋子的東角，可以放一些高矮不一的花瓶，裡面插一些花花草草之類的，一定很好看，你發現沒有，你原先的插花缺少品味，還有……這裡，我打算掛上一副山水畫，那裡……擺一些……」她自顧自地說著。

戒空和尚心裡下判著，陳女士根本就不適合在這裡，她心裡的顧盼太多。

六

幾天後的夜裡，戒空和尚做了一個夢。

他已經很久沒有做夢了，他一向睡得很安穩。哪怕是訪客爲他傾訴了世間諸多的煩惱、痛苦……他也一樣睡得安穩。

可這天晚上，他做夢了，夢見自己在一個島上孤獨地生活著，一開始，四周都沒有人。他感到萬分地恐懼，拼命地呼喊、掙扎都沒有用，恐懼越來越強烈。他快要窒息了，這時，一道光門出現，他看到一個身影向他走來。「哦，是母親嗎？」他覺得那身影好像，他再次喊道：「母親！母親！」身影更近了，可他看不清她的臉，他喘著氣，急促，緩慢，再緩慢……最後安寧了。

其實，戒空和尚也是孤兒，他沒有見過自己的母親，不知道是什麼模樣。年少的他去過很多地方，苦日子嘗過，好日子也嘗過，如果要有一個比較，苦日子居多。三十歲那年，他效仿古人，給自己取名冷居士。這些年來，訪客來了很多，從來沒有一個人讓他能感到熟悉。

我問過戒空和尚，你是徹底絕望了嗎?他「阿彌陀佛」一聲，說這正是他來到長樂寺的原因，求索數年，孤獨裡得到至樂（語出《莊子》），這樣的孤獨或許已經不再是孤獨，他原想著這樣到老，了卻殘生，卻沒曾想到陳女士的到來將這波瀾不驚的生活激起了漣漪。

陳女士已經在雲天閣居住有一週的時間了。

表面上看，沒有發生什麼事，就跟第一天差不多。戒空和尚獨自一人在長樂寺內院的一個石凳上吃著飯，陳女士在雲天閣裡吃完飯就去睡，到下午四點左右出來活動，有時就在雲天閣外面，有時下山到長樂寺。

他們沒有過多的言語。如果有，也是陳女士說過不停。戒空和尚自她上山以來就沒有下過山。

這日，早上的時候，他算算了口糧，差不多還能維持半個月。他想著沒有口糧的那天，這雲天閣裡就只有他一個人。

陳女士的想法跟他差不多，她也想著這雲天閣裡就她一個人。爲此，她開始爲自己列出購物清單。那清單上的字跡一筆一劃地寫得工整、耐看。她是用了心的，就像戒空和尚默念「心經」和抄寫「心經」一樣。

戒空和尚有些心生嗔念了，他很想以這樣的方式告訴她：雲天閣根本就不適合你，或者你根本不適合雲天閣。像你這樣六根未盡，還不如到山下的旅館居住，鎮上物品豐富，購買方便，想要聽經法了，可以和那些訪客一起上山來，過後就離開，誰也不再牽掛誰。

「我眞的這樣去想過。」戒空和尚對我說，「但我也這樣問過自己，陳女士若這樣問我，不也可以嗎？我的意思是說，非得執著於雲天閣，我才可以至樂嗎？如果是這樣，說明自己還不夠眞誠，還不夠的，還不夠的……」

他閉上眼睛，他願意再做一次那樣的夢，呼喊著「母親……母親」，安慰他不平靜的心。

……

黃昏時分，夕陽照在長樂寺的山門上，一些訪客上山來了。他們進了山門，來到戒空和尚的禪房裡，人少的時候就在禪房，人多的時候就在大殿堂裡。

他們坐在草墊上，聽著戒空和尚講法。不知道什麼時候，陳女士也在禪房的窗外，她輕身輕腳，素衣打扮。戒空和尚像沒有看見她似的，專注講法。

她也進了禪房，在最後一排靜靜地坐下。

她面帶微笑，因那道細疤的存在顯得難看。

她坐在那裡，眼睛都不眨地望著戒空和尚。

兩個人就像是隔世的存在，又像是僅在咫尺的無言。窗外有蟬鳴，不會打破這樣的局面，整個禪房充滿了禪意。

兩個時辰的光陰就這麼過去了，訪客陸陸續續地走出禪門，他們輕言輕語，有說有笑。陳女士也在其中，她輕撩了頭髮，夕陽灑在她的臉上，那道細疤更光亮了。她沒有往日的多語，她和在他們之間，既不突兀，也不違和，都是俗世人。

到底會有什麼不一樣呢？陳女士，餘輝中，她一轉身就像時光中的舊身影，如果她曾經打動過戒空和尚，那也是佛境裡的善憫。

「我不能和她多說話。」戒空和尚這樣說道，「我只希望她早點離去。」

幾個訪客提了些糕點，戒空和尚連忙道謝，他們直擺手。我們三個一年前來過的呀！他仔細看了看，記起來了，確實來過，只是現在比以前清瘦了些。

心靜則人瘦，還是有些道理的。之後，他們互相攀談起來，戒空和尚感覺自己有些餓了，陳女士彷彿懂他似的，就去洗水果去了。那三個訪客對戒空和尚說，長樂寺已經存在許多年了，有些地方已被風雨腐蝕，我們想捐獻一些錢財用於修葺。

戒空和尚雙手合十，表示感謝。

這時，陳女士已經將水果洗淨，她打了招呼，然後一行人在長樂寺的東院坐了下來。傍晚裡的長樂寺，此刻風景最美。

戒空和尚忽然覺得陳女士在寺裡也沒有什麼特別的不妥。院裡陽光略斜，打在木板上，灑在植物花開上，形成既有陰影也有明亮的光景。

這一切，似乎從來都是這樣，只是平時沒有怎麼注意罷了，哪怕是一個人，哪怕是兩個人，哪怕是就那麼一會的光景，已經是人間最美了。

戒空和尚是最安穩的了，他們幾個人也安穩。

陳女士也安穩嗎？戒空和尚不是很確定，他看見她只顧吃著水果，那道細疤在嘴唇的上下翕動中顯得更加突兀。約摸半個時辰，那三個人決定離開，臨行前又再次主動提到了捐款修葺長樂寺的事。

其他的訪客也陸陸續續離開了長樂寺。陳女士吃著水果，說她懷孩子時特別喜歡吃水果。戒空和尚有些吃驚，就問她：「你有過孩子？那……孩子呢？」

「流產了。」她輕描淡寫地回應道。

戒空和尚聽了，搖搖頭，遽然地一轉身走向禪房。

他要抄心經，一筆一劃地抄著。他不要聽到這骨肉分離的俗事，他害怕自己由此產生映照和折射，那忽明忽暗的隱痛在慈悲的世界裡心跳加速。

眞的要感謝抄經，一筆一畫，一字又一字，它們組成一句句有佛性的語言，直抵人心，讓人安穩、祥和……

他抄得很慢，彷彿要鏤金刻銀，彷彿要忘掉自己的存在。

天色暗了下來，隨後又刮起了風，再一會兒就夾起了雨。這樣的場景好奇異，奇異種有一種淡淡的美，奇異中有一些莫名的傷，說不出的那種。

「下雨了，雲天閣會很潮濕嗎？」她問道。

「會有一點，不強烈，我不在乎的，可以睡得安穩。」戒空和尚在抄完了心經中的最後一個字，擱下筆說道。

「我不喜歡下雨，一下雨我就想會想起他，我們是在一個雨天裡相識的。那時我饑腸轆轆，又身無分文。但我一點都不擔心，我知道我會遇到很多人，然後，我就會在他們當中找一個可以依靠的人，他們說我是一個很隨便的女人，可我覺得我不是，他們不知道一個女人在無助中對愛的渴望。」她說著，撩了撩頭髮，又抹把臉，彷彿有淚水淌過臉龐似的，幾秒後，她又說，「你覺得我是一個壞女人嗎？」

戒空和尚凝視著她，沒有作答，閉上眼，一聲「阿彌陀佛」，略綿長。

天空中的雨在風的作用下肆虐地灑向人間，長樂寺籠罩在雨中，那滴答的雨聲在夜幕中作響。我們的心情會是怎樣的喲！她說了好多話，一步一步地走著，她要上雲天閣，她不聽他的勸說，等雨停了再走。

他看見雨水中她，那身影越走越遠，他沒有前行，只是在凝視中讓那身影越來越模糊。夜裡的雨停了，時不時地吹來一陣風。院子裡的木門發出「吱呀」的聲響，本來想去關上的，戒空和尚又覺得不必了，一個人躺在禪房的木床上，聽著夜裡的這聲響，它疏緊有致，如同問答對話，關照心靈，聽著聽著就入迷了。

他有自知的，自己雖是居士，雖是入了空門，卻也在某些時候免不了俗。他仰躺著，雙手抱在胸前，在「吱呀」聲中不免想起她說過的話。

這個女人讓他心裡犯過怵，也心生過憐憫，甚至還有其它……

陳女士一以貫之的陳述裡有自求的苦厄，也有對痛楚的麻木，但她又不是完全無藥可救的那種。如果拿自己和她相比，在投身飼虎（佛中經典故事，語出多部佛之典籍）中所產生的種種情愫將何處安放啊！

想到這裡，戒空和尚倏地起身，環顧窗外一番，心裡浮起一陣沉痛感。

早醒了，戒空和尚在院落裡晨練一番後，不自覺地上了雲天閣。

陳女士起得比往常早了許多，她爲自己找了許多的活，既像是在打發無聊的時光，又像是爲自己殘缺的心靈尋找一個出口。

她在雲天閣的周遭仔細地拔除她認爲的雜草，再圍上柵欄，如果這不是畫地爲牢，那一定是美化環境，但到底屬於哪一樣，只有她自己知道。

她將雲天閣裡的器皿擦得鋥亮，彷彿要它們一塵不染。

她讓雲天閣的四壁有了古樸美的裝綴，一改戒空和尚的純天然。

花費這麼多的心思改造雲天閣，如果不是因爲無聊，那就是要把這裡當作她的家。戒空和尚看到眼前的這一切，內心浮出一絲不安。按照他的估計就在這幾天，因長樂寺的口糧用盡，陳女士應該就會下山了。現在看來，對方絲毫沒有此意。

他正想開口說些什麼的時候，陳女士笑吟吟地說了一句：「戒空師父，你對我的佈置滿意嗎？」

戒空和尚沒有說話，只是雙手合十。

她又講述自己的未來規劃，甚至講到了死，彷彿是大徹大悟了，又彷彿仍忘不了浮塵。

戒空和尚轉身下了山，一路上，腳步略顯沉重，回到禪房，他開始抄經，一遍又一遍地抄。他都想好了，從今開始，有訪客進長樂寺，就送他們手抄的《心經》。

也從這一天開始，他對自己說，再也不上雲天閣了，除非陳女士離開。

長樂寺裡的口糧只夠一天的用量了。戒空和尚在禪房裡打坐，他微閉著雙眼，與他面向的是一扇窗戶，那扇窗戶正好可以看到從雲天閣下山必經的小路。

……

「陳女士下山了嗎？」我迫切地問戒空和尚。其實，我更想知道這個故事的結局，陳女士最後怎樣了。

「她……不見了！」戒空和尚輕歎一聲，「確切的說，是不知去向。」

「那……她留下什麼東西了嗎？」我又問。

「有，一張紙條和一張書寫得工工整整的未來計畫書。」

「……」

八

上午約十點的時候，長樂寺裡來了一些訪客，其中有人直接先去了雲天閣，剩下的就在長樂寺的院落裡，當中一個還帶來一大袋米。

看著這一大袋米，戒空山心裡有些失落。其實，他不是無情之人，他一直謹遵佛之向善，他自己也是大善之人。他只是覺得雲天閣裡有女人存在，或者說雲天閣被一個沾滿塵事的女人弄得「面目全非」，實在是……

「還是把一大袋米放在廚房的米缸裡吧！」在扛米到廚房的途中，他想過將米藏起來，猶豫了那麼一下，很快就被摒棄了。

剛從廚房出來，走到院落裡，上雲天閣的那個訪客氣喘吁吁地下了山來了，大驚失色地對戒空和尚說道：「……雲天閣裡有女客，有女客……」

戒空和尚面不改色，雙手合十，說一聲「阿彌陀佛」，不作解釋。那些訪客有的大爲絕望，有的促狹地會心一笑，有的搖著頭，有的神情懊惱……

望著他們離開長樂寺的背影，戒空和尚知道：他們不會再上長樂寺了。

黃昏的時候，陳女士下山了。她應該是隱隱知道了上午發生的事情。她流露出可惜的神情，她又說，爲什麼不告訴他們實情呢？我看吶！乾脆你和我一起下山得了。說完，她「咯咯」地笑了起來。

戒空和尚聽而不聞，輕搖頭，回到禪房繼續抄《心經》。

他心裡很清楚，長樂寺的訪客一點都不會少，在接下來的時間裡，特別是在週末，訪客會增多，他們大多抱著好奇心而來，想要瞧個究竟……然後，他們在山下廣爲流傳，甚至在熱議中笑出聲來。大抵會說，你看那長樂寺啊！有了六根不淨的和尚，雲天閣就這麼毀了，長樂寺也毀了。

陳女士站在院落裡，忽然意識到自己給長樂寺帶來的困擾，確切說，是給戒空和尚帶來的困擾。她開始檢討起來，說這事都怪我，我這人看起來就是屬於那種女人……對吧！我就是隨便的女人，要不怎麼三個孩子都流產了呢……

她說著說著就流了淚，戒空和尚沒有言語，他剛抄完兩頁，擱下筆，抬頭望了她一眼，她的頭髮紮了上去，那道細疤一覽無遺，微風過處，一陣殘香。陽光照耀處，細疤格外刺眼，他依舊沒有言語，低頭繼續抄經。

等他抬頭的時候，陳女士已不在院落了。他想，應該是上雲天閣了。

隔了幾日，戒空和尚決定上雲天閣，他還是忍不住擔心，擔心她會出什麼事。

快步行走，比往常快了時間到雲天閣。此時傍晚，雲天閣就像名勝古蹟般地存在。他看到房門微閉，裡面沒有聲響。也許她在休息吧！他在門前駐足了片刻，然後抬起手，敲了幾下，沒有回應。他又喊了幾聲，仍舊沒回應。

「阿彌陀佛」一聲後，他推開了房門，裡面空無一人。

……

九

在長龕桌前放著一張紙條，旁邊是寫得滿滿幾頁的紙。在那張紙條上有幾行清秀的字。戒空和尚拿在手中，他看到了上面的內容：

一切都應該隨風而逝，包括前世、包括今生，包括我這不乾淨的肉身。謝謝戒空師父的大慈大悲，能容忍我在這清淨之地住上一些時日，在這些日子裡，我感到過從未有過的快樂，還有安寧。您從未究問我為什麼要來到長樂寺，為什麼要住進雲天閣，您也不向那些訪客解釋為什麼雲天閣裡有我這樣的女人。

佛說，大悟無言，我不能說得太多了。對未來的計畫寫得滿滿的，我只是寫寫寫而已，最後我一樣都不會去實現的。雲天閣不是我的，他屬於你，也屬於長樂寺。好了，一切都應該隨風而逝，勿念，我本天涯！

陳麗

戒空和尚看完，久久地立在那裡，沒有言語。好長時間，他才走出雲天閣，一聲「阿彌陀佛」有了從未有過的綿長。

從此，他爲雲天閣上了一把銅鎖，鑰匙則被他扔到了山崖。

從此，長樂寺裡只有冷居士，雲天閣裡只留「戒空」。

✝

我走在雲天閣的門前注視著雲天閣，還有那已經鏽跡斑斑的銅鎖。

如果不是我進入長樂寺，如果不是戒空和尚願意向我這樣的寫作者講述這裡發生的故事，我想世人很難知道有些故事是不能聽的。

可我聽了，聽得入迷，聽得有些傷感。

佛說，人生如處荊棘叢中，心不動，則身不動，不動則不傷；如心動，則人妄動，則傷其身痛其骨。

我想，這句話作爲行爲結束再合適不過了。那些隨風而逝的東西被我「無情」地寫下了，只願世間美好，斯人快樂。

長樂寺！

長樂寺！

雲天閣！

雲天閣！

——第一輯

生死禪

生死禪！生死禪……沒有生死的明悟哪來的禪？

一

我怎麼也不會想到，我在二十幾歲的時候，會在一座小島上度過數月。當然，這也可能是一種夢境，以至於十幾年後提筆寫下這段經歷，尤覺恍若隔世。

那時正值秋季，從遠處眺望過去，滿山的樺樹、楓樹的葉子已經變黃。早晨的時候，若不懶床，就能看見那些棕紅色的樹葉因沾了晨露而顯得格外的鮮豔。

我喜歡畫畫，要將那紅彤彤的太陽映照下的海面描繪下來，然後掛在我居住的小島上的房間裡。

我覺得整個小島是充滿活力的，哪怕是深秋。我喜歡這裡的寧靜，喜歡這裡的空寂法師和一塵小和尚。我可能是這座小島上少有的訪客，也可能是衆多爲俗世煩擾而難拔的憂慮症患者之一。

總之，我看不透生死，我需要禪。

我對這座小島充滿了嚮往，去追尋那裡即將給我的答案——

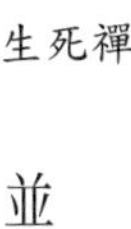

一天怎麼度過，一月怎麼度過，一年怎麼度過……

這太有意思了。

早上，沐浴著晨光，我什麼也不做，推開窗看著大海，靜靜地發著呆，或者坐在窗臺前讀著唐詩宋詞。中午的時候，我就吃些簡單的東西，然後慢慢地出行，步行到法明寺，這段時光充滿了我說不出來的多樣感覺，會一直持續到黃昏。

我走到法明寺，一步步上抬腳步，那石梯不算太長，但我總覺得已經走了一世。午後太陽燦爛刺眼，照在法明寺的青石碑坊前，我從高高的弧形門洞裡穿過，那身影被拉得好長，再走過小橋，就穿行到安靜的蜿蜒的小徑上。

繼續前行，眼前就會出現低矮的白牆以及一扇被風雨侵蝕過的木門。門是半掩半開的，我邁過青石做成的門檻，彷彿是踏過了千年的風霜。

我神情有些恍惚，一種類似夢境的感覺攫住了我。

我總覺得這地方我似曾相識——

那是我出生的地方嗎？這是「生」禪？

那是我有一天歸宿的地方嗎？這是「死」禪？

眞是太奇異了！

在這恍惚的夢境裡，四周是靜悄悄的，又空無一人，只有我一個人在張望。然而，這並不恐怖，就像一幅謎一樣的畫，如義大利畫家基里科的風格。

我立在那裡有片刻，然後我將雙手插進衣袋裡。

我慢慢地走進庭院。

此刻，呈現在我眼前的是供了佛像的一排殿宇，左右是高低參差的樸素的遊廊殿堂，裡面也供有佛像，剩下的就是接待訪客的客堂、和尚們打坐念經的禪房，在右邊的角落裡是他們吃飯的齋堂。

我很虔誠，一一行著禮拜。

我比以往安靜了許多，信步走在寺院後方的一個幽深的庭院裡。這是另一番景象裡的世界，裡面的菩提樹深深地吸引了我的目光。

我曾沉迷在都市的繁華裡難以自拔，很少接觸這些自然、古樸。我不由自主地被眼前的那種歷經歲月洗滌的美打動。菩提樹虬根盤錯，它沉默、有力，將生命深深地紮進土壤裡，最後蓬勃出巨大的樹冠，挺姿於天空。

我開始不自覺地抬頭仰望，想到人之生命的短暫，這難道就是萬物盡虛幻的哀傷麼？

我不懂！

那會兒，的確不懂！

我深深地吸了一口氣，走到一老一小的兩個和尚面前。他們在下著棋，棋盤很大，棋子卻很小。我不懂下棋，但看這一老一小全神貫注，很有意思。他們穿著一樣的灰布袈裟，老的下巴上長著一把山羊鬍，臉部雖消瘦卻給人矍鑠感，鼻樑高高，鼻尖發紅，臉上保持著似笑非笑、似睡非睡的表情。

「他是神仙嗎？」我心裡嘀咕著。

小和尚，臉部乾淨、清秀，眼珠烏溜溜的，顯得很聰慧，看上去約摸十三四的光景。

「他是小神仙嗎？」我心裡嘀咕著。

所有一切都沒有答案，「可能是暫時的。」我在想。

我決定觀看，很多事多看看也許就明白了。

這一老一小一直都那麼地安安靜靜，我不懂棋，看不出棋盤上的風雲湧動。

早上下了一會兒的雨，現在還有積在上面的雨珠透過茂密的樹葉間的罅隙滴落下來，落在木製的大棋盤上，發出清脆的「滴答」聲響。

我一直在那裡站著，直到雙腿累了，就坐在一旁的石凳上。

……

我看見天色開始暗了，在小島上對時間的瞭解大抵都是通過觀看天色來感受的。島上的天空亮得比城市早，暗也暗得比城市早。所謂時間的流逝，在這裡感受得更明顯些。

時間繼續在流逝。

突然，老和尚捋了一下山羊鬍，將手中的一顆白色棋子擲下，微笑著道：「呵呵……徒兒，這一局你贏了。」

小和尚高興萬分，那乾淨、清秀的臉上露出孩子般的稚氣笑容，小拍手的說道：「師父，七年了，徒兒終於贏了你一次，好開心喲！」

我也被他感染了，起身輕輕地鼓掌。

老和尚向我看了一眼，又略略地一頷首，我連忙雙手合掌作揖。

「這位施主好面生，是第一次來這裡嗎？」

我搖搖頭，「我在這島上已經有一些光景了，也來過這裡，只是我們未曾遇見。」

「哦。」他應一聲，「施主看起來彷彿有心事？」

我略略點頭。

他端詳我，又輕輕一搖頭。「我們有緣，不妨有時機的時候一敘吧！」

我聽後，輕歎了一口氣，「敢問法師如何稱呼？」

「空寂——」我聽到聲音渾厚、綿長。

「那——他呢？」我指向小和尚。

「一塵。」

二

關於我爲什麼要來到這座小島，原因有些複雜，既有因新書寫不下去了，也有心結太多的緣故。總之，我沒有了靈感，我討厭都市的繁華，我想逃離。

我知道，這樣的表現不是一次了，有很多次。那段時間，除了寫作難以繼續下去，還害怕生與死。

一想到生命就短短幾十年，莫名的後怕感瞬間就吞噬了我。

自那次和空寂法師有了一見之緣後，我決定去拜訪他，我不想等到他說的「等到有時機」的時候，我等不了了。

空寂法師已經九十多歲了，他喜歡跟我講述這人世間像雲煙一樣的故事。

我想著他的高齡，容易想起奶奶對我說過的話——我走過的橋比你走過的路都要多。

空寂法師不是那種非常有名的那種，在這個世界上不會有太多的人知道他。他在這個小島上隱居，將一生中絕大部分的時光都交付在這裡。島上很多年輕人都走了，只有他像沒有移動似的，他穩坐在那裡，做到了空寂，也知曉這個紛繁的世界在以什麼樣的方式變化著。

「我師父是個大善人。」一塵小和尚對我說。

島上一直流傳著空寂法師的故事，其中最爲津津樂道的是在幾十年前這裡鬧饑荒的事。那時候很多人都逃離了，沒有逃離的也是餓得兩眼昏花，寺裡的和尚不管在什麼時候也是好過一些的，因爲島上的居民虔誠，時常上香進貢。但在饑荒的年月，寺裡的日子也不好過了。當時，寺裡的和尚們好不容易湊了一些大米，他們做了一碗米飯給法師吃。到第二天的時候，有和尚就去問法師，說師父，米飯味道如何。法師就說，我沒吃，給寺廟旁邊的兩個小孩吃了。

空寂法師其實來頭不小，出生在上流之家，長相英俊，才學多識。只因戰亂年代避禍來到小島，從此在這裡紮根。我曾經認爲逃離也是一種勇氣，因爲你要從熟悉的地方到不熟悉的地方。現在細想，逃離後就選擇一個地方紮根，才是更爲勇氣的。

我現在所看到的空寂法師的臉彷彿是永遠似笑非笑、似睡非睡的樣子。他給我安祥感，他目光平靜又溫煦，說話時的語調不急不緩，就像坐在一葉輕舟在平靜的湖面上輕彈一樣。

「眞的是太好了，世間竟有如此奇人。」再面對眼前這位親切自然的老人，一種莫名的敬畏已經心生。

空寂法師給我講述那些發生過又困擾我的事，我漸漸地變得平靜起來，尤其是突然接觸到他深邃寧靜的目光後停頓下來，那一剎那，物我兩忘，我已經沒有多言。

我閉上雙眼，在多次的聆聽中，我越來越強烈地體味到空寂法師平靜講述中的「促悟」。那些經歷，那些荒謬又嗔念的經歷在一瞬間變得輕飄飄然，它們正慢慢地脫離我的意識，然後借助我的身體飄飛，最後變成與我無關的東西。

而在這樣的心境裡，我又看到了一堆灰燼，他們是荒謬、嗔念……被燒盡後的殘留物，我知道那些是虛無，是因果、是慈悲、是放下……

原來，我曾經那麼繁重地缺乏安全感。

原來，我在島上去拜訪空寂法師已經成為每天的必修課。

我沐浴在空寂法師的一言一行，一停一笑……中，這樣的奇特感覺讓我感到好安全啊！

三

這天午後，我又去拜謁空寂法師。

這次，他對我說了一些意味深長的話語。

開始前，我問法師世間的苦痛，生與死何然？

他說世間無人不怕這些，但又無須去害怕。世間的諸多苦痛，生與死都來自於無明。我們因無明產生了很多妄念、糾纏、恐懼……要想從無明中解脫出來，需要我們有正確的見、定、行，而我們人自身的慈悲會給這些指明方向。記住，對自己、對他人慈悲，就是心明、無念、無懼……都至善法寶。

苦痛、不幸、迷惘、恐懼……不是魔鬼，它只是你身體機制裡的一部分，我們要做的就是學會修行，在修行中去轉化它們，這樣才無愧於我們自身的慈悲之心。

我記下這些話語了，雖然不盡明瞭。

一塵小和尚對我說：「施主，有一天你會徹底明白的，就像我有一天明白棋意，最終戰勝了師父那樣。」

「……」

一天早上，一塵小和尚來找我，告訴說，師父病了。

我一驚，「……嚴重嗎？」

「不要緊的，師父只是昨晚感了風寒，已經服下寺裡特製的草藥睡下了。」

我聽後，這才略微放心，「那我和你一起去看師父，好不？」

「不要緊的，今天我要去島上南邊的情了寺取經，師父說了，你若想去就讓我帶著你。」

我點頭應允。

我信步跟著一塵小和尚，一路走過高低起伏又蜿蜒的小路，一路又說著話。

我問他爲什麼這麼小就出家。他說自己是孤兒，被法師收留。

我又問他有沒有想過有一天會離開小島，去看看外面的世界。他低頭不語，白皙的小臉上一瞬間露出一絲欲言又止的表情。他的淺灰色的袈裟在潮濕的海風中輕柔地舞動，我彷彿看到的是一個小小的苦修行者，他定是在壓抑著什麼，就像我一樣。

到了情了寺門口，一塵小和尚對幾個和尚說了些什麼，我不大清楚，反正我沒有買票就跟著他進去了。讓我心中奇怪的是，情了寺的香客明顯比法明寺多了許多，行走的時候若不小心，便會接踵摩肩。這難道是法明寺不收費，而情了寺要收費的緣故嗎？

情了寺的建築風格比法明寺要富貴得多，簡直就是珠光寶氣、金碧輝煌。

我一路欣賞，一路讚歎不已。

一塵小和尚在三拐四拐後，到了一個禪房。

在那裡，他找到了小沙彌明禪，並從他那裡拿了一本書和一些甜品。他們是要好的朋友，隔三差五的會去見上一面，聊一聊學佛法的心得。

回去的路上，我看到一塵小和尚緊拿著那本書，而拎著的甜品卻捨不得吃。他說要留給空寂法師吃。我說，你也可以吃一點啊！這不影響什麼。他說，這是師父唯一願意吃的齋飯外的東西，可法明寺從不做這些。

我頓時感到詫異。

一塵小和尚說，空寂法師是奶媽帶大的，那時候常做甜品給他吃，後來奶媽病逝了。空寂法師說，他自出家了就拋卻了所有，唯有這甜品——他說這是唯一的缺點，但卻沒有絲毫的負罪感。

我微微一笑，「那……這島上的和尚都可以吃這些東西嗎？」

「這個……這個只要是用天然的原料做的就可以。」

「那……有沒有可能一年四季裡偶然有那麼幾天可以吃葷呢？」

「我不大清楚呢？但有些和尚在討論這事，不過，被長者們嚴厲地訓斥了一頓。」

我們繼續往回走，但我沒有去驚擾空寂法師，打算第二日再去見他。和一塵小和尚分別後，我回到住所，寫下了一些文字，感覺心情很好。

我開始發現來到這個島上來對了，至於爲什麼，一時還說不清楚。

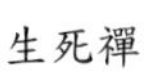

四

空寂法師的身體好多了，無大礙。看來，他身體的確很不錯，寺裡的特製草藥很管用。當然，也可能是因爲其他，比如佛法……

他是一個奉行吃少量食物的修行者。一天就吃兩頓飯，中間有時吃一點甜品即可。早上的時候，他喝一碗清粥，加菜葉那種。中午的時候，他就吃一碗米飯，加一碗豆腐，或者蔬菜，或者蘑菇，反正是換著口味去吃。

還是在午後，這彷彿已經成爲定律，我又去見空寂法師了。

我和他在法明寺裡兜轉。當我們走過菩提樹時，枝頭上的幾隻鳥兒鳴叫不已，那聲音婉轉動聽，宛如絲竹上拔出的音符，讓人輕醉其中。

我抬頭望著天空，問空寂：「法師，你剛才聽到鳥叫的聲音了嗎？它們在唱歌呢？」

「聽到了。」他點一點頭，抬頭朝樹枝望去，幾隻小鳥像非常警覺似的，一下子「呼啦呼啦」地從樹冠中飛出，轉眼就消失在視線裡。

我正在想這幾隻鳥兒是否留下痕跡的事兒，空寂法師不經意地問了我一句：「施主，現在你還能聽到什麼？」

我不知道如何作答。

事實上，就算我能作答，我能回答什麼呢？

沒有？有？但在我的潛意識裡，這個問題絕對不簡單，法師是在從另一個層面在開悟我。

空寂法師一個輕轉身，繼續向前走，前面的光景更敞亮一些。我跟在他後面，看著陽光照耀在我們身上而投射出的身影在慢慢地移動，那感覺好微妙——與智者前行。

我心中有疑惑，終是忍不住要說：「法師，剛才你說的那個問題，我沒有想明白，答案是什麼呢？」

空寂法師捋了一下山羊鬍，停住腳步並轉身與我面對。「看來，你心中一直在糾結啊！從未放下。」

「嗯！」我點頭，「我不明，還望點破。」

他用緩緩的語調對我說：「聲來聲去，聽者由性，聲去留影，聽者由性，凡人怎能忘卻？所謂聲如塵生，又如塵滅，聽者心性應不隨聲而生，也不隨聲去而去。你在意什麼，又不在意什麼，只因掛念纏繞。眞正的悟性者不會受聲來聲去，聲去留影的繁累。你和你此刻相隨，也請你能忘卻。」

我一頷首，表示明白了。

他卻似沒有聽見，一轉身，繼續緩緩前行。

我們走到臺階面前，臺階的兩旁有很多野花在綻放，陽光普照下的它們顯得更加豔麗、芳香。我想到泰戈爾的一句詩：你會注意到花的香氣，但卻不知道那正是從我這裡散發的。一些和尚還有遊客在石階上面漫遊，我和空寂法師上了臺階。在前方不遠處，一塵小和尚正在那裡撥弄著什麼，我走過去看。

原來，他正在將採摘來的花枝進行鋪展，我嗅到一陣陣的香氣。一塵說，他要將這些花枝曬乾，然後製作成香囊，可作醒神之用。

我不再說話。

一塵小和尚繼續撥弄著野花。看到法師來了，他一抬頭，「師父，您來啦！」

空寂法師捋著山羊鬍，微微點頭，「嗯！倒是不錯的，你還將此事記得，待製成香囊後，也送施主一些。」

他說的「施主」是我。

空寂法師指著前方走廊上的長石凳說：「我們不妨在那裡歇一歇腳。」又對一塵說：「徒兒，去禪房拿圍棋來，我們下一局就作罷。」

一塵小和尚停止撥弄那些野花，一起身就朝禪房奔跑去，動作輕捷如飛。僅一會兒工夫，他就回來了。我分明看到的是一個年輕的、旺盛的生命力在天地間舞動，一時，心緒浮動。

這一老一下全神貫注地下著棋。

我在旁邊靜靜地觀看。

一塵小和尚臉上露出認眞而投入的聰慧表情。我看著他，彷彿就如同看見法明寺裡所有的小和尚，他們就像一塵不染裡的蓮花，有著無比純潔、無比善良的靈魂。

有時候，眞的很羨慕他們。

我記得有一次曾問過一塵：「法師給你取下這個名號，你有想過自己這一生會成爲什麼的一個人？」

他沒有思考一下，就脫口而出：「像空寂法師那樣的人，灑脫、自在！」

我又說：「有一天你會離開法明寺嗎？」

「師父說了，修佛的人並不一定非要在寺院裡，天涯海角都可以。」

我點點頭。年輕的靈魂喲！不漂泊，哪裡都是家。

我一直坐在旁邊看著一老一少下棋，也感受到一陣陣香氣輕柔、自然地飄來，我徐徐地呼吸著，感受著。我知道，那不僅僅是大自然的香氣，更是空寂法師和一塵小和尚有著和花一樣靈魂的味道。

修行者都是飄香的，感染自己，也感染他人。

阿彌陀佛！

阿彌陀佛！

五

在島上已經待了較長一段日子了，我知道自己被塵世所束縛的靈魂卽將被擺脫。

「這樣的感覺眞好！」我朝玻璃窗戶上哈氣，隨後用手指寫下這句戶話。

這日，島上剛下過一陣雨，天氣涼了許多。我看到這裡的一草一木都在凋零著，它們的顏色在前幾季的不變綠中參差了許多深棕色和深紅色。我站在空地裡望著它們，十分的生動，意遠。

我開始在打算回去的事了。

我把這樣的想法告訴了空寂法師，他當時沒有說話。這一日，他托一塵小和尚來告訴我，若走，臨行前再去一次法明寺。

是的，就算法師不說，我也要去與他告別的，還有一塵。

我在第三日去告別。

空寂法師的禪房在法明寺的東南方位。禪房裡乾淨、樸素。一個小書架，一張就凳子，一張舊方桌，桌邊設有一神龕，供奉著佛像。一張低低的單人木板床，上面有蚊帳罩著。在窗臺，稀落地擺放著幾盆植物。

我很喜歡這樣的房間佈置，一塵不染、樸素、簡潔……當我抬頭看到牆壁上掛的一幅字時，不覺被吸引了。上書：愉悅靜合。

我的心跳躍了幾下，「愉悅靜合，愉悅靜合，這些我之前幾乎都沒有做到啊！我那麼害怕生死，那麼地逃離、迷惘……」

我問法師：「您爲什麼不怕死？」

他捋了一下山羊鬍，意味深長的說：「也曾怕過，那時未能做到愉悅靜合。佛法是無邊的，是無比智慧、恩慈的，你問我爲什麼不怕死，是因爲我做到了我認爲有意義的人生，每當我看到有困惑的年輕人來到我這裡，最後開悟地離開，這是多麼的有意義。很多人只忙碌地活著，走得太快，忘記了放慢腳步，未必將到來的死亡沒有做出準備，一旦死亡來臨，他們無所適從，自然害怕死亡了。」

他又說：「生閉環，乃律定也，沒有死，何來生？」

我對空寂法師，不，這位慈祥的智者的崇敬之心越來越強烈。他就像一位靈魂使者，在我無助的時候徐徐地呵護我。

在這紛繁的世界中，我覺得自己好幸運，能遇見他。

窗外的一塵小和尚透過窗戶對我一笑。他正在爲那些剛種下的花草澆水，並不燦爛的陽光透過罅隙照射進來，照在花草上，照在他稚嫩的紅撲撲的臉上。我報之一笑，雙手合十。

我轉過身，坐在空寂法師的身邊，告訴他明日就走。我說，有時間會來看他的。我的聲音有些哽咽，「法師，我……其實……其實說不清楚，我又些捨不得，捨不得走，但是……」

「這並不重要，不要有掛念。有一天有了，無法解脫就來找我，如果我不在世了，寺裡還有一塵，還有他們。」他說完，忽然呵呵地笑了起來，「有聚有散，才是緣啊！」

我點頭。

他的話語，他的笑具有很好的治癒作用。我不再那麼傷感了。我也不覺地笑了，「是的，是的，有聚有散，才是緣。」

「我會再來看您的，下次我給您帶來江南的糕點，讓您在這小島上也能品嚐江南的味道。」

他微笑地點點頭，又仔細地打量了一番，「施主，你看上去氣色不錯，比之前好了許多。不錯，不錯……」

「這都是您的功勞，我現在睡眠很充足，不做噩夢了。」

他不作聲，臉上露出慈祥的笑容。

一塵小和尚進來了，他端著兩杯茶水，清香撲鼻。

我和法師喝著，閒聊著。美好的光景瀰漫在禪房裡。

近一個時辰後，他起身走到書架前，取下一本書給我。我接到手中，是一本小冊子，封面有《心經》二字。

「時不時地去讀一讀，對心神有安定作用。」

我感動萬分，卻說不出什麼感謝的話。

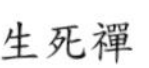

他依舊微笑。

我和法師、一塵告別。

我強忍離別的感傷，空寂法師點頭，嘴角微微上揚：「施主，生活本無常，心緒似波浪，記住，多微笑，勿執念，生活的秘密都在這裡面。你會過得很幸福的，當面對紛繁，不妨懷著一顆嬉戲的心。去吧！」

我朝他揮揮手，他雙掌合十，不再說話。

一塵小和尚送我出了法明寺。

一路上他也沒有什麼言語，站在法明寺門口的石階上，我回頭望著一塵，他也望著我，微笑。

我忍不住回走過去抱住他，「我會想你的，如果你想我，也可以來找我，或者……或者有一天你要去天涯也來找我，見上一面，好嗎？」

我鬆開他。

他點頭。

「照顧好空寂法師，讓他長命百歲，我還想看你們下棋。」

他低著頭，抿著嘴，眼睛眨啊眨，片刻後才從嘴裡說出三個字：「你保重！」

此刻，微風吹來，那些深紅色的樹葉飄落在我們面前，它們是那麼地觸動我們彼此的心弦，那麼地擁有不同尋常的美，美得讓我覺得分別沒有傷感，沒有痛苦。

我踩著石板，下著石階，我回望一次，對他揮揮手。

六

離開小島，我回到都市。
離開小島，我寫下了這篇短文。
離開小島，我不再怕生死。
呵！生死禪！生死禪……沒有生死的明悟哪來的禪？

——第一輯

世間男子多許仙

作為有情抑或無情的眾生，總有一種東西讓你糾結萬纏；作為局外人，總有一種東西讓你莫名淚流滿面、愛恨糾纏。這種東西叫悲憫。

看深陷於風月之中的人士，他們的格言大致是這樣的：天下男兒皆薄幸，世間女子少眞情。

對於此格言的解釋就如老地方的雨淅淅瀝瀝，溫柔中有哀怨。

譬如說，他們從來都不知道在心裡什麼才是最重要的，就像自己都不知道生命裡的哪個女生才是他們最後的歸宿一樣。

可爲什麼又要裝作哀怨呢？

去東寺那會兒，偶遇一禪者，幾經聞，又說世間男子皆薄幸，卻常有柳下惠。凡塵女子重四德，何來潘金蓮。在三綱五常的時代裡，一切指向倫理道德的事物存在總能引發字字珠璣，不做塵封歷史的湮滅。

可什麼我們一邊鞭笞著又嚮往著呢？這眞的好生奇怪！

某夜，風雨大作，難以入眠，打開電腦，重溫經典影視《青蛇》，有了感概——突然覺得世間男子多許仙。

很多故事基本看過就忘，雖然在看的時候都覺得自己相當投入，茶飯不思的，一心只關心進展和結局。看《青蛇》的時候也是一樣，雖然已經看過多遍。而後又翻出香港作家李碧華的經典作《青蛇》，被一句「多麼鄙俗的人間」打動。夜繼續深，還爲辛曉琪的《人生如此》不能釋懷，誰叫她那麼深情又入骨髓地唱道：「人生如此，浮生如此，緣生緣死，誰知？誰知？情終情始，情眞情癡，何許？何處？情之至……」

這樣的感覺眞是一種邪性，可能在很長時間裡若有所思，腦海裡浮現出千萬種畫面，然後就像一根鋼針觸碰著神經，又像一根髮絲飄落於心臟，那樣感覺欲罷不能，卻又覺得有什麼觸動了你，似乎又不甚了了。

想來，看戲，聽歌……但凡經典的總是讓人這樣吧！戲裡、歌裡……講一個故事，之後，掉著不同的、莫名的眼淚。

我是鍾愛民間傳說的，就像我鍾愛文字一樣。由許仙、白娘子、小青爲引，想著這個被從古典浪漫主義到現代解構主義反覆表述和剖析的文本，的確會不由自主地有所觸動，繼而深思。歷數這個被多次表述和剖析的版本：馮夢龍的《白娘子永鎭雷峰塔》，香港作家李碧華的《青蛇》，鬼才導演徐克又將小說《青蛇》搬上螢屏，萬人空巷的電視劇《新白娘子傳奇》，話劇版的《青蛇》……在這樣的珠玉面前，就連我也意淫了一把，雖難登大雅之堂，卻固執地寫就《新白蛇傳之俠義江湖》。

有險臨境，置死地而後生。白娘子、小青、許仙三位不同經年的人士道盡修行人間多少悲歡與滄桑。佛有欲界、色界、無色三界可作爲他們的內心窺探。這三界在我看來還可以稱作世俗的情欲世界，如婆娑縈繞，揮之難去；如實的物質世界，雖偶有情欲，但由於保存了「質礙」，屬於中衆生，儘管仍有色欲等，但已經不必非有「物質基礎」了；涅槃的「空」與「定」，這是究竟後的徹悟，已然超出生死輪回世間，擺脫人生有限性和相對性乃爲《四十二章經》中所言「各自有名，都無我者」，想必已如清李鬥般「禦風輕」了吧！

一場關於世間情難了的悲情故事卽將展開，我的心裡充滿了好奇。這三位個性迴異的可人兒的故事如何在千年之後依然擊中現代人的心，讓我們在無限唏噓中又嚮往——正應了前面的婆娑情緒。

白娘子在未成爲娘子之前，它不過是一條散落在人間的一條蛇而已。後來，它變成她，便有了工容德貌，慧齊淑敏。這一切是命運安排，還是精心設計？我願意相信後者，就像很多人不服輸於命運一樣。它早期略有頑劣，不過是想嬉於草間，初涉世事未料人間之險惡，且幸被施救。自此，它的人生峰迴路轉，這算作結點，今後的人生在觀世音的點撥下開始步步爲營進階。

爲了與那個結點下的牧童——誰想千年後成了許仙，居然精心策劃斷橋上的數次相遇。當然，這是善心使然，也是在規劃自己的人生。

做自己的主，成就安穩的人生，當付出代價。穩穩的幸福從來不是唾手可得，需要付出行動。白蛇在與許仙喜結連理成爲娘子後，更是小心翼翼控制自己的本性，戒掉食人妖性，懸壺濟世，行於當行，宛如活菩薩再世。接下來，她嚴格控制自己的生活，化念妖性，卻不幸波瀾四起。食人間煙火，終脫不了那紛爭，她身爲妖孽，卻爲愛癡狂。

但，這不過是電視裡的橋段，它比不得清人方成培的《雷峰塔》。

這部作品於乾隆三十六年（一七七一年）問世，共四卷三十四出。他對白娘子形象的重新塑造倒是我較爲欣賞的，更是我覺得「世間男子多許仙」的作梗之處。當那些以愛而不顧一切的女子在彰顯難能可貴的愛情觀時，再瞀迷失本心的顚倒衆生的糊塗，眞是好久不見，儼如一座悲愴的休眠火山，抑或無動於衷？

所以，我更加熱愛方成培對《雷峰塔》傳奇中《夜話》《端陽》《求草》《斷橋》……的用心刻畫。難怪像「盜仙草」「斷橋」等橋段能成爲著名的折子戲，一再上演，落幕處，依然不忍離去，嗟歎、唏噓！

情節進行到「水漫金山」處，這是白娘子失去控制後的翻江倒海，總叫人淚流滿面，怨恨在生。此般人生際遇是被棒打鴛鴦，還是被強破強拆，抑或有心爲之，那都是歸佛的必要劫難。淚如雨下湧入西湖，撕心裂肺響徹雷峰塔，倒如一身洗禮。

可是，這裡面有愛的存在嗎？一定有，那是崩潰於分離間的長情。

青蛇呢？它應該是在變性後也擁有了女性的美，但野性未消。

我們會在現實生活中遇到這樣的女子，她忠於內心的行動，表現得是那樣的東一牆西一牆，彷彿與周遭顯得格格不入。她總想著要顚覆些什麼，於是，她整蠱作怪，杏眼怒睜；她不顧一切，初嘗禁果；她不屑於「正人君子」。

因爲，她能感受到無邊的威脅。就算飛蛾撲火，也要自我得令人生畏；就算是赴湯蹈火，腳踩刀刃，也無懼於謗佛毀僧。這是「男兒身」變化爲「女兒身」的後遺症嗎？還是骨子裡就有那種傲氣？

答案已經不重要，她只聆聽自己內心眞摯的聲音，是愛是恨都要走一遭。這樣的女人別有情趣，很多事讓人費思量。譬如說，她忽然鍾情於一個人，就算知道不會有好結果，也要依然赴約；就算暮然回首冷冷清清，也要合榻而眠。多少歡笑，多少淚痕，多少秋水一去不復返，倚欄處，落花有聲，流水無情草自春，在這樣的情境裡，她卻有自己的邏輯，因爲，她信奉衆生平等——「姐姐可以愛，我也可以愛」。

於此，我有想到話劇版的《青蛇》，當青蛇遇到法海，當青蛇面對患有先天性心臟病、七歲就已剃度出家，踱方步、滔滔不絕跟她講佛法的法海，她索性將雙腿盤上了法海的腰間，就像因千年困得太久的藤蔓一樣，由上而下地將他死死纏繞，這是不離不棄、死纏爛打的個性張揚。姐姐因盜仙草爲南極仙翁所困，無法脫身，聰靈的她選擇先走一步，將困於金山寺的許仙由寺底救出，回到家裡，她又把姐姐搶來的靈芝嚼爛餵了他。

這樣的舉措是靈活機動、不顧後果，也是心有所動、心有所愛，於是，她深情地餵著……餵著二人就情投意合了，餵著……餵著二人就「欲界」、「色界」合一了。

看來，還是人間最好，有煙火、有食欲後的情欲。當姐姐出現，當許仙面對幾將陰陽相隔的娘子，許仙的表現讓人有些失望，他以無辜的表情說道：「那是我離魂乍合時的生理反應。娘子，我在朦朧之中把青妹當成你了。」

這樣看來，青蛇更像妖，她來到人間，迷惑多少男子。古代的夜場，和現代夜場是不同的。現代夜場，置身其中全是妖精。有這樣的媚態叢生，怎能不在心猿意馬中坐懷不亂？

但青蛇要做到如何更像人，其中玄妙便是要成人。幾年前我看李碧華的一些作品，感觸頗深。蛇之血屬寒，如臘月寒冰。這就導致蛇妖欲成人其路充滿艱辛，需先擁有情欲，這是像人的基本要素，在有了情欲後，才懂得纏纏綿綿、快意恩仇、肝腸寸斷，最後得以飛升。於是，在情欲糾葛中姐妹反目了，姐姐杏眼怒喝，隨後歎息道：「這不是我做人的初衷。」妹妹卻癡情地作答：「我做人，是爲了你。」這理由，何等絕妙。

當世人看到的是法海的無情，青蛇看到的恐怕應該是薄情寡義中難得的溫存。這就是青蛇，或者說青蛇一樣的女子，她存在的難能可貴，是世間迫切需要的，也是作爲一個人憂傷至死時的救命稻草。

可是，許仙呢？他應該就是薄情迷幻又膽小的男子。尤其是在看過《青蛇》後我腦海翻騰，似乎看到了法海並不想斬妖除魔，他也有情深的一面。甚至，我一廂情願地去相信：法海是願意幫白蛇的。要不，他怎麼會說：「你是蛇，他還愛你，那是你們倆的緣分。」要不，我們現代人願意去「撮合」，經歷生生世世輪回，而青蛇與法海在雨天穿梭時相互對望……

在白蛇盜仙草被困時，青蛇就先走一步了。這個話劇中的場景太有意思了。她徑直私想於許仙，便想了法兒，竟從金山寺底打了個洞把許仙偸回家來。接下來的情景讓人臉紅心跳，青蛇——不，叫小青更情切，她把白蛇搶來的靈芝嚼爛了餵許仙。看到此處，屏息凝視，他們呀！餵著……餵著就把好事辦了，就墜入情迷欲動了，纏綿中有激烈，激烈中有背叛。再看許仙的娘子白蛇，她爲盜仙草義無反顧，險些命喪。

面對死裡逃生的愛人，許仙作一臉無辜狀，竟說出「那是我離魂乍合時的生理反應。娘子，我在朦朧之中，把青妹當成你了」的話。此話一出，又惹得有五百年交情的姐妹兵戎相見。這眞是薄情迷幻的許仙啊！面對尤物他心動了，也付出行動了。這樣的男子文藝的說法是情種，刻薄的說法是人渣。

膽兒小的許仙表現在見到愛人的蛇身後就嚇傻了。他整天在金山寺釘木樁又囈語驚天。

他眞的是人渣啊！又道出了世間許多男子的心聲。你看他這樣地迷幻：娘子你是一條蛇。我媽說，三人一塊兒也挺好。擁有一個尤物還不夠，還想姐妹一起擁有。這樣看來，這《青蛇》中的人渣不是許仙還有誰？這樣看來，世間男子多許仙啊！

因爲，許仙就是世間薄幸又多情男子的化身：面對情來時不能自控，面對尤物是千年妖孽，這個時候他竟然沒有想到這個妖孽是最在乎他、最深愛於他的女人。

許仙竟然不能面對他出軌的過錯，這就是這樣男人的軟肋：安放得自己的過錯，卻安放不了應有的專一。若是哪個女人面對他，一認眞、一定情就輸了。這樣的男人是軟弱的，軟弱的男人除了參與悲劇的製造，負情與背叛，剩下的就是帶給至情女人無盡的淚水和傷痛。和他在一起，痛苦大於歡悅。

世間的衆生其實都是遊戲的。因與此，我愛上王傑的《一場遊戲一場夢》——

不要談什麼分離
我不會因為這樣而哭泣
那只是昨夜的一場夢而已
不要說願不願意
我不會因為這樣而在意
那只是昨夜的一場遊戲
那只是一場遊戲一場夢
雖然你影子還出現我眼裡

聽到歌曲的末尾處，我甚至開始後悔看話劇版的《青蛇》了，也後悔看與之相關的所有版本。正如我後悔看「叔本華」講訴孤獨與寂寞一樣。

兩條蛇，一條意欲成人，一條不屑於此。白蛇想成人卻絕望悲涼，青蛇不想成人卻有了人的眼淚。白蛇為許仙，青蛇也為許仙，還有法海……這簡直太亂了。

當白蛇面對苦心經營的情瞬間坍塌，她淚哭後自請入住雷峰塔，從此關了心門，從此跟這個世界無話可說。應該說，不管當初是處於何種目的她都是從有情開始到無欲而終結。那些情啊！愛啊！都是過眼雲煙，終不如青燈古佛，禪修自明。

在法海圓寂之時，小青在他面前俯下身來做著最後一次的「嘶嘶」，最後一次的「爬行」。這場面讓人欲慟哭。可她還那樣深情的說，因為有緣我們在宋朝相識。因為有緣我們知道了一切的短暫。因為有緣我有了人的眼淚，人的悲傷。因為有緣世間任何一種都不是恒久存在的。

兩條蛇，一個世間薄倖又多情的男子，我不知道還能說什麼。沉默好半晌，才透心涼地冒出一句：世間男子多許仙。我們在狂愛中演繹著人性，又在狂愛中大徹大悟。算作一般幡悟吧！

作為有情抑或無情的眾生，總有一種東西讓你糾結萬纏；作為局外人，總有一種東西讓你莫名淚流滿面、愛恨糾纏。

這種東西叫悲憫。

第二輯

不要慟，這只是小傷口

第二輯

——第二輯

在青石階遇上桑吉

你我都知道，我們因起點不同，路徑不同，際遇不同……五味雜陳中的我們或認命、或抗爭、或擰巴、或堅守……我們在縱橫交錯的行走中過完一生。

一

他唱的歌我聽不懂，卻在片刻後風吹沙般地讓我閉上了雙眼。

都說流浪的人不許掉眼淚，在西部的荒野裡我彷佛看到了桑吉孤獨行走的場景，一把根卡，一曲輕彈，一臉蒼茫……

那是個午後，我在青石街與桑吉相遇在拐角。

我看到一個白髮蒼蒼的老人蹲在桑吉的面前，他「吧嗒」著旱煙，幾縷青煙繚繞，「年輕人，看你一路風塵，面色疲憊，你這拉一天能掙幾個錢吶？」

我是一個寫作者，想像力尚算豐富，這個老人身上一定有著鮮爲人知的故事，或許他在替年邁的自己在問，又或許在替曾年輕的自己在問。

他那麼平和地問，可我爲什麼覺得雷霆萬鈞？

桑吉抬眼望著老人，再望我一眼，毒辣的日頭下沒有一絲涼風。他沉默不語，眼角淚

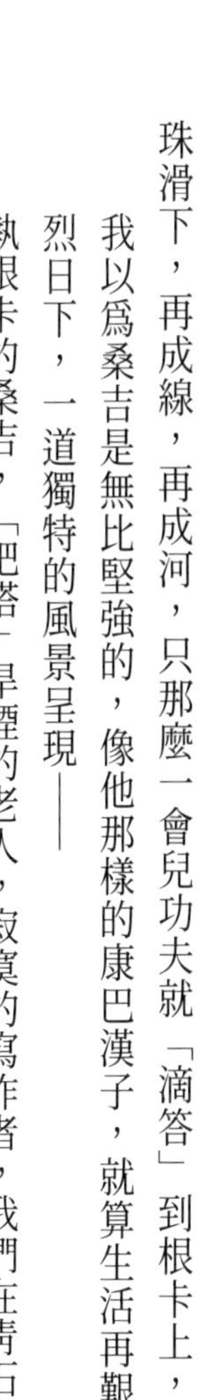

珠滑下，再成線，再成河，只那麼一會兒功夫就「滴答」到根卡上，乍乍地聲響。

我以爲桑吉是無比堅強的，像他那樣的康巴漢子，就算生活再艱難，也未曾哭過。

烈日下，一道獨特的風景呈現——

執根卡的桑吉，「吧嗒」旱煙的老人，寂寞的寫作者，我們在青石街的拐角，神色迴異。

最後，還是老人慌了神情，他站起身，邊歎氣，邊擺手，「罷了，罷了，我不應該問的，不應該問的……好孩子，人生路還長，好自爲之吧！」

……

想寫桑吉的故事很久了，一直因某種刺痛心扉的殘忍而擱筆。

今年，我三十七，人生之路幾近走了一大半，怕歲月再長，怕慈悲成河，怕到那時更無法去言述。

果決中，提起了筆。

人生無常，這個世界——遠近高低，這個人——命運不同。

你想要的公平，不過是在爲夢想打拼時的轟鳴。

你我都知道，我們因起點不同，路徑不同，際遇不同……五味雜陳中的我們或認命、或抗爭、或擰巴、或堅守……我們在縱橫交錯的行走中過完一生。

不是所有的努力都會換來回報！不是所有的希望都會實現！

不是所有的遭遇都會有人同情！

可是，不去行走如何安撫我們內心的跳躍？夢想——夢想還是要有的，萬一實現了呢？先定一個小目標，掙它個生活能自理……

桑吉的小目標就是去建築工地打工，這和當年我何其相似？

二

巴鎮，民和盆地的西部，湟水河沿盆地東西向穿越而過，高原大陸性氣候，盛產小麥，礦產資源僅有沙石。

一九八九年，桑吉出生在多巴鎮，父親德吉，母親歐珠，老實巴交的他們沒能讓這貧寒的家境有多大的改變。桑吉的童年過得不快樂，他是個不怎麼被父母疼愛的小孩兒。

生活拮据是桑吉父母沒有辦法的事，剛滿一歲的時候，就被寄養在離家十里的嘉措家。這是一個比桑吉家境稍微好點的家庭，之所以收容桑吉，是母親歐珠萬分懇求的結果。

讓人欣慰的是，嘉措對桑吉疼愛有加。從某種意義上來說，嘉措就是他的媽媽，雖然她已經年過五十了。

桑吉在嘉措家長到十歲時，才回到自家村寨上了小學。本以為好日子來了，剛念了一學期的書，這個家就破了。父親嗜賭成性，不僅輸光了微薄的家產，還外欠一屁股的債。母親哭得撕心裂肺，以死相挾。這都沒有用，賭徒的回頭是岸成為妄想，家——就這麼散了，而桑吉的讀書生涯就此中斷。

剛認識桑吉的時候，我幾乎判定他就是一文盲，但從他悠揚的歌聲中又感覺他滿腹經綸。或許這就是桑吉吧！不一樣的桑吉。

後來，桑吉又上了一年半的學，母親實在是無法承擔這「累贅」了。桑吉再次輟學，再次被送到嘉措家。

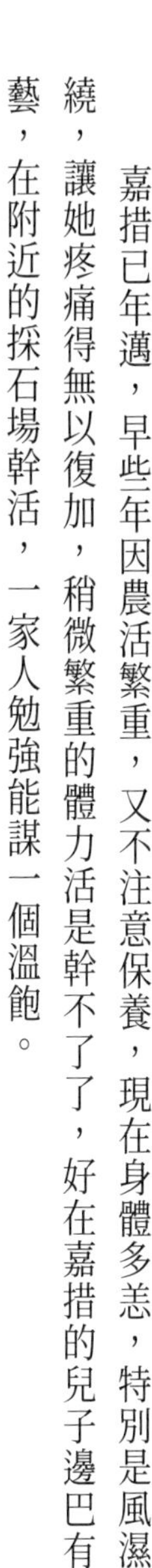

嘉措已年邁，早些年因農活繁重，又不注意保養，現在身體多恙，特別是風濕病的纏繞，讓她疼痛得無以復加，稍微繁重的體力活是幹不了了，好在嘉措的兒子邊巴有石匠手藝，在附近的採石場幹活，一家人勉強能謀一個溫飽。

比之前的家日子要好過一些，可惜好日子不長。

三年後的一天，工友慌慌張張地跑來，說邊巴出事了。原來，在採石過程中出現崩裂事故，邊巴被石頭砸斷了腿。

如果要用一個詞語來形容這次事故帶給這個家庭的惡劣影響，一定是「風雨飄搖」了。

照顧一家人的重擔落在了桑吉身上。

少年的他不應該承擔這樣的重擔，少年的他又必須堅強地去承擔。

可桑吉啊！他只是一個孩子，一個剛高過課桌一半的孩子。

家裡能算得上是財產的東西不多了。一頭牛，兩頭豬，外加十來隻雞成爲這個家庭最大的希望。

照顧好它們，讓這些牲畜能更好地回饋。

快快長大，讓瘦弱的臂膀變得強大。

……

每天早起是必須的。

在吃上一碗稀粥後，桑吉熟練地把牛牽到後山坡去放養，牛到了山坡，就找到屬於它的樂園，當牛低著頭啃著野草的時候，他就肩挎背簍四下尋找豬草。桑吉本來就是山裡人，現在，他更像是山裡人了。

白雲生處有人家，但桑吉覺得山中歲月即便有人家，日子也過得極其漫長。

無奈歲月不懂人情，與牲畜為伴，何時離鄉去闖？

那些雞是不能吃的，蛋同樣不能吃。

在多巴鎮上，雞蛋是可以換取柴米油鹽的。

桑吉是懂得感恩的孩子，他心疼嘉措，心疼邊巴。一家人很久都吃不上肉，桑吉就帶上自製的彈弓，或者像魯迅先生《少年閏土》文章裡講的那樣設下圈套，幾天下來，總會捕獲一些鳥雀。

一段時間下來，捕獲甚少。

桑吉又開始想辦法，天上飛的太難捕捉，地上跑的會更容易到手。為了成功捕獲它們，桑吉耗費了大量的時間，常常要天黑才能回家。不知情的嘉措以為他貪玩，一通通地責罵。桑吉從不解釋，他知道嘉措責罵得再厲害，就算要打他，也是一點都不疼。

是的，不疼。桑吉說他在嘉措面前，永遠不會覺得疼。

這一天，嘉措又打了他，那左臉頰上還有幾道手印。

「疼嗎？孩子……」

「不疼？奶奶……」以前他喊嘉措媽媽，現在改口了，媽媽沒有那麼大的年紀。桑吉從布袋裡倒出好幾隻野味，樂呵呵地說道，「你看，這野味可結實呢，我們有肉吃了。」

嘉措抱著桑吉，越抱越緊，一句話也沒有說，那眼淚「簌簌」地下流。

廚房裡開始忙碌了，很快炊煙升起，一陣功夫後，野味成盤中餐。一家三口圍成一團，誰也不願意先加一筷子。桑吉動手了，他夾了一塊上等的肉放在奶奶碗裡，又夾一塊肉放在邊巴碗裡。

他看著他們，說：「吃吧，趁熱最好吃。」

他們沒有吃，將肉夾到了桑吉的碗裡。

夾來夾去，三人都沒有動口。桑吉索性自己先吃一口，大家都開始吃了。

這樣的場景在昏暗的燈光裡顯得格外的有味道。只是，爲什麼桑吉給我講述時我想哭呢？

日子一天天往前，桑吉一天天長大，顯得更少年了。

桑吉的家境依舊沒有得到什麼改善。他沒有回到學校讀書，不是不想，是覺得想也沒用。詩人海子說：「珍惜黃昏的村莊，珍惜雨水的村莊。」這是有理的。桑吉慢慢地感受到了每天放牛、餵豬、狩獵的生活也不是無趣的，他懵懵懂懂地發現寬闊的山坡上，秘密的草叢中，寂靜的山谷裡，各種蟲鳴鳥奏像是懂他似的。他哼哼，它們也哼哼，饒是有趣。

桑吉曾聽多巴鎮的老人們講過，這鎮上是有人懂鳥語的。

桑吉問，在哪裡。

老人們說，多巴鎮就有，不過已經是許多年前的事了，有一個叫白瑪的會唱歌的姑娘離開了小鎮，再也沒有回來，聽說……進了文工團唱歌了。

在山中的桑吉沒有玩伴，這使得他可以靜下心來，仔細聆聽來自大自然的聲音。漸漸的，他學會了和鳥、蟲對話，也學會了自己和自己說話。

桑吉的膽子越來越大，想要唱出來的欲望更加強烈。他開始唱歌給自己聽，雖是瞎哼哼，卻樂在其中。

我想起那些無師自通的歌者，他們就是在偏僻的地境裡放聲而唱，最後在某種機緣下一唱而紅。那聲音是純粹的、天籟的、高亢的……畢竟，山中無人，山野空曠，除了牛羊……之物，無人打擾。

冬去春來，桑吉從瞎哼哼到有節奏地哼唱，終於唱出了一副好嗓子。

更厲害的是，他還懂得了各種鳥語，學它們也學得很像、很像……

又過了些年，桑吉十七歲了。

這一年，桑吉的身高有了明顯的變化。如果不問年齡，他就是一個成年人的模樣，身形高大，孔武有力。

在邊巴的指導下，他有了一門手藝。多巴鎮的大戶人家修建房屋，需要石匠，桑吉去了，並第一次拿到了十元工錢。他特別高興，東家是按找成人的工錢給的。那會兒，他感受到了長大的樂趣，沒有人會把他當作小孩看待了。

有一天，媽媽來看他。

母子倆一見面，先哭的是歐珠，桑吉雖然沒有哭出聲，但還是忍不住流淚了。

這樣的場景讓人心生酸楚，更酸楚的是媽媽要去遠方了。桑吉問媽媽：「去遠方，是哪裡呢？」

媽媽抓住他的手說：「去南邊，那裡在招針線工。」

「去多久？」桑吉紅著眼睛問，「什麼時候回來？」

「等麥子成熟的時候就回來。」

「……」

後面的內容桑吉記不清了，他等了很多個麥子成熟的季節，也沒有見媽媽回來。

其實，不是記不清，是不願意提及，媽媽對他撒了個謊，鎮上有人在傳言，說歐珠的遠房親戚為她重新找了一個婆家，之前為什麼沒有走，是在等桑吉長大成人。

十七歲那年的桑吉因長成大人模樣而高興，也隱隱覺得長大不是什麼好事。如果不長大，媽媽就不會出走，也就不用天天盼著麥子早點熟，一次次希望落空。

待到夏天的時候，德吉來找桑吉了。

嗜賭成性的父親毀了一個家，卻沒有迷途知返。他來探望桑吉，一再強調他們是父子關係，實際確實看上了桑吉能掙錢的勞動力。

桑吉和我說這些的時候，眉頭緊鎖，那神情彷彿突然老了好幾歲。

許多人都會覺得父愛是讓人難免的。事實上，桑吉的父親的確讓他無眠。在經過軟磨硬泡後，桑吉終是被父親生拉硬拽地弄回了家。他兩腳踏進家裡，發現一切都是那麼的陌生，除了家徒四壁。

桑吉怔怔地站在屋裡，他頭腦一片空白，而後是迷茫。畢竟他才十七歲，不算成人。成人有成人的心智，他沒有。

走向灶台，灶臺上已起了蜘蛛絲。

走向糧食罐，所剩無幾。

桑吉輕歎了一口氣，不管怎樣，肚子是要填飽的。但他想到自己離開嘉措家，他們還能吃到野味嗎？想到這裡，他心裡「咯噔」了一下。

好不容易做好了這頓飯，父子二人面對坐著，沒有什麼言語。

還是父親先開了口，他開口的內容一點都不避諱，直截了當地要求桑吉應承擔起養家的責任。

桑吉沉默半晌，說：「那你呢？」他的話只說了一半，後一半是——還賭嗎？

父親望著他，說：「我都跟在外跑的朋友說好了，他帶著我們去建築工地做活，廿元一天，有吃住。」說到這裡的時候，他停頓了一下，然後緩緩地繼續，「以前爛賭，活生生地毀了這個家，是阿爸對不起你……」

桑吉沒有說話，只是點了點頭。

晚上，桑吉躺在床上睡不著，他想了好多事，也想不出個頭緒來。大半夜後好不容易昏昏睡去，卻做了一個奇怪的夢。

根卡是弓拉弦的鳴樂器。據說，是從波斯傳來。在夢裡，桑吉手執根卡隨空翱翔，有一隻神鳥飛過，自己左手持琴按弦，右手執弓在弦外拉奏，隨後神鳥化作金杯。

我曾就桑吉的這個怪夢設身處地去想了一想，當一名歌手將是他唯一的歸宿。

夏末的一天，父親帶著桑吉去了朋友說的建築工地。

一開始的時候，在工地上幹活主要靠的是力氣。桑吉是老實人，幹活肯賣力氣，得到工頭的賞識，工錢從每天的廿元漲到了廿五元。這一幹就是好幾個月，每天早起晚睡，手上磨起了一層繭。而父親也有了變化，至少沒有看到他去賭博了。

桑吉覺得這個家有希望了。

快到年底，很多建築工地都會趕工。

這一天，來了個大腹便便的中年男人，一臉絡腮鬍的他扯開嗓門問道：「這裡有沒有會雕刻的？」工地上的石墩需要雕刻上字或圖案，這個絡腮鬍子的男人是工地的老闆。

桑吉脫口而出：「我會！」

「你……會？」

「我做過石匠的活，不知道……」

桑吉的話還沒有說完，對方手一招，「跟我走！」

一旁的工友們看傻了眼。

有人說：「這……小子會雕刻？他還會什麼？」

也有人說：「看不出來喲，還是個能人？」

還有人說：「哪像我們這些賣苦力的，機會來了也沒得用。」

「……」

桑吉父親的眼神中掠過一絲眾人看不懂的顏色。他沒有說一句話，就低頭去幹活去了。

桑吉憑藉自己在山裡的記憶，將各種自然圖案雕刻在上去。有時，還雕刻一些只有他自己才明白的符號。

不管怎樣，只要老闆覺得行就可以了。

那些別人看不懂的符號，是桑吉心中的音樂。

……

終於熬到元旦了，工友們在歡呼聲中迎來新的一年。

父親叼著香煙，手指捏來捏去地算著工錢。

根本用不著算，桑吉比他掙得多。這時，父親對桑吉說：「這個家就得靠你，也不知道你阿媽什麼時候回來？」

桑吉心中一顫，阿媽歸期未知，麥子倒是熟了好幾季了。他不願意將對阿媽的思念表現出來，轉而說道：「阿爸，只要你不賭就好，這個家會好起來的。」

遠處和不遠處都有鞭炮聲，明亮的夜空中時而閃爍著禮花，忽明忽暗，色彩斑爛。只是，建築工地上充斥著各種噪音，新年的氣氛被沖淡了。這時，一個四川工友扯了一句，「要是這個時候能唱花燈就安逸了！」

桑吉此刻的心情特好，就開口說：「花燈你是聽不到了，不過，我可以唱一曲山裡的歌。」

「那你就唱嘛！」四川工友咧開嘴說道。

其他工友一看熱鬧來了，就使勁起哄，「山裡的歌，山裡的歌長成啥樣子喲，是不是妹妹想哥哥那種？肯定是滴……聽起來就心裡癢癢的，使勁地想家裡的婆娘了，哈哈……」大夥們都呼啦啦地笑著。

桑吉清了清嗓子，準備開唱。

不料，拉貨的大車轟隆隆地駛進了工地，外面的工友們吆喝著下貨了，桑吉唱出的第一支歌就此夭折。

他愣愣地站在原地，彷彿恍若隔世。

日子繼續向前過，過年的時候父子倆都沒有回家。

休班的一天，父親買了一瓶燒酒和一小袋花生米，同桑吉一起坐在地上。

父親抽著煙，煙霧將黝黑的臉龐籠罩。風吹來，煙霧四散，反而是那一抹憂傷吹不走了。要知道，以前未曾浪子回頭，如今浪子回頭，卻物是人非。

桑吉第一次喝酒，濃烈的液體流淌過喉嚨，火辣辣的感覺讓他眼淚都快出來了，幾顆花生嚼下，好受一些。

看著父親，桑吉忽然覺得自己不應該對父親少言少語。這世間，本沒有那麼多的恨，如果有恨，就唱支歌。他想起在山上放牛的場景，想起坐在石塊上望著遠方想家，那時的他曾淚如雨下。如果不是嘉措的收留和養育，他會不會像同村的拉巴那樣鋌而走險，幹起了搶劫的勾當？最後鋃鐺入獄？

想到這裡，桑吉忽然對父親說道：「我想唱歌。」

「唱歌？」父親有些吃驚。

「是的，唱歌，我的夢想。」

「唱歌能掙錢不？」父親想了半天，冒出了這樣一句話。

「應該能吧！」桑吉突然又覺得好沒底氣。

父親猛喝了一口酒，滿口酒氣的說：「孩子，要唱歌，你得想辦法去遠方啊！在這個地方是沒有什麼出息的，我們現在還能賣苦力，有一天做不動了，老了，就沒有哪個工地要我們了。」

「去哪裡呢？」桑吉抓了幾顆花生，塞到嘴裡，邊嚼邊問道。

「具體我不清楚，不過在遠處有一個工地在招工，那裡的工錢比這裡高，每天可以給到卅五，要不你去吧，只是……不知道去了那裡對你唱歌有沒有幫助？」父親這話聽起來與唱歌沒有什麼關係，不過，從後來的人生發展軌跡來看，桑吉的命運還真有些轉機。

過完年後，父親幫桑吉打包了行李，又把他託付給工友。

出發前，父親送了他。桑吉突然說：「阿爸，你不去嗎？」

「我就不去了，再說，去了也沒有用，那工地多半看不上我。」

車開了差不多兩天半的時候，終於停靠在一個人流量較大的地方。

這個地方屬於三交界繁榮的小鎮。

桑吉是第一次去了離家很遠的地方，小鎮雖然不大，但這裡天天都可以趕集，商販吆喝敞亮，飯店、賭坊、歌廳……都有。工頭拍了一下滿臉驚異表情的桑吉的肩膀，告誡他不要亂跑，不要亂說話，不要偷盜，不要……總之，工頭把這裡說成洪水猛獸般模樣。

桑吉嚇得猛點頭，卻突兀地冒了一句：「那……我可以去唱歌嗎？」

「唱歌，唱什麼歌，你就是一賣苦力的，多賣點力氣掙工錢吧！」工頭沒好氣的說道。

桑吉咂了一下嘴唇，沒有再說什麼。

按照工頭的說法，他們是要負責爲這個小鎮的東南位置修建一條公路和幾幢面積較大的樓房。因此，工期較長，也就意味著桑吉會在這個小鎮待上許多光景。

在一個地方待得太久，一定會發生不在意料中的事情。這是桑吉最喜歡說的話之一。是的，小鎮有小鎮的故事，桑吉到了這個小鎮，故事就延伸到他身上了。

三

眼下時逢春季，修路的同時會看到路邊美麗的風景。桑吉彷彿回到了家鄉的山野，野花、野草、嶙峋的石頭……與這裡沒有什麼兩樣。

幾乎沒有人知道桑吉的眞實年齡，他們都以爲這個身材闊形的年輕人至少廿來歲了，正是好力氣的年齡。因此，在招完工後桑吉被安排到修路的先鋒隊裡。

小鎮的氣候大都屬於酷熱型的，工人們住在臨時搭建的工棚裡，晚上都不用蓋被子，隨便在身上搭一件衣服就可以入睡了。

桑吉住進工棚的第一個夜晚睡不著，他想起白天路過的一家歌廳，裡面傳來的歌聲雖充斥著噪音，還是吸引了他。

「什麼時候才能到裡面瞧一瞧呢？」桑吉想著，「反正一定會去瞧一瞧的。」

小鎮的溫度在上升，與之前的工地比起來，下同樣的力氣，流的汗水卻多了一兩倍。口乾舌燥的他猛灌著水，好像作用不大。

除了口渴，肚子餓得也比之前的快，但偏偏到了吃飯的時候又吃不下。先鋒隊裡的一個四川工友阿強給了他一罐四川秘製的辣椒醬，說這是最開胃的菜。

桑吉用筷子蘸了一點，味道果然夠辣，眼淚都快出來了。阿強指了指大米飯說，和著飯吃很不錯。桑吉試著吃，果然不錯。

吃飽飯的問題算是解決了，但到了夏天，日子更難熬了。

白天強烈的紫外線照射在工人的皮膚上，一兩天下來皮膚就脫皮了，變得黝黑一塊，白一塊的。那汗水順著前胸，脊背往下流，就跟洗了個熱水澡一樣，但滋味卻是兩樣。有時候還有雷陣雨，在一陣「劈裡啪啦」的雨水沖刷下，氣溫降了下來，又在較短的時間裡快速升溫，繼續酷熱。

公路的長度在增加，開始變得有些蜿蜒了。

小鎮的季節在變換，開始到了雨季。這裡的雨季時間較長，會持續幾月。雨季一來，工地就沒法持續開工，中間就會有休息的空檔。工友們一旦連續數日沒事做，就會倍感無聊。而找樂子成爲他們最佳的休閒方式。

一些工友聚在工棚裡抽煙、喝酒、打牌、講下流段子……也有些人跑到錄影廳看「錄影」……

工棚裡煙霧繚繞，酒氣熏天，吆喝聲、哄笑聲……四起。

桑吉絕不會去賭錢，父親就是因爲賭博才毀了這個家的，他痛恨那些賭博的，只是，他刻在心裡不輕易地表露出來。

桑吉也討厭聽那些下流的黃色段子。

陰雨連綿的天氣裡人們會看見一個披著蓑衣，帶著斗笠的年輕人走在尚未修好的公路上——從背後顯現的身影宛若古代俠客。桑吉對我說過，若當時有人爲他拍照就好了，在那一刻他有過從來沒有的擢升感，就像踩在美妙的音符上，整個人的世界都屬於音樂了。

我聽後，表示理解。就像當初的我，寫下人生中的第一本書一樣。

……

在公路的兩旁有茂密的樹林，桑吉腳步輕盈走了進去，感覺自己就是回到了家鄉的山野，他一邊撿著蘑菇，一邊放聲歌唱。

桑吉一臉喜悅地對我說：「你知道嗎？從樹葉的縫隙滴落下來的雨滴是有節奏的，它們就是一支歌；從樹林裡傳出來的各種聲音也是有節奏的，它們就是一支舞曲。」

我點頭！

所以，整個樹林就是桑吉的整個世界，這裡沒有人會打擾他，也沒有人會說不欣賞他。

有時，小鎮的雨會連著下好幾天。桑吉瞅望天空，不會有放晴的跡象。這樣的天氣，他會步行幾公里到鄰鎮，那裡有好幾戶人家，屬於多民族雜居之地。在雨水的連續浸泡下，公路變得泥濘不堪，有的地段還出現滑坡現象，一些運氣不好的，就會被山上滾下來的石頭砸傷。

在工友中，就屬四川的阿強和桑吉走得更近一點。

這一天，阿強因上山採蘑菇，被滑坡的石頭砸傷了腳，因不屬工傷，醫藥費得自己支付。工友們喜歡到鄰鎮的那家診所去看病，一是價格便宜，二是醫術高超。診所的主人是一雲南人，中西醫都會。

桑吉陪著阿強到了這家名叫「會昌」的診所。在鄰鎮還有一所中學，就在「會昌」診所的南面，相隔不遠，大約半公里的距離。兩人路過學校門口的時候，聽到裡面的讀書聲，都會駐足幾分鐘。特別是桑吉，他每每都表露出遺憾：要是不輟學就好了，說不定自己都是老師了。

阿強則表現出一副不以爲然的樣子，用他正宗的四川口音說道：「要不是，要不是——這世上的要不是多得很，又能啷個呢（卽怎樣的意思）？」

其實，阿強也是有才藝的。他會提及會彈吉他一事，但也只輕輕提及，屬不留痕跡那種。阿強呈現在桑吉面前更多的印象是愛看錄影，尤其是那種武打片。當然，也有他口中所說的「愛情動作片」。關於這一點，桑吉很不感冒，只是有一天竟被阿強「拖下水了」。

這是一個有著具體過程、可多筆墨描述的故事。

八〇年代、九〇年代那會兒，許多地方都流行開錄影廳，桑吉做工的小鎮，還有鄰鎮也不例外。桑吉選擇走上幾裡路程去鄰鎮看錄影是因爲那裡的錄影廳片子多，而片子多，他學到的知識就越多。

當時，錄影廳裡喜歡放港臺的功夫片、槍戰片，有時也放連續劇。環境算不上好，但人挺多，票價一般三元錢左右，再一碗茶，可以一直續，只要買了票不出來，可以在裡面從早上看到下午，夜晚可以包場，時間從十二點計算到淩晨，票價五元。

在白天的時候，老闆有時爲了吸引人氣，會在中場穿插播放一些港臺的三級片——就是阿強說的「愛情動作片」。如果覺得不過癮，晚上可以包場。

桑吉去錄影廳的主要目的是想多認識一些字，聽一聽影片中的主題曲、插曲、片尾曲。這的確是一種識字好方法。因爲，影片的下面配有字幕，每次桑吉都盯著字幕認眞地看著、記著。

每當有配樂歌詞的時候，他會表現得很興奮。除了耳朵豎起，眼睛盯著螢幕不捨得眨一下，他還會用心地記下來。遇到比較複雜的就用筆寫下來，不管用什麼符號，他看得懂就行。

現在回想起來，桑吉的這一幕又一幕是何等地感人啊！當然，也是何等地尷尬的。畢竟，看錄影的人魚龍混雜，大都粗俗，他們沒有像桑吉那樣的耐煩心，除了他們喜歡看的鏡頭，片頭和片尾很多時候都會讓老闆快進。

這時候，桑吉坐不住了，趕緊彎腰跑到老闆身邊央求能不能不要快進。老闆將夾在手指間的煙抖了抖，那煙灰飄散而下時老闆一臉懵相，他怎麼也想不明白這個年輕人爲什麼對片頭、片尾曲還有字幕感興趣。

不同的人，不同的調調，在老闆的世界裡，或者說，坐在錄影廳裡大部分人的世界裡

只對精彩的畫面感興趣。

終是經不住桑吉的央求，老闆答應了。這時候，坐在下面的觀衆會發出類似「神經病」的聲音，有的乾脆趁這個當口出門上廁所、到外面透透氣，買點小吃之類的。

桑吉呢？就算尿意十足，也絕對不會出去的！

他要堅守！

他沉醉在影視裡的音樂裡，那些音樂有生命似地幻化成只有他才懂的符號，再重新組合成一幕幕畫卷。隨後，他想了很遠，很多，偶爾也想起阿媽，還有嘉措。

與識字、音樂隨後產生的事一定是桑吉對女性的初步瞭解。這事說來，還要感謝小鎮多雨的天氣，還有阿強的不想歸。

那天晚上，阿強和一幫工友們包場了。在工地上幹活本辛苦十分，重負荷下的精神壓抑得不到釋放，去看一些三級片也算作慰藉。當時的場面「十分安靜」，一幫苦力漢子屏住呼吸，眼睛都不眨下……

特別是阿強，直勾勾的眼神彷彿要出火了。桑吉閉上眼睛，不敢正視，但有時候也忍不住睜眼一瞅，時間一久，他就開始犯睏了，靠在凳子的後背上懨懨半睡。當音樂想起的時候，有些三級片配樂不錯，他就醒來，睜眼觀看，用心聆聽。

若干年後，桑吉回憶其在錄影廳裡的場景，心存感激，他在學校未能接受到的教育沒想到在錄影裡完成了。

四

綿長的雨季終於過去，工地上恢復忙碌模樣。

就在開工的一週後，桑吉有了意外的驚喜。那是一個日落黃昏，紅霞滿天。

阿強從兜裡掏出一個MP3隨身聽，在桑吉眼前晃了晃，「你曉得這是啥子（即什麼的意思）稀奇（即東西的意思）不？」

桑吉盯著這東西看，雖驚訝，卻不說話。

「這稀奇是可以放歌的，啥子歌都能放，你不是喜歡音樂嗎？送給你了。」

桑吉將隨身聽拿到手，心裡美滋滋的，幾秒後突問了一句：「你從哪裡弄來的？」

阿強神神秘秘地笑著，「這個不重要，你手上這傢伙能幫你大忙。」以後桑吉才知道，這隨身聽是阿強偷來的。

自從有了這隨身聽，桑吉整個人都變了。

他將裡面原有的歌曲聽了個稀巴爛，最後哼哼唱唱，竟然跟原音差不多。

在小鎮的一角有一家專門提供下載服務和電話充值的鋪子，桑吉帶上隨身聽，讓老闆娘裝了很多新的歌曲進去，有民謠、流行、民俗……

桑吉感覺人生中最幸福的時刻到了，可他又找不到可以分享的人，就算是阿強也不行，這個說他會彈吉他的民工早已經不提音樂這事了。

工地上搭建的臨時工棚是很簡陋的，一些木頭，一些牛毛氈、一些紮絲、一些碎磚塊……就可以快速搭建起來。

小鎮的氣候多數時候就像夏天悶熱，讓人心生煩意，桑吉每天回到工棚的第一件事就是拿出藏在床鋪木板下的隨身聽。那是一個用竹子編成的小盒子，隨身聽就安安靜靜地躺在裡面，等待著主人去開啓。帶上耳機的那一刻，音樂響起，桑吉感覺整個身體都不再勞累了，音樂的旋律在他的血液裡流淌。

夜晚徐徐來臨，是一番奇異的景象。

一些工友出去鬼混。

一些工友喝著小酒，調侃。

一些工友聚在一起賭博。

一些工友給家裡媳婦打電話，說著騷騷的情話。

阿強去鎮上的錄影廳消磨無聊。

桑吉哪裡也沒有去，躺在硬梆梆的木板床上聽著音樂。

夜晚蚊子多，點上蚊香依然抵擋不住它們肆虐地叮咬。即便是這樣，桑吉聽著音樂，想著山野，想到那些人，那些事……蚊子叮咬的疼痛早就忘了。

年輕人，疼痛的人生。

年輕的桑吉，苦中作樂。

有太多的歌曲，歌曲裡有太多的故事，故事裡有太多的情。

不知不覺中，桑吉流淚了。

午夜的星空依然燦爛，時而有流星滑落，時而有涼風吹來。

一種對生活境況、人生際遇的無助感突然跌宕起伏地圈繞著他：沒有什麼幸福的童年，沒有上過多少天學，沒有完整的家庭，沒有什麼知心朋友，沒有談過戀愛，沒有阿媽的歸期……但這又如何?依然不能否認桑吉對生活的不妥協!

雖然，這一切看起來是多麼的自我。

淚可能是流不乾的，當淚不再流這個迥異的年輕人想著過去，想著當下，再想未來，幾番交織，一些問題就不自主地產生了——

在這賣苦力的小鎮裡眞的只能與磚塊、水泥、鋼筋、塵土……過一輩子嗎?

阿爸說過到另一個地方可能會好一點，現在，好一點了嗎?

那些唱著歌兒的人，他們是怎麼過活的?

在山野放牛、打獵、學蟲奏鳥鳴、左哼哼、又哼哼的桑吉能像那些發行專輯的歌手那樣養活自己嗎?

還有，阿強會重拾吉他嗎?

……

工棚裡已經鼾聲如雷了，夾染著酸臭的體味，烏七八糟的夢話……還有從窗外飛進來躲過蚊香味驅趕的蚊子拼命地吸允。桑吉仰躺在木板床上，一股熱血和怒吼在心中升起。他努力地去壓制，不能顯山露水。

畢竟，時機未到。

休工的一天，桑吉去找提供下載服務的那個老闆娘。他覺得這個打扮時髦的老闆娘或許能幫助點什麼。

老闆娘是朝鮮族人，熱情好客，也喜歡唱歌。

老闆娘端詳著眼前這個年輕人，覺得在這樣的小鎮裡有這樣的奇人出現是多麼的難能

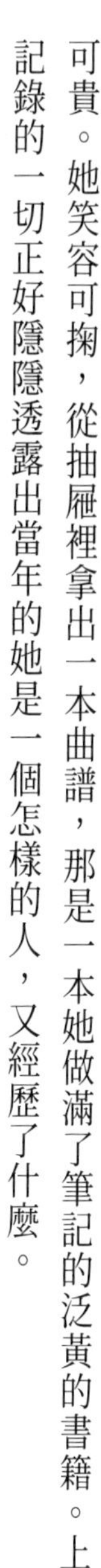

可貴。她笑容可掬，從抽屜裡拿出一本曲譜，那是一本她做滿了筆記的泛黃的書籍。上面記錄的一切正好隱隱透露出當年的她是一個怎樣的人，又經歷了什麼。

這小鎮上藏龍臥虎，桑吉頓時覺得自己的人生開始敞亮起來。

他不言語，一個大於九十度的彎腰鞠躬莊重完成。

老闆娘說：「我並不能教給你什麼，當你讀懂這本書，你就擁有了音樂。」

桑吉似懂非懂地點了點頭。

離開前，老闆娘給了他一個美麗的擁抱，桑吉的靈魂深處有了觸電般的感覺。

力量，就是這麼產生的。

隨身聽、曲譜書，歌者的聲音，曲譜書的魔力……這些元素在音樂的夢想裡如種子埋進了土壤。從此，每一個夜晚，到下一個雨季，桑吉用他獨特的方式爲這個流浪的小鎮書寫了一段可供回憶的歷史。

我無法描述出桑吉是如何做到無師自通的。因爲，他這一段的講述是如此的簡單。他甚至覺得這一段歷史不用重提，可我作爲一個寫作者還是隻言片語地呈現了。我覺得這是對他一種尊重，不，應該是仰慕，五體投地的敬仰！

那些忙碌於俗世裡的工友們，我可以用渾渾噩噩去形容，也可以用被生活的痛楚壓扁來表達。他們不是沒有夢想，只是瑣碎、繁雜、無暇、憤懣、孤獨……所纏繞。所以，他們漠然地看著桑吉的自習，該抽煙抽煙，該賭博賭博，該看錄影看錄影，該睡覺睡覺……沒有人會在意這個跟他們一樣賣苦力的民工，就像兩岸的山石看著水流，就像兩個不同世界裡的人彼此陌生。

工程終於快接近尾聲了，桑吉和阿強被安排到鄰鎮的一個採石場負責原料採集。採石場在鄰鎮的一個叫灞田的村子裡。這個村子盛產一種石頭，既可用於建築材料，也可用於藝術品雕刻。採石場的老闆就是該村的村長，大約五十歲左右，屬樂善好施者，也略懂一些音樂，閒暇時喜歡哼唱幾句，哼唱的都是「田秧山歌」之類的。

手捏青苗種福田，
低頭便見水中天。
六根清淨方成稻，
後退原來是向前。

村長不顧年老模樣，恣情地「吆喝」著，惹得一幫小孩「嘰嘰喳喳」，情趣橫生。時已夏末，因整個村落被一條江隔開，形成一道奇異的絢麗景象。站在江岸上，望著流動的江水，看樹葉被風吹落，淺草、深草拂動搖擺，竟然有放歌的衝動。採石場就在江岸的附近，桑吉工餘的時間不浪費，隨身聽，曲譜，筆記本就在身旁。如果是在古代，這絕對是能流傳甚廣的才子事件。但此刻他在邊遠小鎮，少有人問津。然而，少有人問津並不代表永遠沒有人關注，一些路過的村人不自覺地駐足聆聽，向他投來讚許的目光。桑吉放開歌喉，動情地演唱，記不清有多少個日落黃昏到天色進黑，他的身影，他的聲音已經融入在這江水滔滔裡。

桑吉請了個假，他要回到嘉措那裡拿一把樂器——根卡。那把根卡一直鎖在桑吉的木箱裡，很多年都沒有拿出來了。只有一次，嘉措當著桑吉的面拿了出來。當時，桑吉倍感驚奇，他想要去觸碰，嘉措阻止了，說這樂器是有生命的，得有適配它的人才行。

望著嘉措一臉神肅的樣子，桑吉除了一臉驚異，還是驚異。

嘉措說：「孩子，阿媽相信有一天你會回來取它的。」

嘉措的話一語成讖了。

桑吉一路風撲塵塵地往回趕。

路上想起嘉措的話語，渾身就充滿力量。

路上想起嘉措傳授的根卡演奏技法，感覺整個生命都在舞動。

一天，一個漂亮的女子路過這裡，她是村長的女兒，這裡的人都叫她阿麗。

人生的際遇誰也說不清楚，你不知道哪一天會遇上誰，誰有留在你心裡，或又成爲過客。灞田村的村民都在私下議論，說採石場裡有一個會唱歌的年輕人，沒有不良嗜好，只喜歡唱歌。阿麗一開始沒有在意，私下議論的人多了，也就在意了。

阿麗在意的是什麼呢？我想，就是淳樸的心動吧！

那天，江風浮動，空氣裡瀰漫著百草花香的味道。桑吉輕輕地唱歌，阿麗靜靜地聆聽，一曲唱完，她輕拍著手掌。然後，她向桑吉發出邀請，就在這個月末村裡要舉行篝火晚會。

灞田村一直有一個風俗，在雙月末的時候全村的人都會聚在一起又唱又跳，以祈福上蒼，保佑全村風調雨順。

桑吉欣然答應了。雖然他和阿麗沒有多餘的言語，但彼此意會就可以了。日間勞作，空閒練習、鑽研。桑吉的音樂能力在瘋長。

到了月末，桑吉去了，他還拉著阿強，也去了。

在灞田村的日子裡，桑吉感受到了這裡村民的淳樸與好客，他的心裡已對這個村子生出了親切。

篝火晚會，熱鬧非凡。

火焰、歡歌、舞動……

對望、凝視、微笑……

這些屬於歡樂的元素組成了人生中值得珍藏的畫面。

桑吉用根卡演奏著樂曲，阿麗搖曳著優美的舞姿，阿強雙眼看出了魂，絢爛的火光映紅了他們的臉龐。當所有的心情寫在笑意的臉上，村長舉起了酒碗，吆喝大家一碗痛飲。大家一乾而盡。之後，繼續狂歡。

火光中，阿麗過來向桑吉敬酒，她美麗的臉龐上泛著微紅。這時，村民們起哄嚷嚷著……桑吉聽不懂他們說的話，一旁的阿強脫口而出，「桑吉，他們是在說如果你留在村裡，阿麗就嫁給你。」

桑吉拽了一下阿強，「你是四川人，哪懂得他們說的話，一定是亂翻譯。」

再看看阿麗，她羞澀地低下了頭。

村民中有人說，這個會唱歌、會演奏的年輕人真不錯。

村長捋著鬍鬚，微微點了點頭。

然後，阿麗就跑開了，留下桑吉愣愣地站在那裡。

村民們繼續狂歡著，似乎沒有人在乎剛才發生的一幕那樣。

……

桑吉對阿強說他從沒有進過歌廳，想進去看看裡面的內容。

阿強經不住桑吉的請求，就答應和他去了。

這個小鎮的歌廳有別於其他的歌廳，老闆爲吸引人氣，專門設置了K歌環節，由駐場歌手設擂，因有較高額的獎金，引來很多挑戰者。遺憾的是，至今少有人獲勝，就算獲勝了，最終也被老闆吸收了，納入擂主「儲備庫」。

在小鎮的這家歌廳K歌絕對是一場沒有硝煙的戰鬥，也成爲一些人賴以生存的途徑，這種K歌的背後往往摻進了賭博押注。

兩人進去的時候，一個披著長髮的歌王已經K敗了十幾個人，在場的沒有人敢去開唱了。

長髮歌王脾氣挺「衝」，叫囂著，目空一切的模樣讓人受不了。偏偏又沒有人敢上去一分高低，就在大夥們徹底失望的時候，阿強冒了一句：「這裡有人願試一試。」

也就在話音剛落的一瞬間，大夥們的眼睛齊刷刷地望向了桑吉。

桑吉還沒有反應過來，就被阿強推了上去。

長髮歌王不屑地瞅了桑吉一眼，才將話筒給了他。

整個歌廳，瞬間變得安靜起來，連老闆都站在旁邊觀戰。

關於這次K歌的具體過程可以用兩個字來概括：完勝！

長髮歌手悻悻地敗下臺，他的必殺技「飆高音」竟然在桑吉面前高判立下。

桑吉放下話筒挽留說自己不過是被阿強強推上去無意一展歌喉，無意PK。

在場的人，有人歡喜有人愁。那些押長髮歌手的人占多數，虧了；那些押桑吉的人占少數，賺了。這一切，桑吉並不知情，他只是單純地覺得自己去唱了一首歌而已。

然而，就是桑吉這麼一嗓子，改變了兩個人：阿強、長髮歌手。

阿強開始在撫摸那把吉他了，雖已生疏，但情已動。長髮歌手本想離開小鎮到另外的地方去謀生，精於算計的老闆留下了他，也留下了桑吉。但桑吉說自己只能空閒時才來唱，一些歲月磨礪後，桑吉和長髮歌手消除了內心隔閡。

小鎮是笑看風雲的小鎮，尤其在小鎮的歌廳裡。除了像桑吉這樣的歌者，少有人會覺得音樂是一條最美人生路。在唱歌與消遣，在消遣與賭注之間他們各自浮沉。直到有一天，桑吉發現了這端倪背後的可怕，他選擇了離開。

當然，選擇離開的還有阿強、長髮歌手。

三人對未來充滿了期待，卻不知現在該去何處。

三人決定組建樂隊，名字就叫「三人樂隊」，寓意永不分離。

在小鎮的工程終於結束了，他們爲這小鎮的風貌揮灑了汗水，也收穫到相應的報酬，雖然不多。

有一天，長髮歌手提議說：「我們北上廣吧！那裡有音樂的天堂。」

桑吉雖然不知道什麼叫「北上廣」，但聽起來蠻厲害的樣子。

還是阿強比較理智一些，「我們現在兩手空空也，是不是應該先考慮一下生存？」話音一落，他們各自都沉默了。

是的，生存讓人尷尬，但除了生存，還有夢想。

不管怎樣，三人決定離開小鎮。

離開前，桑吉想到了阿麗，他要和她作個告別。

三人來到灞田村，村長得知他們要走，設宴招待他們。

要走的人一定是攔不住的，無論如何挽留，無論有多麼的不捨得。

阿麗對桑吉幽幽的說：「既然你不肯留下，我也不能再強求，你就給我留下一支歌吧！」

這是桑吉第一次對中意的人演奏，雖然在場有好多人在聽，但誰心裡的漣漪多一些只有他們兩人知道。

阿強、長髮歌手負責伴奏，還有和音。

篝火堆旁，歌聲悠揚。

夜空燦爛下，紅了容顏。

到天明，會有分別。

後來，他們在滇緬的時候，有一天黃昏，阿強看見桑吉一個人坐在出租屋裡發呆，就問他當初爲什麼不留在灞田村，留在阿麗身邊。桑吉一臉惆悵的說：「不是不想留，只是不敢留，我這個流浪天涯的歌手，註定沒有家，給不了她想要的依託。」

「……」

其實，桑吉的話沒有說完。

這未說完的話是我這個執擰的寫作者在和桑吉幾杯烈酒的觥籌交錯後，無情地從他情感深處的罅隙中狠狠地攫取而出。

我分明知道他不想說是害怕，是不敢面對，是更多的羈絆……而我想完整地呈現出來，是悲憫也好，是想給這個有無數夢想的落敗者一個歸宿也罷，它們都不重要了！我只想讓桑吉明白，如果有一天什麼都沒有了，至少還可以回去找阿麗。

所以，在桑吉說出「阿麗會等她」這句話的時候，他痛苦地放下了酒杯，隨手拾起那把有了歲月痕跡的根卡，又在撥動中切切嘶鳴……

灞田村有爲他默默等待的愛人，在無法止住的痛楚中桑吉的眼眶如決了堤的河流——瞬間淚奔了。

想留不能留，
才最寂寞。
沒說完溫柔，
只剩離歌（信樂團《離歌》）。

某一年，我在青石街的「街角酒吧」聽到桑吉孤單地唱著這首歌，而我和他，他和她都只剩下「離歌」。

我靜靜地聆聽，我不自覺地靠攏，走進這流浪歌手的世界，聽他訴說衷腸，聽他講述這人世間的悲歡離合。

很多問我，阿麗爲什麼會等桑吉，我靜靜地看著他們，簡單地說了一句：就是簡單的、淳樸的等待。

「那……桑吉是一個無情的人嗎？」我分明聽到與這樣的聲音穿透我的耳膜。

可我，竟然沒有了答案。

三人一致地決定是離開小鎮。

長髮歌手的一個哥們在滇緬地界處開了一個農場。

三人決定去農場做工。沒有辦法，「北上廣」成本太高，他們需要能行走的積蓄，需要更換音樂設備，那把根卡已經不能用了，雖然愛惜有加，依然逃不脫時間的侵蝕。

在農場做工比較複雜，不是活計複雜，是活多又雜亂。種植、養殖、照顧、挑抬……樣樣都要做。三人懷揣音樂夢想，在生活的底層兜兜轉轉，沒有什麼錢，沒有什麼機會，沒有什麼貴人提攜……

我從不認爲我是一個可以幫助到他們的人，除非我的文字能對他們改變什麼。

我一直相信，天大地大，有夢想，誰都了不起。

農場主是一個典型的大胖子，重達二〇〇多斤。對於這般模樣，很容易讓人浮想聯翩，聯想到他是一個什麼樣的人。這個世界外貌協會的大有人在，比如農場主看起來猥瑣的表情，還有那雙瞇成線的賊賊的眼睛，讓人怎麼也想不到，他就是長髮歌手嘴裡說的哥們。

胖農場主打算把農場承包給他們三人，如果風調雨順的話，就有不錯的利潤，按照當時的市場行情來看。

三人感恩零涕，爲農場主演奏了一直歌曲，農場主胖嘟嘟的肥肉亂顫。然後，他們相視一笑，偌大的屋子裡洋溢著歡樂的氣氛，就像開慶功宴似的。畢竟，幾十畝的山地可以種植許多果樹，也可以在上面放養家畜。想著這些財產變成現金的喜悅，三人痛快地在合同上簽下了自己的名字。

在農場的日子是很淸苦的，還好有音樂做伴。

白天，他們是農民的身份，晚上，他們就是靈魂歌者。他們種了二十幾畝的香蕉，也種了同樣面積的芒果。對於這些作物的種植技術一方面有農場主的支持，另一方得感謝阿強，這個四川小夥未在工地做工前，在果園裡幹過，現在派上用場了。至於放養家畜則是桑吉的特長，長髮歌手主要負責外銷，他認爲果實成熟後旣可以直接賣給農場主，也可以自己去聯繫收購商，誰給的價格高就賣給誰。

這樣的分工明確，但三人又互相協助，一起勞作，一起吃苦。

香蕉樹長得很快，就兩三月的時間就把山地點綴，芒果樹採取嫁接的形式，所以掛果也不慢。

他們站在山頂，像探測儀那樣望著每一株果樹，心裡美滋滋的。

放養家畜是採用柵欄相圍的方式進行的，讓它們在圈地裡自由地尋食大自然的食物，滋養得健健康康、壯壯實實的，以便能賣上好價錢。

農場的日子說快也快，說慢也慢。快是因爲有音樂做伴，慢是因爲滇緬的氣候讓勞作更辛苦。香蕉樹開花了，它們一天天往下垂，芒果樹掛果了，一天天豐滿起來。在果林裡的勞作也變得更加辛苦、瑣雜起來，打藥、鋤草、施肥、安撐杆……

三人從早上進到果林裡，到大中午才出來，吃過午飯，短暫休息，又進入果林，日暮時分出來。這樣的日子一天天下去，他們都快撐不住了。

有時候，阿強會用四川話狠狠地、躁躁地叫罵，發洩內心煩悶。

有時候，長髮歌手會將長髮長長地甩起，或者將頭髮搔弄成「爆炸式」模樣。

而桑吉，他會把自己當作一名狂躁的拳擊手，對著空氣又踹又踢，或者像獅子王辛巴那樣喊叫。在片刻的冷靜後他會仰望天空想自己是不是選錯了夢想，是不是不配擁有根卡，是不是那些成名歌手未成名之前也一樣經歷自己現在的苦痛，是不是……

滇緬地界的氣候異常地毒辣，桑吉在發燒的空氣裡掙扎彷徨。

更爲痛苦的是，阿強、長髮歌手他倆都想半途退卻了。

世界上任何情緒都有其兩面性，經歷這「癲狂」般的磨礪，至少在相對較長的時間裡不再用狂躁的心緒去直面人生。

後來，桑吉爲這段心境寫下了一首歌曲，並取下了直白的名字：《發狂的桑吉》。這是一首只有他才能唱出原味道的歌曲，如果不是曾經靜靜地聽過，我不會像他歌詞中寫的那樣去哼唱：

束帶的杜甫啊！他發狂，將那簿書扔；
神通的悟空啊！他發狂，將那筋斗翻。
年輕的桑吉啊，你為什麼也要發狂？
噢，是無人顧我傷，無人顧我傷……
我說我很傷，也許只能這樣啦！
我說要歡唱，不怕淚兼傷；
我說要歡暢，不怕夢消香。
我說要歡唱，不怕淚兼傷；

六

在農場的對面有一條小河，風從河面吹過，再吹到桑吉他們的果林裡，那聲響就像在唱歌。亞熱帶的氣候讓這條河充滿了無盡的歡樂，踩著河底的細沙，或懸於半水之間，很多的小孩，大人，老人，男男女女……都會到聚集在河裡洗澡。

每每這個時候，桑吉會停下手中的活看著他們。雖然從果林裡望去視線比不上岸邊的開闊，但他依然可以感受到河裡的一切——

那些歡樂於波光粼粼中四下擴散，那些「撲通」聲中濺起嬉戲的水花，那些……總之，這一切幻化在桑吉的世界裡，全都是曼妙的樂曲。

醉翁之意不在酒，在乎山水之間也。對陶醉於其中的桑吉，還有什麼比動情彈奏、吟唱更愜意的呢？他放下手中的活，隨之，阿強、長髮歌手也緊跟，他們三人坐在河岸邊，將夏日的舞曲彈奏起來，將高亢、悠遠的歌聲飄蕩起來。

於是，河裡愈發歡樂了，那些水花更四濺了，那些「撲通」聲也更頻繁了……

音樂是沒有域界的，不管在什麼地方，不管在什麼時候，它都能帶能人們身臨其境的感受。這當然取決於當下的人，取決於當下的心情。

三人唱完一支歌，煩悶的心情好了許多。

然後，三人繼續鑽進果林裡幹著活兒。

在桑吉居住的農場旁邊有一三口之家。當家的小夥子玉溫是水中高手，當他聽到桑吉他們三人的歌曲後倍感欣賞，當天晚上就來敲響房門。

桑吉起身去開門，一個健壯的小夥子敞開著衣襟，露出鼓鼓的肌肉。

他在之前從未來往過，雖然也打過照面，但幾乎不說話。桑吉心裡瞬間「咯噔」地想著：是不是平時練習音樂影響了這家人。現在，人家找上門興師問罪來了……

只聽玉溫直爽的說道：「你們是不是很喜歡音樂？」

桑吉略微退了步子，「你……你想幹嘛？」

玉溫先是一愣，然後臉上嘩地一下子堆滿了笑意：「我沒有惡意，只是總聽到你們的音樂，感覺特好聽，村寨裡好些人都在說有三個會唱歌的年輕人不簡單，後天我們村寨裡要舉辦歌舞會，我想邀請你們陪我一起參加。」

桑吉鬆了一口氣，身後的阿強，還有長髮歌手也都鬆了一口氣。

三人爽快地答應了。

後天很快就到了，歌舞會在一處寬闊的壩子裡舉行。

真的是太開心了！三人發現在這美酒飄香、歌舞昇平的世界裡鼻子、舌頭、眼睛、耳朵……都不夠用。這裡的每個人都那麼的熱情，都沖著對方笑。桑吉突然覺得曾經失去的童年歡樂一下子全找回來了。

玉溫是歌舞會的主持人。這時，他手拿話筒大聲地宣佈：「接下來，請大家以熱烈的掌聲歡迎『三人樂隊』，這是一支有了音樂信仰的樂隊，他們來自遙遠的……」

短暫的介紹很有力量，台下的人都將目光鎖向他們三人。

台下有人在大聲地嚷嚷：「我聽過他們的，就是在河邊唱歌的『貓哆哩』（即陽光、帥氣的小夥子的意思）！」

「喲呵——」

「嘀咕、嘀咕——」

「……」

這是三人第一次在這樣的場景裡表演。

他們熱情澎湃。他們敞開了心扉，彈奏、演唱得如魚得水。當一曲演完，台下的人歡叫著「再來一首，再來一首……」

於是，在歌聲浪浪中所有的舞姿更加搖曳、奔放了！這一曲演完，台下有一個漂亮的女孩子端上幾碗美酒，在衆目睽睽下向他們三人敬酒。

三人喝完後，女孩捂著嘴笑，單獨向桑吉敬酒。

桑吉是今晚最幸福的人啦！

女孩面頰微紅，細細的腰肢配上窄窄的筒裙在燈光的映射下顯得更加嬌美。桑吉有些不知所措，在衆人的「喲呵——」聲中一飲而盡。

歌舞會繼續進行。中場休息的桑吉站在人群旁，這時，有一老人悄悄對桑吉說：「小夥子，恭喜你，那姑娘看上你了。」

桑吉瞬間傻掉了，「怎麼會？只是喝了一碗酒，只是喝了一碗酒……」

然後，桑吉感覺自己就要落荒而逃了。事實上，他最終還是趁著夜色逃了。

他想起了阿麗，想起了她的等待，雖然她不一定還在等待，但當初的話語早已印在了

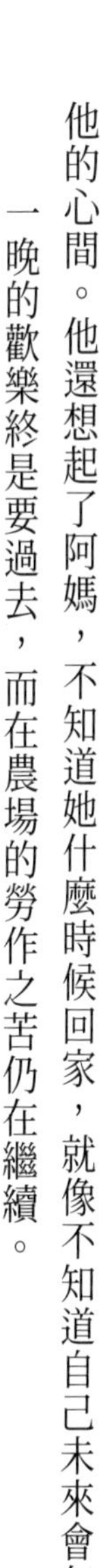

他的心間。他還想起了阿媽，不知道她什麼時候回家，就像不知道自己未來會怎樣。

一晚的歡樂終是要過去，而在農場的勞作之苦仍在繼續。

終於到了豐收的季節，爲了節省開支，他們三人儘量少雇人採摘果實。

他們三人滿懷希望，畢竟是豐收年。

他們三人惆悵滿天，豐收年竟然市場疲軟，整個市場價格低迷。

桑吉說：「再等等吧！或許價格要回升。」

阿強說：「那就再觀望一下。」

時間飛走，價格變動不大。

他們需要更多的錢，所以還在強忍中等待。

實在是等待不下去了，長髮歌手憤憤的說：「要不，我們還是賤賣了吧，這香蕉、芒果經不起太久的擱放。」

的確如此，包括樹上還沒有摘完的，時間一長就會變成賤物了。再加上還要給農場主的承包費等費用，眼下的局勢不容樂觀。

三人一合計，準備賤賣。

好在放養的家畜讓他們掙了一部分錢，總的算下來囊中不滿。

農場主說明年市場會好些，三人打算再承包一年。

幾週後，邊境有戰事了。

這要命的局勢讓三人痛苦地一咬牙，決定離開，直接「北上廣」。

……

後來，他們去了許多地方，其間有繁華，有落寞，有悲傷，有離去，有前行……
夜場歌手，酒吧駐場，餐廳演唱，街頭賣藝……這些人不久留的地方都有他們的蹤跡。

七

我是在青石街遇見桑吉的。
我遇見他的時候，他正在街角獨自演奏、吟唱。
他們三人，兩人不在，阿強回了四川，他說他堅持不了夢想，還不如回四川討個媳婦過平平淡淡的日子，而長髮歌手因車禍去世。埋葬他的那一天桑吉淚如雨下，他捧起一把黃沙，灑向空中，權作銘記。
桑吉說：「等到發行專輯的時候回來看他，爲他演奏、吟唱……」
我說：「你想唱什麼？」
桑吉說：「就唱我爲他寫的歌。」
我潸然：「你唱吧，我想聽你唱。」
桑吉拿起根卡，輕聲開唱他爲他寫下的歌《長髮歌手》。

長髮歌手，他長髮飄飄，長髮飄飄。
飄飄的長髮，一直飄到肩……
我想和他一路同行，他卻同行到半路。
嗚嗚……嗚嗚，同行到半路，半路……
嗚嗚……嗚嗚，同行到半路，半路……

雖然歲月已遠去，但它不會流逝，流逝……
長髮的歌手，不管路途有沒有走完，我會永遠記住你的模樣。
長髮的歌手，歌手的長髮。
長髮的歌手，你的夢想，是我的夢想……
你的夢想，是我們的模樣。

桑吉說他流浪過許多城市，他找不到歌者的故鄉。曾經的隊友要麼中途放棄，要麼中途離世。而他，一直在行走的道路上，不管多少坎坷與風雲，只要夢想還在，就不會停歇。是的，唱歌的有唱歌的夢想，寫作有寫作的夢想，我們是凡人也好，不是凡人也罷，人生的故事或喜或悲，那些流浪歌手的故事不只是桑吉的故事，桑吉的故事只是藏於命運的絕境中，而後不小心被我發現了而已。

所有的故事都會有一個結局，桑吉的故事依然有，但我不希望看到人們所說的命定。畢竟，桑吉還年輕，青石街是他的短暫停歇之地。

我這個流浪的過客在不惑之年遇上他，就是一段緣。

在和他喝了一杯酒後我把微信號留給了他。然後，我在心裡默默祈禱，期待有一天他能聯繫我，讓我知道他還活著。

八

我是在青石街遇見桑吉的，遇見他的時候，我也正在流浪。

桑吉的流浪是爲了音樂，我的流浪是爲了寫作。

所以，兩個流浪的人走在了一起。

所以，才有了這篇關於「流浪歌手」的故事。

我們都會傷感地想起那個老人的問話，但誰也給不了答案。畢竟，如何用金錢去衡量一種堅定的追求，如何用金錢去體會一首歌隱藏的悲歡離合，喜怒哀樂……

我在青石街遇上桑吉。

我又在青石街與桑吉分離。

我在青石街遇上桑吉，還有那位發問的老人。

爲夢想而吃苦的你們，故事是否和桑吉一樣呢？

——第二輯

挑山少年薩爾比

這裡是我的第二故鄉，我曾來過，帶走一身的果敢，也留下挑山工的腳印。從來沒有走過那麼艱難的路，也從來沒有像現在那樣去留意一路的風景。

一

我的叔叔在江西當過兵。

我的人生因薩爾比而發生改變。

叔叔和薩爾比看起來沒有什麼關聯，或者說我與薩爾比也沒有什麼關聯。只是，信佛的母親一句「以善結緣」讓我們的人生際遇有了莫可名狀的交集。

多年以後，我才明白那是生命成長裡最稀缺的「珍貴」。

有那麼幾年我正處於人生彷徨期，除了在社會上像夜貓子那樣閒蕩，還要「心安理得」地花費家裡不少錢財。這般墮落的我，父親是管不了，而母親的「苦口婆心」更是不起作用的。父親知道我最聽叔叔的話，就給叔叔寄去一封信。

一個月後，父親收到了回信，他把信攤開給我看，上面就一句話：像男子漢一樣來找叔叔，像男子漢一樣回去。

十幾年後的我開始想起那些路過、進過我世界中的人，也想起那些細碎的動人場景。在打開抽屜發現那張照片的時候，兀地又想起「以善結緣」。

我曾在書裡寫過這樣一句話：這世上都是有緣的，只不過有的人經歷了善緣，而有的人經歷了孽緣。

我也記得母親曾說過「如果想要更多的緣，就得出去走走」。

那就是整個世界都有緣的了！歲月已改，我對「緣」的理解未必就是深刻的，但我相信遠離故鄉的人在那些不是故鄉的故鄉遇見沒有血緣關係的人，而後相互有了不可分割的命運體，這就是緣。

可惜，那時候我不知道什麼是緣。因爲我從不去想這個字。去江西，只是想讓叔叔給我一個答案。很快，我就背上父親當兵用過的帆布包出了門，上了火車。

坐在車上，看著窗外飛速流動的風景我內心一片迷茫。

到了江西，叔叔接我。

那時，叔叔在後勤部工作，屬連長級別。他對我這個遠到的侄兒和信上那句話一樣，看似堅硬，實則柔軟——沒有一開口就是責罵。

第二天一大早，叔叔叫醒我，說要帶我去一個特殊的家庭。現在想起來，那時的經歷就如湖南衛視的一檔欄目——「變形記」呢。

我繼續凝視著照片上的少年。

他出生在新疆，後來，一家人爲了討生活，流轉到江西。我喜歡叫他薩爾比，一個灑脫的、新疆味道濃烈的名字。

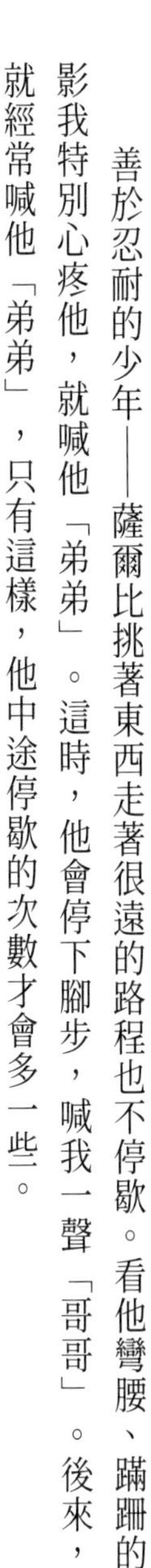

善於忍耐的少年——薩爾比挑著東西走著很遠的路程也不停歇。看他彎腰、蹣跚的身影我特別心疼他，就喊他「弟弟」。這時，他會停下腳步，喊我一聲「哥哥」。後來，我就經常喊他「弟弟」，只有這樣，他中途停歇的次數才會多一些。

我想，這就是緣吧！我和他沒有血緣關係，他卻那麼「無聲地」走進了我的世界，就像我那麼「無聲」地走進他的家裡。

呵！弟弟啊！不是親弟弟的弟弟啊！

雖是少年，薩爾比的酒量、體能……都超過我。我強烈地表示不服，卻又超不過他，只能乾著急。

家境很不好，薩爾比排行老三，上面有一個姐姐和哥哥。他們一家的名字好生奇怪，就像阿拉伯人的名字一樣：姐姐叫罕古麗，哥哥叫牙庫甫。他們一家都是做挑山工的，我記得讀小學的時候，學過一篇課文叫《挑山工》，沒有想到去了叔叔當兵的地方竟見到了生活裡的挑山工。

姐姐罕古麗十三歲那年得了一種怪病，吃了很多方子都不見好。家人不想放棄，懂事的大哥選擇了輟學，跟著父親做了挑山工。有一年的夏天，天降大雨，哥哥走在挑山的途中躲避不及被塌方的石塊砸中，因搶救來遲，死在了路上。

那天晚上是難眠的，比姐姐罕古麗怪病不治還要讓人難眠。他們一家人坐在院子裡，沒有言語，也聽不到哭聲，比深山老林裡還要靜默。

人一死，很容易就被人忘記。你我都是普通人，少有人提及，從事挑山工這個行當，靠的就是力氣活，力氣一完，就被淘汰。

不知道是什麼原因，大哥死後再也沒有人提起過他，只有到清明的時候，到墳頭上一炷香，一陣鞭炮響後就結束了。

聽薩爾比說，挑山工們都不願意提及當年塌方事件。又聽薩爾比說，當年哥哥原本是可以躲避開那塊石頭的，如果是不是背負了太重的貨物的話。

我坐在石凳上，聽著薩爾比隻言片語，斷斷續續地講述著他們家的歷史，心裡很不是滋味，更不解叔叔爲什麼要把我安置在這個破碎的家庭裡。

山野貧瘠，不會讓孩童享受到太多的童年閑樂。哥哥死去的第三年，姐姐罕古麗的病突然好了，姐姐帶著薩爾比上山採集野菜、草藥之類的。挑山工活計繁重，容易落下腰病、腿病什麼的。爲了省錢，用大自然的草藥代替醫院的藥品是最好的選擇。

有一天，姐姐對母親說：「讓弟弟去上學吧！要是當年哥哥一直上學，就……」

母親沉默半晌，眉頭緊了又舒，舒了又緊，最後同意了。

薩爾比說：「姐姐就像當年的哥哥一樣承擔起自己能所及的。那會兒，他就發誓要讓徹底改變這個家庭的貧困命運。」

學校離薩爾比家較遠，徒步走都要走上幾個時辰。姐姐背著他，一走就是好幾年。後來，薩爾比長大了，就自己去。

上學的路上會有危險區，山體滑坡，雨水狂沖。家人雖擔心，卻也沒用。

好在，薩爾比成功地躲過危險區，長成一個體型健壯的少年，而我到他們家的時候就是他此般少年時。

我曾經去過一些寺院，聽裡面的和尚講人生大道理。一個和尚說每個人的境遇不同，緣就不同。有的人緣在富貴人家，有的人緣在貧苦人家。十三歲的薩爾比為了能繼續讀書，也為了減輕家裡的負擔，他說服了家人，去當挑山工。

二

暑假來了，薩爾比跟著父親去鎮上挑貨物。

由於他體型健壯，較為輕鬆地就能挑動五六十斤的貨物。最開始的時候是沒有多少生意的，他太過直接地問對方需要挑工不，導致對方多少有一些反感，這就跟在火車站遇見熱情的、緊跟不捨的挑工一樣，旅客們大都躲閃不及。

薩爾比有些著急了，說賣力氣也沒有要，這世界太奇怪了。我在一旁安慰他，說不要急，或許是你的方式不對。

「那……你有什麼好的辦法沒有？」面對我這個城裡來的少年，從他一臉無措又期待的眼神中，或許從來命運想過賣苦力也是要講究策略的。

我故作老成，盯著他看了好半晌才開了口：「很簡單啊！我們就說是勤工儉學，家裡又困難，需要掙錢，利用他們的同情心……」說完，我嘴角上揚，露出得意洋洋的笑。

他吃驚地望著我，這讓我突然覺得剛才的言語是有多麼大的錯誤啊！他肯定是為我這個城裡來的少年的「陰險狡詐」產生了不可思議感，甚至是蔑視的。

薩爾比對我的「品格」失色了！我怔怔地怵在那裡，眼望著他，沒有再說一句話。突然，他眼珠子滴溜溜一轉，一拍腦瓜門：「好辦法，就這麼說！」

果然，有生意上門了。我們利用年齡的優勢，還有一副可憐兮兮的模樣博得旅人們的同情。幾個看起來是酷愛戶外運動的男女暴露出新手的模樣——出門在外竟橫七豎八地帶了很多東西，才走在半山腰就累得氣喘吁吁，再也走不動了。

就這樣，桑吉在我幫助下接了他挑山工生涯裡的第一單生意。

我跟在桑吉後面「幫襯」著，拿一些「小部件」。

我們一步一步往上爬，幾個男女一路上嘰嘰喳喳地打鬧著。其中有個梳著長辮子的女人一邊嚼著口香糖，一邊挺著高高的胸脯對薩爾比說：「你能不能等到我們下山，行當還是由你來挑。」

薩爾比正要開口表示可以，我卻以自己的圓滑、世故、小聰明插了話：「姐姐，是這樣的，我們還得早點下山做農活，就……除非……除非……」我的意思很明確，就是要暗示她加工錢。

那女的用狤黠的神情看了我一眼，笑面說：「喲，看不出來啊！看你細皮嫩肉的，還挺會做生意的。」

我正想說話反駁，薩爾比的臉刷地泛紅，著急地解釋道：「你別誤會……別誤會，不用加錢，我們……我們……等就是了。」

「那你們把時間定好，我們準時到。」我還不死心，朝薩爾比使了個眼色。我的意思是，在他們下山之前的時間裡，我們還可以去接攬其他的生意。

薩爾比彷彿不明其意似的，根本就不理會我。「眞是榆木腦袋！」我暗暗說道，一種叫作「憋屈」的感覺像毒辣的太陽一樣刺痛著我。

幾個時辰後，那幾個男女玩夠了，終於想著下山了。

薩爾比熟練地挑起他們的行當。一路上，我心裡極不痛快，又不能表現得太明顯，最氣的人是他還哼著歌兒，吹著口哨，簡直是氣死人了。

「叔叔怎麼會把我弄到他們家？」我在心裡開始胡亂抱怨起來，沿途風景再美，也抵消不了我心中負面情緒。

好不容易下了山，他們向我們道別。臨行前，那個梳著長辮子的女人對我微言：「你看，薩爾比多好，下回我們來這裡還找他。」

我頓時啞言。我怎麼還成壞人了？

等他們走後，我對薩爾比說：「我跟你使眼色，你怎麼不理會啊？」

薩爾比一邊擦著汗，一邊若無其事的說：「我不明白你的意思啊！」

我無語了，但還是努力地去解釋道：「你們家不是缺錢嗎？我們本來可以多接幾單生意的，你也太老實了。」

薩爾比說：「我們老師說過，老實是優良品質。」

這次，我是徹底無語了，「眞是一個不開竅的少年。」我朝他啐了下這句話。

雖然我們鬧得有些不愉快，但生意還是要繼續去招攬的。半個時辰後，薩爾比又接了一單生意。

這次是一對老夫妻，看起來雙方都有五十多歲了。他們隨身攜帶的東西不多，不過，按照他們的年紀想要輕鬆上山，倒是一大壓力。聽男老伴說，這次是山上是爲當年死在江西的戰友掃墓。

這時，我鬼靈精的說：「那地方少有人去，總感覺陰森森的，我們……我們……」

女老伴聽我們這麼一說，「我們可以多加錢，我這老頭子就想了卻一樁心願。」男老伴也表示同意多價錢。

我心裡正得意，薩爾比開口說：「老爺爺、老奶奶，我們……」

我知道這榆木腦袋又要顯示優良作風了，就趕緊接過話：「老爺爺、老奶奶，他的意思是說我們對山路很熟，放心吧。」

薩爾比瞪了我一眼，我趕緊催促他出發。

一路上，男老伴為我們講述他與戰友的情義，還有就是如何浴血奮戰。我沒有什麼心思去聽這些，只是偶爾「嗯」地回應一下。薩爾比卻聽得津津有味，對方也越講越激動。原來，他是參加過解放江西的紅軍，隸屬於二野第四兵團。在一次戰鬥中，戰友為了掩護他而英勇犧牲了。

那墓地的確有些偏僻，加之少有人去，現在已是荒草叢生，如果不是老人心裡有深刻的印象，估計都找不到了。

我看到薩爾比面色肅穆地站在那裡，一言不發。這時，天空中有鳥兒飛過，微風吹來，草木發聲，如深壑裡陰風回音，我不覺打了一個寒顫。

老人拿出紙錢、香燭，貢果之類的東西，在火苗和煙霧熏繞中，他突然老淚縱橫地跪在了墓前，嘴裡喃喃地說著我們聽不懂的話。

我側目看著薩爾比，他還是一臉肅穆地站在那裡。

此時，天色已晚，頭頂不時還有昏鴉掠過，我感覺更害怕了。腦海裡浮現出一些可怕的場景。薩爾比一點都不害怕，更讓我驚異的是，他居然也在墳墓前跪下了，且面色凝重。

我看他跪下了，覺得自己怎麼也得跪下，哪怕是一種形式也好。

後來，我問薩爾比：「當時你就眞的不害怕嗎？」

他平靜的說道：「不害怕，有什麼好害怕的，我是在跟老爺爺一起緬懷先烈。」這一席話，聽得我慚愧不已，我彷彿在那一刻突然明白他們一家爲什麼不願意接受我叔叔的資助了，雖然薩爾比這句話看起來和這沒有什麼關聯。

我們到達山下已看見天上掛著月亮和星星了。老人對薩爾比萬分感謝，多給了不少錢，薩爾比表示不用，再三推辭。我覺得薩爾比一家很需要錢，就不顧他的一再瞪眼，收下了。

那天晚上，回到家裡，薩爾比一直不願意跟我說話。

這是我住進他們家第一次感覺到了不愉快，而這不愉快讓我有了想出走的念頭。

過了兩天，我悄悄地拿了帆布包，準備離開。沒想到叔叔來了，行動只能取消。他這次帶來了一些糧食和水果，薩爾比一家說不要，在山上就能採摘到野菜、水果之類的。

於是，叔叔轉而說：「這不是給你們的，是給我侄兒的。」叔叔這是變著法兒給薩爾比一家。

「……」

我趁他們說話的間隙，悄悄地把帆布包放了回去。

叔叔問我在薩爾比家習慣不，我有些面露尬色，剛想說一話。薩爾比突然開口道：「他習慣，很習慣的，這個暑假我們可充實了。」

「那就好，那就好，我這侄兒從小嬌生慣養，沒有吃過苦。他若有什麼做得不對的，你們多諒解、包容……」

「叔叔……我……」我當時很想說不在這裡待了。可叔叔根本不給我說話的機會，插過話說：「別忘了我在信上怎麼給你說的。」

看到叔叔嚴肅的表情，我也不敢再說什麼了。

望著叔叔遠去的背影，我欲言又止，心裡七上八下的。

吃飯的時候，薩爾比一個勁兒地說我挺會做生意的，又給我加菜。

姐姐罕古麗也說：「你們兩個呀，看起來眞像是親兄弟，我看啦，這個暑假你們一定收穫不小。」

兩老微笑又慈祥地看著我。不知道爲什麼，那一刻的我突然心裡好受多了……

我爲什麼心裡生氣呀！出發點都是爲他們家好，可薩爾比總是不明白我意。現在看到他們這樣說，沒有把我當外人，一種莫名的感動佔據了我的心靈。

也許，在他們心裡有他們固守的價値觀，而這價値觀是我一時半刻理解不了的。但，不管怎麼說，我心裡隱約對這個家庭有點敬佩的感覺了。

晚飯後，薩爾比的父親坐在院子裡抽著煙，我和薩爾比、罕古麗在院子裡乘涼。晚風吹拂著我們，爲這貧家院落裡的風景增添了一絲溫柔的愜意。

我走到薩爾比父親身邊，看見了他擋不住的蒼老面頰，一種莫名的觸動輕輕地敲打我的心靈深處。這或許也是我以前不曾在意的結果，我年少無知，我不識愁滋味，對時間的流逝，對人之蒼老漠不關心。現在，我身處在眼前的情境裡，思緒變得悵然了。

我問他從事挑山工多少年頭了，他吸了一口煙，緩緩吐出後才說：「年頭可久了，說出來啊，比你的歲數還大。」

我期待他還能再多說些什麼，可他沒有繼續說下去，只是一個勁兒地抽著煙，直到那煙霧越來越迷蒙，越來越看不清你我。

薩爾比的父親五十八了，現在的他尋到做生意的機會已經大不如從前了，但他還是要出去尋活，等待的時間太長，隨身所帶的乾糧就盡了，後來，他就從一天的三頓口糧上做文章，從兩頓到一頓，再從一頓到餓著肚子。

這樣的饑餓狀態去攬生意是不被待見的，因爲本已蒼老、疲憊的外觀會讓人覺得他更是無用之人。比較尷尬和揪心的是，這些事情一直不能同家人講的。

但我們都分明知道有一天卽便是不講，家人也會知道，歲月從不會去掩蓋一個人的蒼老和秘密。那一晚，我想對薩爾比的父親說些什麼，哪怕是安慰的話也好。但我沒有，我不知道如何去說。

薩爾比的父親直了直身子，「別看我老了，可還是有生意的。」他又笑了笑，「這裡面有生意經。」原來，他會到那些風景秀麗，地界偏遠的地方去等待生意，那裡有一些不同尋常的遊客，比如沿途收集各種植物、昆蟲標本的，有見到蟲子嚇得想逃之夭夭又邁不開腿的；有見到什麼野草、葉子問能不能吃的；有被空中飛來的什麼蛾子沾了、螫了一下就大聲尖叫，以爲中了劇毒擔心會不會丟命的……

這裡面藏有能招攬到生意的存在秘密。它就像一個特殊的市場空間，薩爾比的父親在這樣的空間裡行走，或成爲嚮導，或成爲挑山工。他有時也好生奇怪，這些城裡的人怎麼行爲怪異，大驚小怪的呢。

城裡來的遊客中的確有自找罪受的。他們缺乏很多東西，比如安全感，比如愛，比如地氣……所以，也會有一些遊客不通情理，在支付費用上精打細算、斤斤計較。他們捨得大吃大喝，就是捨不得在支付挑山工的費用上大方一點。

這的狀況也蔓延到薩爾比身上。

有一次我們到了皇姑幔地界。這裡山勢雄偉，古林茂密，藤蔓交錯，怪石林立，雲霧蒸騰，是傳說舜帝娥皇、女英二妃生活起居的地方，因時常霧雲迷漫，形成帳幔而得名。

高達二一三四米的海拔讓皇姑幔成爲很多遊客的嚮往之地。

薩爾比呼呼地喘著氣，就像一頭拉犁的小牛往前拱動著，遊客們一路有說有笑，不斷給薩爾比的身上加碼，他們看見一些奇怪的石頭要撿，說這是難得的藝術品；看見一些腐爛掉的木頭也要撿，說這一定是異常珍貴的藥材……這一路下來，重量會增加許多。

薩爾比累得呼哧呼哧，汗流浹背。

他們卻開始指點江山，覺得自己都是徐霞客。

他們說薩爾比挑貨物的姿勢有問題，沒有掌握好重心，應該這樣，應該那樣。

他們都是旅行愛好者，行走祖國的大好河山，是爲了領略風土人情，洗滌靈魂，淨化塵世污染的心靈。

他們眉笑眼開，空著手走著，又相互擺著「POSE」拍著，而這時候薩爾比還要耗費體力等待著。

我爲薩爾比鳴不平，他卻表現出淡然的神情，說：「這沒有什麼，畢竟人家是花了錢的，我就應該竭誠爲他們服務。」

我又對薩爾比說：「他們當中有很多是窮游族、月光族、啃老族……」

薩爾比頓時流露出驚異的色彩，表示不可思議，「他們眞的如你口中說的是『寄生蟲』嗎？他們眞的是遊手好閒嗎？」

我點點頭，卻又流露出一絲羞愧的神情，我不也是遊手好閒過嗎？否則，怎會到這裡來？

三

我開始有點感謝叔叔了，但最應該感謝的應該是薩爾比。

薩爾比說，在我沒有來到他家之前，他剛知道一些事情——

鄰村的少年阿明也是挑山工。有一次他挑的不是沉重的貨物，而是背了一個胖胖的女遊客。那個女遊客眞的是太重了，就像泰山壓頂那樣。阿明背著她上山，一步一步地走了好幾個小時的路程，中途實在是太累了，就說能不能多休息一些時間。對方有些不悅，以爲阿明是要坐地起價，就說我給你加錢，但你不要漫天要價，否則就要投訴他。

阿明沒有想過要加價，他確實是背不動了。女遊客張口就說著加錢，從皮包裡拿出幾百元人民幣，說只要加快速度，這些錢都歸他。

我問：「那……阿明接受了嗎？」

「接受了……接受了！」薩爾比的神情有些黯然，在眼簾的低垂中說，「不接受也沒有辦法啊，阿明的母親患有風濕病，常年都在吃藥。」

聽到這裡，我能輕易地穿過時光的阻隔輕易的明白阿明的無奈與堅強。不幸的家庭，終歸是要繼續下去的，雖然困難重重，雖然很有可能最後也是悲劇結束。

薩爾比看著我紅紅的眼眶，長歎了一聲，繼續說道：「我還知道阿旺家，阿旺有一個妹妹，長得很可愛，能歌善舞的，有一天得了肺病，本來……本來她可以不死的……」

「爲什麼？」我的心一下子緊繃。

「錯過了最佳搶救時期。」

「……」

山裡交通不便，村醫院設備、技術都很落後。到市醫院需要很遠的路程，如果阿旺那天不去接那個遊客，如果那個遊客中途不磕磕絆絆，這樣不滿意，那樣不滿意……阿旺就可以早點回家了……

阿旺妹妹下葬那天，陰雨連綿，阿旺哭腫了眼睛，天空飄落的細雨淋濕了棺材，雨越下越大，那滴答聲越來越響，似哭泣，似大啕。那淚水也化作雨水，像要透過棺材的罅隙流進冰冷的身體裡，讓殘留的餘溫去溫暖從此更加冰冷的陰陽相隔的世界。

下了棺，掩上泥土，最後立碑。

磕了頭，不要雨傘，讓雨水沖刷走這心中莫大的悲痛。

人，終歸是要去的，只不過阿旺的妹妹比很多人早去了而已。

薩爾比喃喃的說：「阿旺的妹妹本不應該死的，本不該死的，你知道嗎？」

我緊緊地咬著嘴唇，分明感覺到一絲撕心的疼痛在猛戳我，猛戳我先前荒唐、墮落的歲月。

是的，本不應該死的，可他媽的就是死了。這世上哪來那麼多的不應該。這世上必須有遺憾，這樣才會讓人痛定思痛，才會讓人覺得生命是不能承受之重的。

是的，本不應該死的，可他媽的為什麼活不了。你那麼地要強，那些風霜刀劍卻殘忍地吞噬你……不經意地傷害，不經意地命定，有時會不經意地毀掉一個風雨飄搖的家庭。

我懇求薩爾比不要再繼續說故事了。

這哪是什麼故事，分明是萬千生活裡最底層的一面啊！

嗚嗚！

嗚嗚！

四

在薩爾比家已經有些日子了。

一天，我對他說：「薩爾比，要不我做你哥哥吧！」

一旁正摘著菜的罕古麗說：「你倆早就是兄弟啦，我之前可說過的喲！」

我說：「那你就是我姐姐，最漂亮的姐姐」。罕古麗長得眞美，如出水芙蓉的美，她就端坐彎腰在那裡。

我聽見她清脆、動聽的聲音，「那是當然啦！以後我可要管著你了，不聽話就要挨打……」

「啊！我不要……」我故意失色，一臉恐狀，「不要……不要被打啊！」

「我是替你叔叔管你！」她將頭扭向我，正色的說道。

薩爾比聽了哈哈大笑起來，「哥哥，你這下麻煩了，我姐姐管人可有一套的，有一次我考試考差了，哎喲，我那屁股喲，都開花了……」

我摸著腦袋，「這……這……」說不出話來。

我們三人哈哈大笑起來，聲音在院落裡散開，流向四方。

那一刻，好幸福！

……

我在南方溫暖的落地窗前寫著上面的一字、一句，微風吹進窗臺，所有的思緒指向「善緣」。我撫拭眼角，濕潤的感覺讓我想起你的容顏，那一刻我們沒有了距離。我只想輕聲低語——

姐姐！你長得是那樣的落落大方，好看又動人。

姐姐！那碎花裙子穿在她身上，惹得蝴蝶圍繞。

姐姐！現在的你可好？

我願意做一個永遠犯著錯的弟弟，任你把我鞭笞！

五

罕古麗到了嫁人的年齡，上門提親的人拎著禮物來了。提親的人家住在鄰村，戶主的大兒子叫阿水，是個健壯的小夥子，二十出頭，眼眸子賊亮，無論什麼時候都將微笑掛在臉上。

阿水和罕古麗的相遇是在山坡上打豬草的時候。

當時，罕古麗將豬草打得滿滿的，夕陽的餘暉照在她身上，越發楚楚動人。阿水扛著鋤頭走在蜿蜒的小路上，恣情地哼著山歌兒《杜鵑花兒開》：「……斑鳩裡格叫咧起，嘰哩古嚕，古嚕嘰哩，叫得那個桃花開，喲哈咳，叫得那個桃花笑，喲哈咳，桃子那個花兒開，實在裡格真漂亮，哇呀子喲……」

罕古麗聽得入耳，腳下打了滑，一大背簍的豬草倒在坡上。

阿水的眼睛賊亮，瞬間發現了山坡上的情況，趕緊將喉嚨一收，一路飛奔過去。

阿水不會說話，開口就直截了當地一問：「這豬草也不多呀，怎麼還摔著了？」

在此情此景裡，這絕對是一句讓人很生氣的話。

罕古麗先是「哼」了一聲，然後嗔怒道：「都怪你，唱什麼山歌，害得我……」

憨憨的阿水臉上還掛著微笑，正想說出一句話時，罕古麗更加生氣了，「你這人怎麼如此讓人討厭啊！」

阿水怔怔地立在那裡，有些無言以對，雙手不知道該往那裡放，好半天才從嘴裡吐出幾個字：「要……要不……我……我幫你背……背豬草？」

「這還差不多。」罕古麗抿嘴一笑，「算你是個好人！」

「我唱歌也惹到你了，以後還是不唱了。」阿水嘀嘀咕咕的說道。

「其實，你唱歌挺好聽的。」罕古麗看了他一眼，「早聽說鄰村有個會唱山歌的年輕人，沒想到是你。」

「我也就是瞎唱，幹活的時候唱著歌，不累。」阿水樂呵呵的說道。

「那……你現在就唱。」

「還唱啊！剛才你不是說……」

「剛才是剛才，現在是現在。」

「好吧！」阿水應了一聲，也不用清嗓子，張口就唱了起來：「……斑鳩裡格叫咧起，嘰哩古嚕，古嚕嘰哩，叫得那個桃花開，喲哈咳，叫得那個桃花笑，喲哈咳，桃子那個花兒開，實在裡格眞漂亮，哇呀子喲……」

「嗯……好聽……好聽……」罕古麗滿臉春風地誇讚著。

我時常在想，這絕對是一種最淳樸，最有緣的相遇。朦朧的愛情就在不經意間發了芽。兩人迎著微風，緩緩地下著山坡，走在小道上，那金黃的色彩照在他們身上煞是好看，宛如一幅「鄉村晚歸圖」。

六

我告訴自己說：「我是在寫著不一樣的文字，但終做不到最好的描述。」

我曾癡癡地以爲我應該成爲裡面的主角，慢慢發現自己不是。

而回想當初坐在山坡的草地上，聽著罕古麗講述她和阿水的相遇場景，這是怎樣的一種感覺啊！

我無法描述！

後來，他們彼此的好感都在增強，罕古麗沒有將這事告訴家裡人，她擔心自己若是嫁了出去，家裡就少一個勞動力了。

可，女人的情懷，尤其是在愛情方面一旦有了心屬，總是會在不經意間若有走神的。家裡的人都很忙，沒有人注意到這一點。

這事，竟然被我發覺了。我簡直欣喜若狂！

我覺得，自己應該做點什麼。

七

一個午後，罕古麗像往常那樣去山坡打豬草，順便也挖一些草藥。我也背上一個背簍，輕腳走到罕古麗身旁說：「姐，我也想和你一起去打豬草，也順便讓你教我認識一些草藥。」

「平時你不都是和薩爾比出去的嗎？怎麼今天……」罕古麗有些奇怪地看著我。

我摸著後腦勺，「姐，薩爾比挑山工的貨太累了，我有些吃不消了，我還是想跟著你一起打豬草……」

「好吧！」罕古麗彎腰拿起鐮刀、小鋤頭，「我怎麼覺得你今天有些怪怪的……是不是和薩爾比鬧彆扭了？」

「沒有……就算有，那都是以前的事了。」我笑嘻嘻地說道。

很快，我們出了門。

一路上，我都在想著如何有一個恰到好處的開場白，我相信自己的判斷力是沒有問題的，她一定是心裡有喜歡的人了。

到了一個小山坳的地方，路邊長滿了各種野草，罕古麗彎腰扯了其中的幾株，「弟弟，你看，這種草叫作豬耳草，它……」

聽到這名字，我倍感稀奇，沒等罕古麗把話說完，就插嘴，「這豬耳草怎麼長得不像豬耳朵啊！還有……它是不是可以當作最好的豬草呢？」

罕古麗「噗哧」一聲就笑了出來，「你這說法挺逗笑的，這是一種草藥，是很好的草藥呢，能利尿、清熱、明目、祛痰、消水腫……當然，它也是很好的豬草。」

「原來是這樣啊！不過，仔細一看還是像豬耳朵的。」我一邊說，一邊彎腰去扯，「看來今天跟著姐出來對嘍，能學到不少知識。」

「這也算不上什麼知識，農村的人都知道。你是城裡人，沒見過這些，不知道也不奇怪。」

聽到這話的時候，我忽然感覺到機會來了。我佯裝出不滿的樣子，脫口就說：「那也不一定，我知道的，姐，你不一定知道。」

「是嗎？那你說說看，你都知道什麼草藥？」罕古麗一邊割著豬草，一邊說。

「姐，你最近是不是有什麼心事啊？」

「我能有什麼心事？」罕古麗沒有抬頭看我，仍然割著豬草。

我覺得到這個時候是可以承接罕古麗上面的話了。於是，我把自己展現出無所不知的樣子，將手叉在腰間，「哼」了一聲，「姐，你是不是有喜歡的人了？別以爲我不——知——道——」我故意將後面三個字的聲調拉得老長，以引起她的重視。

果然，這話一出，我立刻感覺在這小山坳裡不僅風兒彷彿都停止了，連罕古麗也凝固了。我看見她兀地停止了割豬草，那把鐮刀也停落在草叢中，靜靜地躺在那裡。

罕古麗側身望著我，沒說話。

我不懂事地再次追問。

她終是經不住我的追問，開口說道：「你是怎麼知道的？」

「我……我是猜出來。再說，我看見你幹活的時候走神了。」

「唉！」她談了一口氣，「還是你們城裡人聰明。」

「其實……你不用擔心什麼，我也知道你擔心什麼。」

她驚訝地望著我，而我在那種驚訝裡還看到了一些期待。

就這樣，我開始了冗長地敍述，她靜靜地聽著。

從她這樣的神情來看，是眞的喜歡上了阿水，否則不會表現出這樣的寧靜。從她這樣的神情來看，也是眞的有太多的牽絆，否則，我怎會看出她不想表露出的顧慮。

我當然不會去揭穿。我知道自己能說服她。

所以，我簡潔有力地告訴她要想解決此事，還需要阿水的努力。不過，她的擔心或許又是多餘的。因爲，我怎麼都覺得她父母一定會通情達理的，甚至她父母只是生活過於忙碌、而忽視了女兒的情感世界罷了。

愛情面前，人人平等。哪怕是窮人，也擁有愛情的權利。不知道爲什麼，當時的我竟然想到這樣一句「兇狠」的話。

好生奇怪，又好生溫暖！

我們繼續打豬草，遇到好的草藥就用小鋤頭去挖。我們一路勞作，一路前行，慢慢地走到了山坡上。

此時，光景一片美好。

在鄉村的山坡上看風景，別有享受。

在鄉村的山坡上，我們忽然聽到歌聲，那是阿水的歌聲。

我第一次見到阿水，顯然，他很吃驚。罕古麗說：「阿水，這是我弟弟。」

他更吃驚了，說：「你什麼時候多了一個弟弟了？」

「是城裡來的弟弟，暫時在我們家。」罕古麗解釋道。

我看見阿水依舊吃驚，就說：「不是親弟弟，我呢，暫住他們家是爲了找回自己，我……我是一個不大聽話的孩子，不過，現在好多了……」說完，我略帶尷尬地笑了笑。

阿水似懂非懂地點了點頭。

我不拐彎抹角，直接把罕古麗的擔心說了出來。

阿水也直言這些擔心都是不必要的，他會和罕古麗一起共同努力，讓她的家和他和她的家越來越好。

我像大人似的，轉過身對罕古麗說道：「姐，現在你應該放心了吧。」

「嗯！」罕古麗點了點頭。

「我明天就去你們家提親。」阿水興奮的說道。

「明天不是你上門提親，而是要讓你們村最厲害的媒婆先去，再說，我姐怎麼可能那麼輕易地就嫁給你了，對吧，姐。」說完，我轉頭對罕古麗說道。

罕古麗羞紅了臉，沒有做聲。

阿水猛拍腦門瓜，「哦……哦……我知道了，是這樣的……是這樣的……」

我拉著罕古麗的手說：「姐，咱們繼續打豬草去。」

「那我呢？」阿水說道。

「你……你趕緊回去找媒婆吧！」我拉著罕古麗的手，邊上山坡邊說道。

「……」

我和罕古麗分明聽到阿水最堅定的回答。

「眞是下午最美的光景！」我心情愉悅地讚美道。

……

我到現在都能清晰地記起當時的場景：天空吹著微風，青草的左右擺動，我彷彿覺得那山坡上羊兒、牛兒的叫聲彷彿也和我一樣地舒暢。迎著風，我大聲地呼喊：「叔叔，謝謝你，謝謝你讓我來到了這裡，來到了這個最美的家。」

罕古麗的旁邊放著背簍，還有鐮刀、鋤頭，她就貼近我身旁，而我扭頭望著她。

我看見她用手輕撩了一下被風吹散的頭髮，那絢麗的陽光正照耀在她身上，只需兩個字形容就可以了——好美！

我覺得自己已經完全融入到這個家庭，不管這個家庭是如何地苦難，我都相信它會變得越來越好。

沒過多少光景，我們就打滿了一大背簍的豬草，還有一捆草藥。

「弟弟，這麼重背得起不？」

「姐，我背得起呢，要不你再挪點給我吧！」

「還是你挪點給我，姐力氣多的是。」

「姐，你說你爲什麼就看上了阿水呢？」

「你怎麼這麼煩人啊！姐不告訴你。」

「姐……」

「你再問，我就不理你了，哼！」

「……」

我們一路拌著嘴，下了山，走在蜿蜒的小道上，腳步輕快，如生風似的。

阿水果然托媒人上門提親了。我也在場，薩爾比他們一家都在場。

一家人坐在堂屋裡聊著，談著。阿水沒有讓我失望，那媒婆果然是三寸不爛之舌，我心裡好生佩服。

一切都進展得很順利，但罕古麗的母親提出要八千元的彩禮錢，「這筆錢不是我們要，而是作爲罕古麗的……」

媒婆說：「這個沒有問題。」在出發前，阿水就對媒婆說了，無論什麼條件都答應。

我在心裡猛稱讚阿水「好樣的」。

送走了媒婆，一家人坐在院子裡。

罕古麗說：「爸、媽，對不起，我事先沒有將這事告訴你們。」

「傻孩子，說對不起的應該是我們，男大當婚，女大當嫁，都怪我們平時太忙，唉……」

一旁的我見狀，趕緊說道：「這事喜事啊！咱們家有喜事了，眞好！」

薩爾比也附聲道：「是啊，眞好！眞好！」

「我拿煙去囉——」我蹦跳著去裡屋，拿了煙袋。

「這孩子什麼時候變得這麼懂事了？」我聽見罕古麗的父親說道。

「我一直很懂事啊！」我在裡屋大聲回應著，生怕再聽到一些不是。

「你這孩子，就誇不得你！」我聽見罕古麗的母親笑呵呵的說道。

「那我呢？我也很聽話啊！」薩爾比在一旁撅著嘴道。

「都聽話，都聽話……」罕古麗的父親抽著我點好的煙，深深地「吧嗒」了兩口，「咱們家，有你們這幫孩子，就是福。」

「爸、媽，我們都會好好孝敬你們的。」罕古麗站在父母面前說道。

「……」

傍晚的時候，叔叔來了。

叔叔拿著家裡面寫給他的信，說：「你爸媽在信裡問我你在這邊怎麼樣，我可是直言，說你表現不錯，也希望你不要讓他們失望。」

聽叔叔這麼一說，我忽然想家了，但看叔叔那剛毅的神情，我又沒好意思表露出來。

罕古麗的父母也說：「這孩子在我們這裡挺好的，你就放心吧！」

叔叔起身，拍了拍我的肩膀：「今年我有假期，到時我和你一起回老家，你在這裡只能待半個月了。」

「啊！」此刻的我，突然有了一種對時間的莫名恐懼感。「還有半個月，也就是十五天。多希望時間能慢一點啊！」我在心裡暗暗的說道。

我也分明看到薩爾比一家人的不捨神情。其實人生就是這樣，你不曉得在那一天就會有了分別的悵然。

望著叔叔遠去的背影，我心裡浮動出一種說不出的感覺。若干年後我才知道，那是一種叫作「忽然之間就長大」的東西。

八

不知道我還能參加到罕古麗的婚禮不，也不知道自己還能和薩爾比一起去皇姑幔挑山工不，更不知道十五天後我會選擇什麼的離開方式，或者說我會有什麼樣的感傷。

但我確信自己對這個「家」有了難以割捨的情懷。

薩爾比這幾天在忙著趕作業，他彷彿看出了我的心思，到第三天的時候，他竟把作業全部完成了。我們商量著去皇姑幔做挑山工，暑假期間遊客會是平常的好多倍，這也意味著我們的生意會好很多。對我而言，也可以多位他們家做一點事。

我們商量好第二天一大早就出發，頭天中午就把乾糧之類的準備好了。下午的時候，阿水及家人來了，他們說著辦婚宴的事。

我感覺我們極有可能去不了皇姑幔了，辦婚宴需要提前準備很多事。果然，我和薩爾比都要幫著忙婚宴的事。

雖然心裡有一些遺憾，但能在我離開這裡前，看到罕古麗嫁出去也是讓我開心的。

婚宴那天，叔叔也來了。

大家其樂融融，觥籌交錯，祝福滿滿。

叔叔在席間對我說：「我們後天就要離開江西，回老家去了。」

「叔叔，就不能再延遲幾天嗎？」我央求道。

「不是叔叔不延長，是叔叔的假期就在這個節點上，叔叔都五年沒有回去了。」

「……那好吧！」我心情沉重地喝了一口湯。

整個婚宴上，我是吃得「無心無主」，好在他們歡樂的氣氛輕而易舉地掩藏了我內心的惴惴不安，而那種陡然而至的害怕感覺竟然將分離詮釋得淋漓盡致。

叔叔沒有多言，或許他心裡十分清楚我的感受，或許他壓根兒就不清楚。但我寧願相信他清楚。

我想，我應該明白那句話了「像男子漢一樣來找叔叔，像男子漢一樣回去」。如果我不夠堅強，又怎能面對人生中的複雜情緒、艱難險阻？但，或許這又不是叔叔的本意，我的意思是說，叔叔沒有想到我會收穫到更多的東西。

而這東西到底是什麼？到底有多少？不割捨、對苦難家庭的堅韌、執著，還有薩爾比、罕古麗……是肯定的。

因爲，有了他們我變得不再無所事事，知道了生活的苦難……以及對未來的夢想有了明晰！

九

薩爾比他們一家在不停地「自我犧牲」中，讓日子一點一點地好起來了。

大哥爲妹妹做出了犧牲，妹妹爲弟弟做出了犧牲，弟弟……

是的，薩爾比弟弟也會做出犧牲。但薩爾比說，他做出的犧牲是最少的，大哥丟了性命，姐姐患怪病多年，好了又要像男人一樣承擔起超負荷的責任，而自己只有在假期裡才做出一點犧牲，挑山工的工作其實一點兒都不辛苦。

薩爾比在撒謊，挑山工的工作怎麼可能不辛苦呢？

我原想當天晚上就告訴他們我要離開了，話到嘴邊又咽了下去。「還是讓叔叔告訴他們吧！」想著這句話的時候，慢慢地睡著了。

叔叔果然是軍人，他將人生中的分離看得雲淡風輕。

我果然是此間少年，無法做到像叔叔那樣雲淡風輕。

我不像一個男子漢，我哭了，我一一地抱著他們。

我喊著「爸爸」。我喊著「媽媽」。雖然他們不是我的親身父母。

我喊著「姐姐」。我喊著「弟弟」。雖然我和他們沒有血緣關係。

罕古麗抱著我，眼圈有些微紅，「弟弟，有時間就回來哈，姐會想你的，給你做好吃的。」

薩爾比笑嘻嘻地輕捶了我一下胸口，「哥，下個暑假還來陪我做挑山工哈，我們看誰走得快。」

二老雖沒有老淚縱橫，但我看到他們滿臉皺紋的臉，心中酸楚不已。他們給了我兩樣東西，一樣是親繡的鞋墊，一樣是手工製作的核桃木手鏈。

我接到手中，聽著他們說：「孩子，回去要聽話，做一個頂天立地的男子漢。」

就這樣，我跟著叔叔離開了這裡，回到了老家。

出發前，我給了薩爾比電話號碼。在火車上的時候，我問了叔叔一個問題：「叔叔，你覺得現在的我像一個男子漢嗎？」

叔叔微微笑，「像不像並不重要，重要的是叔叔現在的心情真的很好，回去對你爸媽也有一個交代了。」

「……」

十

回到老家，我不再遊手好閒，我開始在社會上自力更生。

我做過很多工作，我不怕吃苦。城市的繁華中有我的身影，黃昏落暮裡，有我的落寞於孤獨，那長長的、疲倦的影子裡面有一種叫「男子漢」的筆直與堅挺……

後來，我從事了媒體工作、教育工作；再後來，我執著於寫作，我告訴自己說，一定要寫盡人世間的悲歡與離合，堅韌與剛強……這些凡人的故事比那些「金碧輝煌」的故事更為動人。

我曾在很長時間裡等待著薩爾比給我打電話，可他一次也沒有，而我也因生活的打拼所累忘了這事。

或許，這在許多人眼裡看來是不真實的，那麼地不忍分離，那麼多的感動……怎麼可能說忘就忘呢？

可是，真的就忘了！

生活有的時候會將一個人改變，直到有一天心不再漂泊、浮躁……我們會想起曾經的過往，那些人，那些事；那些事，那些情……

十一

我本不願意去講述一個類似於「雞湯文」的勵志故事。

我也不把這段勵志的經歷當作一個故事來講，如果一定要說成是故事，它在這裡只是一個表象，我更願把我這段經歷看作是一段善緣。

我不認識他，他也不認識我。我認識了他，他容下了我，這就是緣。

我不在這個家，我在這個家。這也是緣。

……

有因有果，上天會在某一刻讓我們了那個果。

有一天，我在南方城市的大廈裡採訪職場精英，遇見了薩爾比。

所以，這人間的緣就是這樣，你想不到會在人生的哪個節點上遇到一個人，尤其是故人。

我見到他的第一句話就是「爲什麼不給我打電話」。第二句話是「爸、媽、姐，還有阿水他們還好嗎」？

第一問薩爾比說：「當時村裡少有電話，想著以後若有緣會再見的……」

第二問薩爾比說：「他們都好，他們都好！」

無限感慨！

話語太多，卻不知道從何說起。

十二

我和薩爾比對坐在咖啡廳裡。

望著眼前這個年輕人，我的弟弟，他已經是一家跨國公司的高管。

我們都講述著很多的事情，但我更想知道，我離開薩爾比家後他的事情。

種因得果，善緣善得。

薩爾比——一個少年挑山工，幾乎每年暑假、寒假都要在江西的地界上翻山越嶺。這樣的苦日子，從小學到高中。

他的成績越來越好，直到後來順利考上了大學。這一切的背後離不開罕古麗、阿水……的支持。他們省吃儉用，他們日子過得苦巴巴，卻又充滿希望。

考上大學後，薩爾比沒有再要家裡的一分錢。他勤工儉學，他和我一樣在繁華的城市裡忙碌，在夜晚的昏燈裡像范仲淹那樣努力地提升自己，他拿遍了學校裡所有的獎學金……

簡單描述，讓我這個彷彿具有穿越本領的都市人清晰地看到他們一家的日常日景，也深切地品嘗到他們的異常艱辛。

誠實地講，苦難的生活會壓垮很多人，尤其是那些意志不堅強的人。追風趕月的薩爾比一家絕對除外。透過那段彌足又珍貴時光，我也學會了在泥濘中摸爬滾打，勇敢地面對風霜刀劍。

我伸出右手，手腕上還戴著那條核桃木手鏈。我不是想證明什麼，只想通過這一手鏈連接我與薩爾比一家的善緣。

十幾年了，上天又讓這善緣結在一起，今朝的相遇寫滿了我們的因果。

「哥，暑假和我一起回江西不？」薩爾比抓住我的手說。

「回，一定回！」

十三

我與江西有緣。

十幾年前，我因遊手好閒、無所事事，因叔叔信上的一句話而來到了薩爾比家。

十幾年後，我和薩爾比一起踏上這回江西的路。

只在薩爾比家住上一段日子，我感受到了生命中最漫長、又最簡短的時間。漫長是因爲我覺得他們家苦難深重。短暫是因爲在他們家我快速獲得了成長，要面對讓人傷痛的分離。

如今，我要再次回到那裡。因爲，我的心裡住著他們每一個人。

下了車，距離到家還有一段路程，我提議步行。

我和薩爾比背著行囊，在沿途美得驚心動魄的景色中浪蕩前行。

這裡是我的第二故鄉，我曾來過，帶走一身的果敢，也留下挑山工的腳印。從來沒有走過那麼艱難的路，也從來沒有像現在那樣去留意一路的風景。

夏日的江西這會兒熱浪如風暴。我們越走越熱，終是發現自己追不上薩爾比的腳步。僅一個時辰的樣子，我已經累得汗如雨下。

薩爾比停下腳步，以挑山工的口吻對我說：「老哥，我來替你背背吧！」

我忽然笑了起來：「能講價不？」

「老哥，這可是力氣活，能不講價不？」

「好吧，不講價，那是多少？」

「你能給多少？」

「就給能讓爸媽安度晚年的價吧。」

「那到底是多少？」

「……」

我們一路這麼說著，走著……腳下的路越來越短，直到看見那個我曾經離開的家，看到炊煙嫋嫋地升起……

窗外的世界霓虹在交會，繽紛整條街。我安靜瞭解沒你的感覺……

凡人情緣

一

我這輩子比較幸運的是——去過不少地方，尤其是那些偏遠的地方。

我這一生比較情結的是——知道了許多纏纏繞繞、生生死死、冥冥滅滅。

我是屬於家道中落的少年，學業未完就選擇了逃離。

我從未想過如今的我會提起筆，寫下那些早已被遺忘的世間苦痛，我以爲深埋就可以當作不知曉，不發生。

……

第一次看到一個中年男人一邊折千紙鶴，一邊哭泣，一邊懺悔。

第一次聽到方大同緩慢地輕唱，「窗外的世界霓虹在交會，繽紛整條街。我安靜瞭解沒你的感覺……」

瞬間淚如雨下。

我現在溫暖的南國城市，坐在落地窗前我對自己說：「無論如何，我都要帶淚寫下這個故事。無論如何，我都要在婆娑境裡看一遭這世間的苦痛，還有荒涼。」

我是性情中人，輕易地就讓阿暖、阿沁在我漂泊的生命中留下了痕跡。

我是時間的記錄者，在它旋窩般的轉動中輪回，輪回到納芭小鎮。

……

那晨光，是我到納芭的第一件禮物。

那目光，是我見到阿沁時的第一份凝望。

在納芭小鎮的表哥是阿沁曾經看護過的病人，是他把我介紹到這裡，而我前半生的一小段歷史中也順理成章地與她有了交集。

阿沁是納芭小鎮醫院的一名護士，大好年齡的不在繁華都市，把這家醫院當成了她的家。

「偉大的凡人！美麗的姑娘！」我必須要爲她點讚。

阿沁性格溫柔，她戴著小白帽，身穿白大褂在病床間穿梭、忙碌……

一天一天，一年一年，少有間斷！

每當她將雙手抄在口袋裡走著碎步「蹦蹦噠噠」的時候，整個世界有了夢幻般的色彩。

我曾幻想過自己是一名出色的畫家，坐在長廊的凳子上，看著窗外的斜陽照進來，照在她的身上，我寥寥幾筆地勾勒就成了最美的作品。

活潑、開朗、不裝、不作、純天然是我在這幅畫上傾注的表達。我由此想到了多年後的自己，那時，我正帶著一大群學生在雲南夏令營，我拿著照相機四下尋找美，幾經兜轉，路過一家染坊門前，院落裡的紡織姑娘深深地吸引了我。

「她長得好像阿沁。」我低語。

「可……她不是阿沁。」我低吟。

我呆呆地朝她揮手、示意、拍照，記錄下她的模樣。

如今，我還保留著她的照片。

你們說，可歎不？

……

納芭小鎮，鎮上最大的醫院。

我時常聽到阿沁銀鈴般的笑聲，沒有哪一個病人會怕她，也沒有哪一個病人不喜歡她。

人都易老，要想看人老的境遇，去醫院看看是最好的選擇。我敢保證你我都不想再去第二次。

「老了，人就不中用了……人老了，還要躺在醫院的病床上」這是多麼無可奈何地宿命啊！

阿沁照顧過好多的老人——他們有的不能動彈；有的疼得「哎喲」連天；有的像小孩子一樣哭鬧不配合治療；有的像看破這世間的苦痛、淒涼，不願苟活……每每這個時候，阿沁都會用她的方式讓老人乖乖聽話。

反正那時的我是學不會的，阿沁比我有耐性，比我更懂老人的孤獨、無助……

阿沁跟他們打成一片，不嫌棄他們——給他們講故事、講段子……

如果用時間點來表現阿沁在醫院裡的忙碌，那鐵定是一張長長的忙碌的時間圖。

如果用聲音來表現阿沁在醫院裡的忙碌，我們會聽見她抑揚頓挫的招呼——

她時而以快速的小碎步來到老太太的床前，拉開抽屜，取出幾版藥，摳出幾粒丸，這個是兩粒，那個是三粒……這一連串動作嫻熟、麻利，一杯溫開水到嘴邊，「……嘴張開，您該吃藥了喔……」

她時而轉到老爺爺窗前，叮嚀囑咐：「……別掀被子，著涼了可不好，等太陽出來了，我推你曬太陽去……」

有怕打針的，有忽然就流淚哭泣的……這些都能被阿沁解決好。

有大罵兒女不孝，不來醫院看望的……這些都在阿沁的安慰中得到緩解。

……

我是新手，照顧老人的活阿沁一般不讓我插手。我暗自慶倖，慶倖阿沁讓我照顧年輕的病人去。有一天，我聽見病人們在議論，說這個年輕人不行，還是阿沁好。

心裡很不是滋味，沒過多少時間，我那脆弱的心就被負面情緒塞滿。

這裡的薪水微薄留不下什麼人，能留下的人都是具有「工匠精神」的。

阿沁是「工匠一樣的護士」，我是這裡的過客。我十分清楚來到這偏遠的納芭小鎮完全是生活給我的意外。而我在很長一段時間裡都執拗於這樣的意外，想著無數個如果，如果不是家道中落，又怎麼會淪落到這裡？

……

阿沁是鄉下出生的姑娘，阿沁還是醫院裡最勤勞的護士。

醫院裡永遠不缺病人，永遠有幹不完的活。

院長是一位白髮過頭頂的老人，他不止一次地關心過阿沁姑娘，說該吃飯了就去吃飯，該休息了就去休息。

阿沁的回答永遠是一直不變：「謝謝領導關心，我現在還不餓，等……完就去吃飯了，等……就去休息。」

可是……我眞的很少看到阿沁休息啊！

她總是說：「在鄉下做活做慣了，想閒下來是不可能的了。」

我半開玩笑的說：「阿沁姐，你這是怕要當勞模的節奏哦……」

她並沒有要當勞模的想法，她只是有一顆愛的心，她說想到人老了的孤獨，就覺得心裡特難受，她還說想到弗洛倫斯．南丁格爾……

這些想法或意識不曉得有多少人會覺得是愚蠢的？

……

阿沁剛讀完中專，就被分配到這所鎮醫院。我到這裡的時候，她已經在這裡做了三年。

阿沁好年輕，就像嬌豔欲滴的花朵。她年輕的時光就這麼無怨無悔地傾注在這「陽氣不夠，陰氣充盈」的醫院裡，同樣年輕的我卻隔三差五地想到要逃離，簡直是莫大的諷刺啊！

上班、加班，無聊、犯睏……這些詞語都是我給她們大多數的標籤。醫院裡好些護士加班到一兩點就開始犯睏得東倒西歪。我以前總聽到老人說「年輕人睡性大」。這話還是有理的。阿沁是例外，她兢兢業業，挨著個兒在病房裡溜達，察看那個病人有沒有不適，有沒有掀被子，有沒有……她就像一名資深的老農在守衛田間地頭，也像一名看護魚塘的老農巡視著周遭的一切。

老農有田間地頭、魚塘帶給他們的希望。

阿沁又是爲了什麼呢？她背著雙手，在各病房兜兜轉轉。她累了，腰痛了，自有法兒，捶捶、揉揉就當是過去了。她細耳聆聽，呼吸聲、鼾聲起起伏伏、或輕或重，嗯，眞好，都睡得很香，很香……

這樣的夜晚有很多。

這樣的夜晚有平安，也有心驚肉跳……

醫生救死扶傷，護士照顧有加，他們都是患者續命的「好藥丸」。雖然阿沁爲他們做到了能做的，可畢竟人不同命，命有悲喜……我們都是凡人，那些生生死死，死而復生，猶如陰陽交錯的場景怎能輕易就揮之而去。

……這些在醫院裡再平常不過了。在這裡，我見過太多的來來去去，分分離離……

所以，那段時間我喜歡上了喝酒，像古龍那樣去喝酒。

我曾寫過這樣的話：酒是話媒人，酒是結交朋友的利器。

某個小夜裡，我在路邊攤吃燒烤，一人喝著悶酒。下意識地數了數桌下的空酒罐，已有一打。這時，鄰桌來了一個年輕人：他吸著半截香煙，染著一頭的黃毛，身穿花色背心，腳踏著一雙男士夾腳拖鞋。

這樣打扮讓人很快識別出其身份，「街娃，二五仔……」這些詞語是納芭小鎮很多人送給他的標籤。

我是納芭小鎮的異鄉人，我沒有想過自己有一天會與「成天瞎遊蕩，髒話掛嘴邊，三句話不對頭就打架」的不良青年有了瓜葛。我是多麼的墮落，竟然和「二五仔」一起狂喝著酒。

別問喜歡喝酒的陌生人爲什麼會在同一張桌子上划拳猜令，也別問我和他在幾罐啤酒後就能成爲兄弟。

生命中你會遇到那些人、什麼樣的人似乎早就注定。他們有的路過你的世界；有的住進你的心裡；有的傷了你的心；有的捨不得分離卻又不得不分……

我的苦悶加上他的苦悶，讓這個夜晚有了別樣的顏色。

我叫他阿暖兄弟，他也叫我X X兄弟。於是，三個人的故事，我、阿暖、阿沁有了成型。故事裡的重要人物阿暖、阿沁有了梨花帶雨，而我只是見證者。

這一切都要從那場流血事件說起。

很多時候，打架鬥毆是不需要什麼理由的，一句不經意的話，帶著幾分酒意就能演變成「六月街鬥」。阿暖是屬於那種敢打敢拼型的，從身上的刀疤來看，他戰績輝煌。人有失足，馬蹄有陷落黃沙，阿暖在「六月街鬥」事件中掛了重彩。

特殊的病人需要特殊的救治，傷重的阿暖命在旦夕。

夜晚十點，納芭鎮醫院忙碌異常：靜脈通路快速補液、給氧、心電監護、採集血標本、輸血……

阿暖從死神那裡走過一遭，又從死神那裡逃過一劫。後期的養護很重要，這一切交給阿沁來負責完全沒有問題。

在阿沁的精心呵護下，阿暖的元氣得到了恢復，而他們之間的故事節點就是由此開始的。

二

我曾在寫這個故事之前問自己：這會是最美的開端嗎？明知道這是一個悲劇的故事，卻要這樣去問自己，我是怎麼了喲！

阿沁是南丁格爾精神下成長的天使。

阿沁如山間的一朵小蘭花兒，乾乾淨淨。

護士長十分疼愛她，把她當親女兒看待，前輩的護士姐姐們也疼愛她。

有阿沁在的時候，她們覺得世界好豐滿；阿沁不在的時候，她們悵然若失。

多好的姑娘啊！應該有美好的人生；多俏的姑娘啊！應該有最愛她的男人！她們都爲阿沁的終身大事操心。這可能是上了點年紀的女人愛做的事，但更多是出於一種愛吧！

阿沁就像不著急似的，每次談論到這種事的時候，她總是「咯咯」地一笑了之，或者說一句「婚姻這事啊！是可遇不可求的……」

時間一長，她們一心想做媒的願望就此被擱淺了。

初秋的一天表哥來找我，說幹活的工地上急需人手。我又多次在他面前流露出不想再待鎮醫院的想法。

就這樣我離開了醫院，去了工地，在表哥手下打雜。

雖不在醫院，但並不代表就離開了納芭小鎮。工地裡鎮醫院不遠，落日黃昏的時候，我還可以路過醫院，還能看見阿沁忙碌的身影。

繁重、時長的工地活讓我暫時忘記了心中的隱痛。在納芭小鎮的日子一天天地重複，波瀾不驚。

誰會打破這樣的不驚呢？

我只是一個小鎮過客，如果不是阿暖的人生換了新模樣，我不會寫下他的這段歷史。我最多是以緬懷在納芭小鎮日子的形式記錄下我逃離的青春。

所以，這篇文章的主角注定不是我。

二〇〇三年的夏天，我在納芭小鎮的炭燒店裡和阿暖喝著燒酒，他爲我講述了這個故事中男女主角的人間事。

二〇一七年的冬天，我拾起對舊時光的追憶，提筆寫下了上面所有的話。

時間相隔十四年，我竟然可以清晰地記得。

三

阿暖不如他名字那樣的「溫暖」，是個沒有爹娘的孩子。

阿暖一開始不是「二五仔」，只是後來在一度時間裡誤入歧途，成了「二五仔」。

在度過不怎麼歡樂的童年後，阿暖早已習慣了如何獨立地去生存。他跟著收破爛的隊伍，在吆喝聲中收集瓶瓶罐罐，他賣過老鼠藥、蒼蠅貼……

每天收入微薄，卻不得不起早貪黑。後來，他想著把小本生意擴大，索性拿出所有家當租了一間小屋，就在納芭小鎮的東街，這是小鎮比較繁華的地帶，也是一個小小的江湖，裡面的「二五仔」成群，過著遊手好閒、打架鬥毆、東奔西藏的生活。

在這之前，阿暖擺地攤無定所，橋頭上，小街角、路道中……都有過他的印記。幾尺粗布從背簍裡取出，平展地鋪陳開來，在擺上老鼠藥、蒼蠅貼、挖耳勺、指甲鉗、透明膠……他賣命地吆喝著：「X一元一個、X三元兩個……」

同行們、閒逛者、街上的賣主與買主們，還有小孩的吵鬧聲與哭鬧聲，這些聲音組合起來構成了小鎮街道的繁榮與喧鬧，也淹沒了阿暖的吆喝聲。

陪伴阿暖的除了這賴以生存的「地攤」行當，還有村東頭韓老太爺送給他的一把笛子。阿暖是屬於那種無師自通的孩子，不快樂的是時候，他會吹上幾曲，笛聲悠揚，悠揚出人世間的冷暖。

後來，有人建議他去街頭賣藝，吹一些時下流行的「口水歌」。阿暖不是沒有去試過，可他偏偏吹不出歡樂的味道。這樣的生意門道就此失敗。

我曾問過阿暖讀過書沒有。他說，讀過，小學四年、初中兩年。韓老太爺死後，他就自己棄學了。

阿暖在納芭小鎮的東街租了一間小屋，經營各種小物件。生意並沒有比擺地攤時好了多少。這樣的經營境況是極度考驗一個人的，主要是堅守問題，一坐就是十幾個小時。春夏秋的時候生意稍微好點，冬天就只能用極為慘澹來形容了。

小店的招牌名很有意思，阿暖給它取名為「撈仔雜貨」。這樣名字或寓意著一個江湖，因為，阿暖把自己當作是納芭小鎮的異鄉人。

我有時在想，或許這就是我和他能談得來的原因之一吧。我也是這裡異鄉人！

人與人的境遇有可能相同，即便不相同，也能相似。當這樣的相同或相似碰撞起來，就會三五成群。當然，三五成群也是需要一段歷史的，而歷史就是有一天黃昏，天空飄散著幾片烏雲，涼風侵襲，行蹤詭異，幾個「二五仔」肩扛著幾麻袋物品直奔「撈仔雜貨」而來。

這是一樁沒有事先約定的交易。因為買主並不知情，賣主只是想借助「撈仔雜貨」的鋪子進行銷贓。

一開始，阿暖是拒絕的。然後對方就開價，從「二五開」談到「三七開」，阿暖雖然窘迫，但向來是自力更生，獨闖江湖，與這幫「二五仔」沒有瓜葛。在經過一陣好說歹說後，「二五仔們」一咬牙，說「四六開」吧，再不同意，就是不懂事了。用他們的話來說叫「行走江湖，得看面兒，得懂事兒……」

阿暖不得不答應了，他不是不知道這個問題的後果。於是，他向對方大膽開了一個條件：就這一次，下不爲例。

對方答應了。

這是他們從工地上弄來的鐵件、銅件……屬於暢銷商品。若不是阿暖缺少資金，他是會多進這樣的貨的。

現在，幾個「二五仔」憑藉他們的偷盜能力弄來了幾麻袋，無遺是一樁獲利頗豐的買賣。雖說這樣的買賣在「二五仔」眼裡是「天經地義」的，但阿暖的心裡更是驚喜交加的。驚是害怕，喜是能得到四成的利潤，且自己沒有付出什麼成本。

其實，阿暖對這事是有悔恨的，但這都是後來的事了。

其實，阿暖是身不由己，混江湖的人都這麼說。

不想混江湖的最後都混了江湖，混了江湖的想抽身太難。對阿暖來說，這是一種說不出的殘酷，而那幫「二五仔」們於「撈仔雜貨」有了銷贓的甜頭，便想著第二次，第三次……

阿暖說他嘗受了人間太多的苦，如果跟著「二五仔」們縱橫江湖會讓物質的貧困少了許多，那便有了誤入歧途的一種「冠冕堂皇」。可現實的殘酷在於，這些「二五仔」們很多時候也是舉步維艱，朝不保夕……

終究是進入到了另一條道，阿暖在一夜之間像變了一個人似的。他開始學會了「二五仔」們的手段和嗜好。不務正業、坑蒙拐騙、抽煙、喝酒、打架……

沉淪的日子讓阿暖過得渾渾噩噩，沒有希望。很多人都說阿暖這輩子完了，如果韓老太爺還活著，阿暖不會這個樣子。

「撈仔雜貨」從以前的天天開門，到後來的時常門鎖見證了阿暖的江湖人生。直到有一天，他開始有些厭倦，想退出。

這談何容易？任何選擇都會有代價的，何況還是屬於錯誤的選擇。

一些看不透的心，一些莫名的爭鬥，一些午夜時分的與狼共舞，在納芭小鎮的天空下上演。阿暖說，「六月街鬥」事件是一次洗禮！他想著自己是活不下來了，這樣也好，反正活著也是罪孽。

但上天是仁慈的。阿暖沒有死，他活過來了。

活著就是奇蹟，活著又是一種痛悟。

躺在病床上的阿暖做了好多的夢，說了很多的胡話，說的最多是要見媽媽，自己不是壞人……這些話搶救他的醫生聽見了，照顧他的護士也聽見了。

醫生聽見了搖頭歎息！

護士阿沁聽見了眉頭輕鎖，心裡小小的世界了有波瀾！

沒有人知道阿暖從哪裡來，因爲他自己也不知道。我想知道阿暖從哪裡來，與他幾杯酒下肚他還是沒說。所以，這就是一個謎，謎一樣的江湖，謎一樣的「二五仔」。

四

阿暖，我是記住你了！

阿暖，有一個人比我更記得你。

你們會相信眼神的力量嗎？你們會相信因爲一個眼神就讓男與女有了緣嗎？

我曾經不相信，但現在我信了。

小小的一個眼神，短短的一瞬間，好大的匪夷所思！阿沁就是喜歡上了阿暖。

大女人們那麼用心地爲她做媒，換來的是失敗，有錢的人家托媒人三番五次上門提親，換來的更是失敗。

嗚呼！愛情這東西好有理，也好沒理！

嗚呼！阿暖，你這個「二五仔」，你是多麼的讓人羨慕啊！

我無意去刻畫一段與衆不同的愛戀，可江湖這麼大，讓我知曉了。

「阿沁，我好想你……」阿暖折著千紙鶴，折著折著，就流淚了，折著折著，思念如潮湧。

五

阿沁是九〇後，阿暖也是九〇後。他們年齡相差不大，模樣都很中意。

阿沁是天使，阿暖是「二五仔」。他們的故事像電影，有不只是電影。電影裡有命定的結局，阿沁和阿暖的結局沒有命定，有的是他們對美好生活的嚮往。

從死神那裡活出來，阿沁傾注了太多的心血。

從醫院裡走出來，阿暖決定洗心革面。

現在，讓時間往後飛一會兒，飛到他們眼神交匯的那一刻。

如果窗外璀璨星光是這段情緣的見證，那皎潔的月光就是柔情傾灑的表達。如果躺在重病房的阿暖曾找不到人生的方向，那阿沁將給他從未有過的指引。

湛藍的護士帽下那雙明澈的雙眸，小鹿一樣的輕盈、側目……

重傷下意識的清醒，那翕動的嘴唇，有故事的目光注定這是一個心動的時刻。

我曾覺得這是無法讓人相信的人世情緣，但它卻眞實地在生活中發生了。

第一眼對視後，就會有第二眼。

那……以前他們曾經見過嗎？

如果沒有，爲什麼會有如此似曾相識的感覺？

如果有，那是在什麼時候？

很多人說春天是發情的季節。這話聽起來膈應，但我更相信是在整個冬季的寒冷過後，彼此有了溫暖的需要。

阿沁和阿暖在納芭小鎮的冬天午後遇見過，就在當初少人問津的石橋上的地攤前。阿沁輕盈地走在石橋上，漫步欣賞橋上、橋下風景。她如神仙姐姐般地出現在世人面前，引來路人的集體流連忘返。她秀髮飄啊飄，裙擺搖啊搖……隨後，她停步，側目，裊裊婷婷地立在阿沁的地攤前。

「他怎能麼會擺地攤呢？像他這樣的年齡？」在阿沁的印象裡，納芭小鎮的確有不少像阿暖這樣的沒有外出求生存，就在本地不務正業的青年，「他會是一個例外？」

是的，不僅是一個例外，在這例外裡還有諸多波折。阿暖也不務正業，跟著那幫「二五仔」們鬼混呢？抽煙、打架、喝酒……幹了不少讓人憎恨的事呢？

如今，阿暖躺在醫院的重病房裡。

如今，阿暖、阿沁目光再次交匯。

後來，阿沁向我描述那樣的奇妙感覺，她萬分確切地對我說：「絕對不是你們以爲那種一見鍾情，只是內心善良、柔弱的那一塊忽然被什麼揪了一下而已。」

「阿暖，你是何德何能，我該說你是幸運，還是厲害呢？」我陷入沉思，「阿暖、阿沁之間算是愛情嗎？如果不是，爲什麼他們不離不棄，就算最後分離了，在他們心裡依然存著彼此。」

阿暖也對我說過，他對阿沁也有那樣的感覺。那一刻，他被融化了，腦海裡開始飛速回閃，努力地去尋找佛說的那一種擦肩或者回眸。可是，找不到，或不清晰，但，這都不重要，重要的是那種莫名的、淡淡的回歸感已經紮根在心底。

對很多人來說，這是多麼奇妙的感覺啊！可，應該感到悲傷還是喜悅呢？如果結局不爲我們人以爲？

我用了較長的篇幅去描述阿暖與阿沁之間緣來緣去的感覺，都是眞的，不是我在霧裡看花，故弄玄虛。

其實，這樣如隔一層的相識感覺有很多人也遇過，走在大街上，你看到最美的風景，風景也看你，然後在那一短暫時刻，心裡有了莫名的相識感，繼而怦然心動一回。又或者，走在鄉間小路上，和浣衣女擦肩而過，那一轉身的回眸，恰似「心兒一個咿個嘿嘿嘿」。

只是，這一切大概出於我們都不敢去惜緣，那情緣就隨風而逝了。

對阿暖和阿沁而言，和上面不同的是他們惜緣了。因爲有了第二次的相見，雖然場面讓人覺得血腥，當時鮮血染紅了阿暖的整個衣服。破壞了惜緣下的美感。

所以，當我決定寫下這段奇異的情緣故事時，甚至渴望阿暖一直就是一個擺地攤的，從來不會成爲納芭小鎮上的「二五仔」，那場「六月流血」事件也從來沒有發生過，那該有多好啊！如果一切能重來，是否能掐斷他們之間的情緣？如果一切重來過，是否能改寫這情緣後的吉凶未卜？

唉！這太讓人揪心了！

以至於我覺得要寫下這個故事簡直就是一種無可修飾的殘忍。

六

阿沁比阿暖要大三歲。

如果他們出生在一個家庭，他們就是姐弟。

如果是沒有如果的，他們偏偏是戀人，姐弟戀的那種。

在阿沁的精心呵護下，阿暖能下病床走動了。又過了一段時間，阿暖幾乎可以出院了。醫院時光裡有他們相處的場景，有旁人羨煞的目光，還有大女人們的言語「這小子是修了多少世的福喲……多少世的福喲！」

有一天黃昏，阿暖對阿沁說：「你看，我身體恢復得差不多了，要不我們去石橋上吧。」

「去那裡做什麼?」阿沁翹著眉頭說。

「石橋下有一條小河，去了你就知道了。」阿暖暖暖的說，「我知道你今晚不加班的。」他又補充了一句。

「還是個有心人。」阿沁心裡暗暗說道，「他居然連我加不加班都知道。」

我是屬於鍾愛黃昏的那種人，但沒有想到阿暖比我還鍾愛。阿暖說，在黃昏的時候是陽光最美的時候，他在石橋下，小河邊吹著笛子，捉幾條小魚，烤了吃，就能忘記心中的煩惱和痛苦。

這是阿暖的另一番模樣，屬於更加真實的他。

阿沁喜歡吃魚，喜歡一邊聽著長曲吃著烤魚。他們沒有像都市裡戀愛男女在高檔場所裡喝著咖啡，說著情話。他們只是靜靜地坐在一起，小小的未來就是能在一起，通過勤勞的雙手改變貧困的現狀。

夏日的晚風吹拂著他們，河裡現抓的魚，阿沁吃得很開心。

踩著細軟的河沙，留下一串串深淺不一的腳印。那個黃昏，他們沒有多言語，卻覺得幸福無比。

「戀愛的感覺就是如此吧！」翻開阿沁的筆記，第三頁的第一行寫著這樣一句。

「阿沁，我好想你！」阿暖看著筆記本上的涓涓一行字，回想起時光的味道，「你說最喜歡我吹笛子的模樣，我現在……我現在不吹了，改折千紙鶴了，我覺得……我覺得千紙鶴更能代表我的思念……」

敍述可能是紊亂的，但思念是不能割斷的。

你怎麼也不會想到好好的一對戀人剛要過上好日，其中一方竟然出了意外！

是的，這只意外，意外到無法挽回的地步。

阿沁的呼吸變得微弱了，意識也在慢慢不清晰起來。

不用阿暖去回述，我都能清晰地想像出阿沁躺在病床上的模樣，她努力地遏止住頭腦的不清醒。

「爲什麼像你這樣的護士也要生病啊！」阿暖握住她的手問了一個奇怪的問題。

「沒有什麼爲什麼，我只是一個普通的女人，是人都會生病，大病還是小病，有治沒治有的時候由不得自己……」阿沁平靜的說道，那深陷的眼睛輕微地轉動了一下。看著，看著，就讓人心生憐憫。

「那……換醫院，換一家更好的醫院……好……嗎？」阿暖不甘心地說道，他不相信命運，相信奇蹟。

「……」

我不敢寫下這回應的內容，更不敢寫下阿沁在面對病魔時的鎮定和堅強。

那時候，確切的說是阿沁沒有身患重症的時候，阿暖、阿沁已確定戀愛關係。她空暇的時候會像「姐姐」照顧「弟弟」。

阿暖是自力更生的，這麼多年他都活過來了。但阿暖對吃的，除了烤魚，眞的不在行啊！而這不在行的背後折射出的是他不會整理，就像他曾誤入歧途，不會整理自己的人生一樣。

問題沒有那麼嚴重！

那段時間，醫院裡的工作著實繁忙，流感多發的季節裡，病人比往常多了很多倍。阿沁常常把一頓的飯分成三份，吃完一份，帶上兩份到醫院，中午吃，晚餐吃。若加班，可能就要餓肚子了……

她就是這樣的忙碌，誰叫她是最好的護士呢？她更多的時間在病人身上，但這絲毫不影響她對阿暖的愛，因爲她愛他，他也愛她。

所以，愛是最好的理解藥丸。

所以，愛讓阿沁比普通人要累上好多倍。

吃剩菜、剩飯的時候是很多次的。阿沁就住在離納芭小鎮醫院附近的居民樓，廉價的房屋注定了環境不大好，但比這更不好的是阿暖住的地方，納芭小鎮的房屋屬於七零八落那種，他就住在山腳下的小破房裡，屋頂的彩鋼瓦上搭著一些零散的石塊，黴斑也爬滿了牆，整個屋子裡擺設十分簡單，一張小小的單人床，一張坑坑窪窪的小書桌，至於廚房，是小的不能再小的。

阿沁第一次到這裡的時候，是想給他做頓飯，那會兒他忙著處理貨物，顧不上吃飯。虛掩的木門就這麼輕輕地推開了。

阿沁是踩著霞光進來的，她一首拎著一個塑膠袋，裡面有魚，有香菜，有蔥……還有從鄰居阿嬸那裡要來的酸菜。

阿沁愛吃魚，但她不會做魚，這些與「酸菜魚」搭配的物料還是自己憑藉平時吃這道菜時記憶而得。

她開始剖魚，看起來動作還像那麼一回事，畢竟是農家出生的姑娘，切菜、淘米……每一個動作都代表著相同的心情，搭配著廚房裡跳躍的音符，宛如一個二人小家庭裡的日常。

「她做的酸菜魚眞的不好吃，我卻把它吃了個精光。」阿暖對我一字一句地說道。

我看著他，沒有說話，只是輕輕地點頭。

就算酸菜魚做得再差勁，也一定是人間至味。我想不出什麼語言去否定阿暖的說法，因爲，有情人做的飯菜就是最美味的飯菜。

他們是報之以桃李的，阿暖也爲阿沁煮飯做菜。

有段時間阿沁特別的繁忙，經常加夜班。兩人見面的時間很少在白天，都是趁著月色，踏著星光在街道上並肩而走。他一開始不敢牽她的手，但距離靠得很近。有時她停下，踱步、轉個小圓圈，晚風吹拂著她，那景象眞的很美。後來，他大膽地牽著她的手，兩人輕步緩行……其實，到她住所並不遠，但那段路途她們會走上好長一段時間。

到了住所，阿暖說：「你早點休息吧，不用定鬧鐘，我做好飯會叫醒你的，保管你不遲到。」

阿沁「嗯」了一聲，她實在太累了，倒下床就睡著了。他輕輕地爲她蓋上被子，又輕輕地帶上房門，他睡在客廳裡。

兩間屋，一男一女。

兩間屋，心相印。

阿暖起得較早，他不要發出雜音，要阿沁多睡一會兒。屋子不算太寬敞，但足夠他窸窸窣窣地搗弄廚房裡的一切。

都是有心人，所以哪怕是儘量壓低了廚房裡搗弄的聲音，還是讓阿沁聽到了。她躺在被窩裡聆聽這聲響，不時地一笑：原來，這傢伙做飯菜有一手；原來，會做一手好飯菜不是女人的專利；原來，這搗弄的聲音是如此的悅耳。她終於忍不住起身，想靜悄悄地看著他搗弄的身影。

那是怎樣的一個身影啊！竟讓讓自己入神了。她光著腳丫輕輕地走近去，無聲地站在他身後，她看呀看，入神地看呀看，年輕的、寬厚的、值得依靠的……

時光彷彿在一秒一秒地慢行，讓她可以看得仔細、通透……阿暖回過頭，看了她一眼，又繼續搗弄著飯菜，那撲鼻的香味瀰散開來，散在整個廚房裡。當鍋蓋被掀開，菜葉稀飯色相俱全，當蒸蓋打開，饅頭白胖胖，當……

很豐盛的早餐，濃濃的，愉悅的。

阿暖扭過頭說：「早晨的地上太涼，你先去穿上鞋，一會兒就可以吃早餐啦！」

……

意識越來越不清晰了，阿沁還在努力地抗爭著，她不想忘記那些最重要的話語。她其實也在重病初期想了許多。一些話還是要說出口的，她輕吸了一口氣緩緩的說道：「阿暖，我比你大，在這世間的日子比你先擁有，我的意思是說……我會比你先老，你比我年輕，你應該有更高的抱負，我只是一個普通的女人，這輩子是走不出納芭小鎮的。」

「我不允許你這樣去說，你的抱負比我高，比我高，你常說南丁格爾……你常說我們會有美好的未來，你不能說話不算話啊！」

半晌，阿沁看了阿暖半晌，「我在努力，不在努力著嗎……」

七

我曾問阿暖和阿沁，你們之間吵過架嗎？

很多認爲戀人之間吵架並不是一件壞事，他們說如果都不吵架了，就離分手不遠了。可阿暖和阿沁之間從沒有吵過架，還不是要面臨分別？

這是何道理啊！世事眞的是無常啊！

再無常也要向前走，不到最後絕不放手，就算到最後也不想放手。

阿沁對阿暖說：「去讀書吧，學一技之長。」

「學什麼呢？」

「就學……」阿暖喜歡設計，有一次，阿沁隨手翻了翻阿暖擺放在書桌上的書，上面大多都是關於室內設計的。

「還是……不要學了，我……」阿暖低著頭說。

阿沁冰雪聰明，她怎麼會不知道這話背後的深意，再窘迫也要讀書，這些年她自己也積攢了一些錢，她想讓阿暖走得更遠，走出納芭小鎭。

不是不想讀書，不是不想走遠。所以，任隨阿暖如何地尋找不讀書的理由，都抵不過阿沁一句話的教導——如果你眞的愛我，就好好地去讀書。

阿暖去了一所職業技術院校。

他發誓要讀出個名堂，他發誓要讓阿沁過上好日子。

信念是最好的動力，在一窮二白的年紀裡，阿暖遇上了最好的窮姑娘。最好的窮姑娘愛上了曾經不爭氣的窮小子，而曾經不爭氣的窮小子，現在變得比誰都爭氣，最刻苦。

雖是再次讀上了書，阿暖還是堅持要勤工儉學。

他利用業餘時間去擺地攤。還是石橋上，還是那身打扮，唯一不同的是這次生意運氣比以往都好。

老天或許是在可憐這對苦命的戀人。

阿暖還想做得更多，他開始嘗試給有錢人家的孩子補課。

一些時間下來，手裡的經濟開始寬裕了不少。

看來，好日子到來了。

看來，雖然很辛苦，但一切都值得。

若有空檔的時候，阿暖會去醫院等阿沁下班。他覺得很長時間才能見到她一次，有很多話要對她說。阿沁依舊是忙碌的，等到她下班時，他就陪他走過那條街，一起回到住所。

有時候阿沁心情不好，阿暖就什麼話都不說，他拽拽她的衣袖，在路邊的石凳上坐坐。他知道她內心深處有哀憫，每次有病人沒有被搶救過來，她的眉頭是微鎖的，眼圈是紅潤的。她說她看透了生死，卻逃不過心中悲情的纏繞。

越是逃不過，越是要來。生死由命，婆娑境裡，誰人不是一路泥濘？

所以，我要躲，要逃離，哪怕明知逃不過。

我在表哥所在的工地打拼，阿沁在納芭小鎮的醫院裡繼續她的「南丁格爾」，阿暖在職業院校、在石橋上堅強而活。

我們三人的命運就像三根不同的絲線，卻繫在納芭小鎮。我作為故事記敘者，記錄下這人世間苦樂。

那條他們走過街道，從春天到冬天，熟悉的風景，熟悉的人行，如今到了半夜會更加冷清，以前是阿暖陪著阿沁而走，現在是阿暖一個人獨行。

我不想讓故事就著結尾，我想再寫一些他們的日常。

忙碌、勤苦的生活讓阿暖瘦得很快，他必須保證學業有成，他也的確做到了。第一學期下來，他名列前茅，他高興地拿著成績單在阿沁眼前一晃，說：「你看，就連副科都是第一。」

阿沁美美地抓過來，美美地看著，她抿著嘴唇，輕輕地點頭……

阿暖將手揣在褲兜裡，笑瞇瞇的，說：「我們去河邊吧，我去捉魚，做最好吃的烤魚給你吃。」

「好啊！」她抓住他的手，像蝴蝶一樣飛舞。

「阿沁，你好美！」

「……」

「……」

「阿沁，你得多吃點，阿沁，你就吃點吧……」阿暖蹲在病床前，苦口婆心地說著。

阿沁艱難地睜開雙眼，乾涸的嘴唇微弱地翕動著。

最美味的烤魚，以前她可以美滋滋地吃；最美味的烤魚，現在她想吃也很難進食了。

「我想聽你吹笛子，就那曲……」阿沁說的是央金蘭澤的《遇上你是我的緣》

……
藍天下的相思是這彎彎的路
我的夢都裝在行囊中
一切等待不再是等待
我的一生就選擇了你
……
親愛的，親愛的，親愛的
愛你
就像山裡的雪蓮花
就像山裡的雪蓮花
笛聲悠悠，吹笛人吹著吹著潸然淚下，聽笛聲的人病容裡有微笑。
……

八

末夏的一天，納芭小鎮的醫院裡。

這一天是六月廿四日，阿沁的生日。

阿暖打來電話，那會兒他已經畢業了，在外地實習。他爲她唱生日歌，她閉眼聆聽電話裡傳來的祝福。

再下一年的夏天，阿暖向阿沁求婚，一切順理成章，這對苦命的戀人卽將走進婚姻的殿堂。他們喜悅著，他們計畫著婚後的生活。他們想著多年的勤勞終於換來了苦盡甘來，夏日的小屋裡，兩人幸福地抱在一起。

而命運這東西，有的時候比黑白無常更無常。噩耗降臨是在夏季，距離阿暖和阿沁的婚禮還剩卅多天。

最初的徵兆並不明顯，就是暈眩。同事們都以爲這是給累的，但醫院的檢查結果出來，卻讓大家眉頭緊鎖。負責檢查的醫生面色有些凝重，建議立刻通知家人，做好相應準備。其實，能準備什麼呢？阿沁就是護士，能準備的就是讓家人簽字，然後，做最大努力地治療。

在鄉下家裡，阿沁還有一個母親。阿暖之前見過她一次，那是和阿沁一起回鄉下探望的時候。

母親得到噩耗，差點暈厥過去。阿暖安慰說，沒事的，一切都會好起來的。事實上，他自己心裡都沒有底。

倒是阿沁表現得很樂觀，見到母親和阿暖時還一臉微笑，說：「就是小病，看把你們一個個緊張的，我也是學醫的，我比你們淸楚，放心吧……」

她要翻身下床走走，以證明自己沒有大問題。

整個病房裡，大家面面相覷，阿沁努力地表現得輕鬆如常，她抓住阿暖的手，說：「在病床上待久了有些睏，你陪我出去走走吧！」

阿暖沒有緩過神，被叫了好幾聲也沒有反應過來。

兩人走出病房，從走廊穿過去就到了後花園，那是一條環形的蜿蜒的道路。走到一株月季花的旁邊，阿沁停止了腳步，她端詳著他，又小聲地笑話他，「我沒事的，只是太累了，修養幾天就會沒事的，你看看你，都這麼大個人了，怎麼還像小孩子那樣哭鼻子，放心吧，一切都會好起來的。」

阿暖強忍著積攢在眼眶裡的淚水，忽然抱住了她，抱得很緊，越抱越緊……

「別哭，別哭……我希望下次再看到你的時候，我們是在石橋上，我……在那裡等你……」

微風吹來，樹葉、花瓣……搖擺，阿沁站在那裡，風把她的髮絲吹得有些淩亂，「給我拍張相吧！」

阿暖拿出手機，鏡頭裡的阿沁在微笑，可阿暖覺得看她越來越模糊。

她還在笑著，睫毛彎彎，眼睛眨眨，「阿暖，阿暖……對不起了，這輩子恐怕做不成你的新娘了。」她心裡默念著，就像一首不會再見的離別詩，卻沒有了淚兩行。

她知道自己必須堅強，絕對不能在阿暖面前哭。

……

他們認識的時間不算很長，卻是如此的相戀。

阿沁躺在病床上，身形消瘦。

「無論如何也要把你的病治好，我不想和你分開，你也別想和我分開。」阿暖一直重複著這樣一句話。

阿沁聽了，只是略略點頭。

「還能治得好嗎？」阿暖私下裡問主治醫生。

「不知道，我們會盡力的。」可隨著時間的推移，越來越不知道了。高燒難退，汗水直流。

阿沁發現自己的意識越來越模糊了，她甚至覺得眼前都是昏暗的。她摸索著，抓住阿暖的手，吃力的說著：「我不想睡，一定要叫醒我，我想多看看你，多看看你……」她的聲音愈加微弱。

但，阿沁還是睡著了。

也不知道過了多久，下一次醒來的時候，她摩挲著他的臉，濕濕的，她想開口說話，卻說不出話來。也許是經歷消耗得差不多了，渾身無力，欲說不能。阿暖抓緊她的雙手，貼近她，「不要說話，好好靜養，好好靜養……」

其實，其實……阿沁開口想說的是：你怎麼又哭了？

我見過不少生死離別，哭是人類在那時最無力的表達。

所以，我很害怕見到這樣的場面。

可以不哭嗎?做不到，很多人都做不到，你我都做不到。

阿暖說：「多希望自己哭過後，上天就垂憐，阿沁就好了。」

我說：「我也希望，我也希望……」

說著，說著，我也哭了。

九

一直不想寫明她到底得的是什麼病，我是不敢去面對那三個字。

「放棄治療吧！」主治醫生說，「這種情況，我也不想再說一些委婉的話了……」

阿暖說絕不放棄，哪怕結果是無望的。爲此，他想盡了一切辦法，也換了更好的醫院，找到了更好的醫生。但他們的說法都是一樣的。

診斷結果是沒有錯的，而婚期的日子越來越近了。多希望阿沁的病情能好轉啊！可恨的……它就是惡化了：不能下床，不能進食。

他們還沒有走過人世間太多的路，如今就要說分離。

分離之前，他背著她，一步一步地走在石橋上面，霞光映射在他們的身上，從遠處望去，他們的身影越來越小，直到消失在視線裡。

分離之前，他背著她走在蜿蜒的青石板上，穿過狹小的雨巷，走過那條熟悉的街。

阿暖說：「這輩子還有輪迴嗎？如果有，要如何才能輪迴到你的身邊？」

阿沁閉上雙眼，那雙臂盡力地抱得更緊，直到沒有了力氣。

……

十

我所說的分離，其實就是死亡。

我曾想過，如果不寫這個故事我會怎樣？試過了，不寫就割捨不下，不寫就怕凡人的這點情緣就化作雲煙。

我深切地知道文字這種符號可以存活得更久，有一天你們有幸讀到，不需要矯情，不需要憐憫。因爲阿暖、阿沁最終都是堅強的人，雖然過程很痛苦，但他們都已堅強的姿態面對世人。

阿暖說他已經慢慢習慣沒有了阿沁的日子，想她的時候，會折著千紙鶴，會唱著《千紙鶴》：「窗外的世界霓虹在交會，繽紛整條街。我安靜瞭解沒你的感覺……」

我輕歎，沒有你的感覺，會是什麼樣的感覺？

沒有經歷過的人不會知道，經歷了的人永遠不想去知道。因爲，這樣的感覺一旦觸碰，就會瞬間崩塌，淚如雨下。

阿暖、阿沁我知道你們在命運的絕境中生死相依，不離不棄。這讓我想到了那些經不起命運變故而勞燕分飛的夫妻，你們和他們相比，一個在天上，一個在地下。

若有輪迴，希望你們在來世能平平安安，圓圓滿滿。

師姐沒有走

有些莫名的情感會糾纏我們一生。那個再也沒有露面的跑路男人，那個再也沒有回過盧昉鎮的我。

一

師姐說：「這世上的命中注定就是你無意中做了一個選擇，然後一輩子也不改了。」

我看見師姐消失在街道的身影，不禁潸然淚下。

佛說，萬法皆空，迴圈不空，這迴圈就是因果。有因有果，生生不息。想到這裡，我忽然明白師姐的選擇了。

這個故事埋藏在我心裡許多年了，如果不是要創作這部書，我不會再對任何人提起。

現在，我講一個關於因果的故事，或許，又與因果無關。

畢竟，我在盧昉鎮待的時間不長。

……

我叫她師姐，又叫她小蓮。

師姐輩分大，小蓮還年輕。

那年我二十一歲，就像「武陵人」一樣誤入盧昉鎮。

這個鎮子沒有春夏秋冬，只有多雨和乾旱。它們涇渭分明，就像堅守與逃離。

雨季來臨時，寒氣靜悄悄地升騰，穿著襯衣加外套，領口袖口風一鑽進，就涼，幾個噴嚏猝不及防。

我像一隻迷路的羔羊走在小鎮寥寥行人的街面，那濕漉漉的碎石路泛著白光。四下張望，街道兩邊許多店面都已關閉。繼續向前走，看見濕漉漉的小狗顛顛地跑過，我一陣欣喜，狗前行的方向就有燈火人家。

木頭的柱子，石塊砌成的牆。這就是盧昉鎮。我抬頭望見一個被風雨侵蝕的牌匾，上面寫了這幾個字。

「這是有多少年頭了？」我細聲叨念。

……

雨季裡，老木頭有種清冷的徽香，就像老屋深處的味道。石砌的牆，若是撫摸，會有冰涼、孤寂的感覺。我回想起在盧昉鎮的日子，師姐的身上也有這樣的味道。

我當時像驚慌失措的孩子，在看到師姐「吱呀」開門後，突然就有了久違的依靠。這樣的感覺很多人不懂，除非有我這樣的流浪。

與其說是流浪，不如說是逃離。年輕時，不經事，總想逃離現實。

所以，我不是名副其實的「武陵人」，我只是他的軀殼，只配擁有他的名字。

二

這是剛入夜，盧昉鎮的百年絞臉老店。

按照師姐的說法，女子這一生只開臉一次，表示已婚。開了臉，臉上也光滑、白淨多了。按照小蓮的說法，她這一輩子都不會離開盧昉鎮了，她會隨著這即將消失的傳統技藝到終老。

我靜靜地望著她，多希望她能跟我一走啊！哪怕浪跡天涯。

她遠去的身影，細雨濛濛中，像一朵行將開放的蓮花。

「人一輩子，能開放幾次喲！」我低著頭，說出惆悵的話。

如果不是闖入這盧昉鎮，我從來不知道這世上還有絞臉這門技藝。師姐說，開臉的時候要用一根細麻線，中間用一隻手拉著，兩端分別繫在另一隻手的拇指和食指上。當你面對一張張容顏各異的臉時，你會不自覺地用心撥弄手中的線。她們笑著離開，她們又前來，這樣的感覺眞好。

……

齊家老店臨街角的位置，在店子前方就是盧昉鎮的牌匾。

老師傅坐在籐椅上，門口還擺放著兩個木墩，在門口的右面有一面木架子鑲嵌的玻璃鏡子。青石板的路面冰涼，雨季的天氣裡少有乾潔，時常都是水汪汪的。隔兩三個時辰，就會看到有鹽商緩緩經過，大鬍子的馬鍋頭，披肩的麻衣，他們揣著酒壺，馬鞍上搖搖晃晃的鈴鐺兒，清脆得盧昉鎮都聽見。

這是位於川濵的小鎮，我在齊家老店門口站立，看到稀落的人影從街頭淡到街尾，再沒入到田野那頭的遠方。

身影消失了，女人們說笑的聲音又響起。

銀鈴般的、嬉笑般的聲音繚繞在煙雨中……

她們美美地來到齊家老店門口。

師姐——我更願意叫她小蓮，她熱情地招呼著她們，齊老爺子瞇起眼，在嘴角一絲笑意中閉上眼睛，似睡非睡的表情讓我捉摸不定。

小蓮靈巧，絞臉的活兒在她手裡遊刃有餘。

我看見她一會兒弓著腰，一會兒轉到顧客側面，一會兒挺直細腰，碎花裙子在她的移動中如蓮花在舞蹈……只一盞茶的工夫，絞臉就完成了。

我入神了！

我入迷了！

入神眼前的光景，入迷那神秘又會消失的記憶。

沒有用線，我學著小蓮的樣子左晃、右晃，卻不得要領，只表於形。小蓮「噗哧」地笑著。我側著臉，不言語，盯著她……她搖搖頭，不理我，繼續在下一個顧客臉上撥弄著。

不算久，齊老爺子醒了。見我這般模樣，示意我坐在木墩上。

我坐下，聽到有個顧客說：「小蓮，這小夥子是誰呀？怎麼沒有見過呀！」

「我家的遠房親戚！」小蓮隨口說道。

我一驚，她怎麼會這樣說呢？但不這樣說，又該怎樣說？說我是夜晚誤入齊家？

「長得俊俏，俊俏的……」女顧客笑嘻嘻地說道。

笑了笑，我沒有作聲。她也不再說什麼了，閉著眼，享受著絞臉的感覺。其實，我很想知道這樣的感覺是什麼，又不知道如何去發語。對於見過城裡女人現代美容的我，這實在是過於神奇。

時光在不知覺中過去，小蓮手中活也忙完。

齊老爺子瞇著眼睛問我：「年輕人，這裡可住得慣？」

我說：「住得慣，住得慣，謝謝你們的收容。」

他又問：「稀罕絞臉這玩意兒不？」

我說：「稀罕，稀罕，特別稀罕。」

他看著我，「打算住多久呢？」

我說：「不知道，也許就三五天，也許更長。我也想跟小蓮學絞臉，她做我師姐，可以不？」

他擺擺手，停了一下才說：「……師姐不師姐的不重要，重要的是能讓這門手藝不要斷了才好。盧昉鎮已有幾百年歷史了，這門手藝到現在已經沒有多少人願意學了，哎！」

……

三

我是莫名其妙地決定學習絞臉的。

那時的我還年輕，對世間的苦痛沒有承受之力。我想到的只有逃離，從一個地方到另一個地方。我是「武陵人」，又不是。我在這裡找不到陶淵明所描繪的桃花源，我只是誤打誤撞進入到盧昉鎮。但現在，只過了半天，我的想法發生了變化。

這裡是我的桃花源，與之前逃離時的狼狽相比，我平和了許多。

我的家庭苦難，我的學業未完，我的家道中落，有幾多無奈何？半背包的行囊，花格子襯衫，淡藍色牛仔褲，黏了灰塵的旅行鞋，我的碎平頭下是一張憔悴的臉。

心有安放就是家。到現在，我也能記得師姐見我時的模樣。她烏黑的秀髮，紮的兩根馬尾辮，一根搭在胸前，一根搭在胸後。那細長的柳眉，還有眼睛流盼出的嫵媚，讓我慌亂的心跳不再那麼慌亂。

我可憐兮兮地說：「我可以在這裡借宿嗎？我……我沒有家了。」

她點點頭。

我跟著她踏進了屋子，小心翼翼的我又說：「你……就沒有什麼要問我的嗎？」

燈光映射中的她微微一笑：「沒有，哪一天要說的時候，我們自會說的。盧昉鎮的人都很好客，儘管……它都快被世人遺忘了。」

我「嗯」了一聲。

肚子很餓，她做了碗麵給我吃。她衝我笑，我也衝她笑笑。

我再三道謝，感激收容。

我吃著麵條，目光移到牆上，上面掛著一些畫，其中一幅畫上是一名挽著髮髻的女人，她手中撥弄著幾根細線。

我好奇地一問：「這畫中的女人是誰呢？」

「我媽媽！」她輕聲說道，「不過，三年前就去世了。」說完，她美目微閉，昏暗的燈光下，她略顯哀傷。

「對不起！我……我不知道……我不該問的。」

「沒關係，不知者不罪。」她說完竟笑了笑，很淡然的那種。

「你媽媽手中撥弄的線是做什麼的呢？」

「絞臉用的。」

「絞臉，她是什麼？」

「就是用細線美容。」她簡單地回答。

「好有意思的。」我喝了一口麵湯說道。

她抿了一下嘴唇，沒有說話了。

這時，一個老人從裡屋走了出來。給我的第一印象就是精神矍鑠，氣質不減青年。她喊他「爹爹」。哦，是父女關係。我忙起身問好，說明叨擾之意。他樂呵呵地說「無妨，出門在外不易，你就在這裡住下吧。」

我再次道謝，也知道了他姓齊。

齊老爺子說：「年輕人，看你眉清目秀，就是心中俗世太多，盧昉鎮是個好地方，適合養心。」

我點頭。

一來二去的閒聊就熟了，心中的孤獨感開始減少。

齊老爺子說，他年輕的時候愛畫畫，尤其是人物像。牆上的畫中女人就是他畫的，那是他最愛的妻子。他們相濡以沫，恩愛有加，後因妻子患重病無治，從此陰陽兩相隔。

齊老爺子又說，如果住在這裡無聊，可以學點手藝。

他心善，看我落魄，變相地接濟我。我年少，無知，除了好奇，對學絞臉這門手藝沒有多大興趣。但我……後來……是如何莫名其妙地就決定學習絞臉的呢？

我不知道，或許只是一種內心深處誕生的憐憫罷了！

不管怎樣，我開始學習絞臉這門手藝了。聽到齊老爺子說，盧昉鎮已有幾百年歷史了，這門手藝到現在早就沒什麼人願意學了。

……

我打算將身上唯一値錢的玉佩拿去典賣，齊老爺子和小蓮不讓。

齊老爺子說：「不用了，不用了，拜師在心中，不在於形式。再說，你這麼年輕，理應志在四方，是要做大事的人。你在這裡終不能一輩子的。能學就好，能學就好！」

小蓮說：「爹爹說得對，他只是偶然踏進盧昉鎮，踏進我們家門，有這緣就夠了。」

我只能點點頭。若眞的拜了師，是要安安心心、紮紮實實地學徒三年，卻未必就能出師。這是門古老的手藝，養家糊口勉強，想要買房買車卻難。是不適合年輕人學的。

可小蓮爲什麼要學呢？

我好想知道。

……

我以爲我會在盧昉鎮駐足三五天就走，沒想到比這個要長一些。

自從住下後，就不用擔驚受怕了，也不用飽一頓餓一頓了。有君子吃，有涼皮吃，還有蕨菜，鹽煎肉……

這些美食，都是師姐做的，我吃了一碗又一碗，怎麼也吃不夠。

師姐「咯咯」地笑我是個吃貨。

我打趣地說，是師姐做的飯菜太好吃了，最重要的是師姐你長得好美，好美……

她一臉嬌羞地打住我後面要說的話。片刻後，又說：「看不出來，你這麼不正經。」

我癡癡地望著她，半晌，好吧，我錯了，師姐，對不起，我不該說這樣的話，我誠摯地向你道歉。」說完，我欲起身向她鞠一躬。

她忽然「噗哧」地笑出了聲，昏暗的燈光下，嫵媚萬千。

飯桌前就是一長台，長台就是飯桌。齊老爺子中午犯困，沒有和我們一起吃飯。我和師姐一人一邊斜倚在長臺上夾菜。烏木做的筷子，素食多葷菜少，一碗青菜湯，這樣的搭配符合盧昉鎮這樣的地方。

我吃得快，沒有吃相。

師姐不一樣，她眼觀鼻，鼻觀心，文文靜靜、恬淡如水地捧著碗，細嚼慢嚥。

我對她說：「師姐，我要走的一天，一定要爲你畫一幅畫。」

她嚶嚀一聲。

師姐個子中等，一身素衣輕裹，袖口不大，與她纖纖的手完美搭配，清澈的雙眸，我特喜歡看她在爲顧客絞臉時的神情。可能是因這樣的朦朧情愫——我莫名地喜歡上她，原本複雜的絞臉手藝，我卻很快就學了個雛形，惹得她連誇我聰明。

美滋滋的！

美滋滋的！

一切的時光都是最美的。一週的時間就這麼過去了。

四

有一天，我從齊老爺子口中得知一個驚天的消息：小蓮不是他的親生女兒。

啊！師姐不是齊老爺子的親生女兒。那她來自何處？

午飯後，我說我來收拾碗碟。師姐輕輕地推開我的手，說：「你歇著，我來就好。」

在後院的自壓井旁，她弓著腰，一上一下地壓著水井，不一會偶爾，井水就從水管裡流了出來，她用木盆接著，然後蹲下身洗碗，動作輕且緩，彷佛一點兒聲音也聽不到。

我也蹲在一旁，問起了她的身世。

她有些吃驚，隨後又恢復平靜。

師姐不是盧昉鎮人，她是外鄉人。年齡比我大七歲，進入齊家有十三個年頭了。那一年，齊老爺子收容了像我一樣的流浪人氏。

那就是說，和我一樣了？可師姐說，我和你不一樣，我是貧苦人家，父母離異，我成爲沒有人要的孩子，是齊家好心收留了我。說到這，她的睫毛眨了一下。

我又問她，是不是盧昉鎮的人都喜歡收容外鄉人？如果遇到通緝犯怎麼辦？

她抬頭看了我一眼，嘟囔著：阿彌陀佛、阿彌陀佛……

我一下子閉上了嘴，再也不敢說什麼了。

……

雖然師姐看起文靜、甜美。但有時候她也有些奇怪。

盧昉鎮多雨季，但氣溫不是很低很低的那種。一天，一大早她就起床了，她穿得比往常要厚，沒有素衣相裹了。她穿著毛織衣，看起來厚厚的那種。她肩挎著背簍，樣子看起來有些憔悴，像是怕累的那種。

她要去山上採摘野菜。

短短的路程能走出一臉的倦容來，好像挎的不是背簍，而是一尊鼎。不知道爲什麼，我看師姐總走神，她的手藝比我高，坐在門前的木墩上我會翩翩遐想，想她是一個什麼樣的女人，想她會不會也有心事。我私底下問齊老爺子，爲什麼師姐有時候走路的步伐沉重，是不是有心事。齊老爺子說，有……還是不要去打擾她了，有些事情不能輕易地觸碰。

我好生奇怪。

我止不住要去關懷。

師姐正走在山坡上，我一路小跑地去追。

盧昉鎮雨季的午後，她肩挎著背簍，手裡拿著小鋤頭，天空飄著絲雨，根本用不著打傘。我喊著「師姐!師姐!」

她回頭，驚鴻。

我微喘著氣，說要和她一起挖野菜。其實，這不是本意，本意是想問她一些事。比如，爲什麼不離開盧昉鎮?比如，有沒有心上人?比如……

這些問題，終是沒有機會開頭。她一路只顧著向我介紹各種野菜。

下山坡的時候，我說：「師姐，我來替你背吧!」

她「嗯」了一聲，我有開口，「師姐，我想……」

她阻止了我，「……師弟，你想問的我都知道。有一天，不用你問，我都會告訴你的。」

我抿了一下嘴唇，微雨中，我和她一深一淺地走著。

我朝她微笑，她也微笑，彷彿所有的煩惱都消失。我們都是異鄉人嗎？我很想問，卻不敢問。

五

像我這樣小城青年，心境多事浮躁。

小鎮總是寂寥的。

我聽不了齊老爺子哼的小調，還有那台老收音機「刺刺啦啦」的聲音。憋不住話的我，時不時就有一搭沒一搭地找師姐說上話兒。

發呆這事如果表現得好，就是深沉，深邃、惹人憐。師姐是一個絕佳的聽衆，不管我如何地說，她都認眞地聆聽。最起碼看起來是這個樣子。我湊近了仔細一看，哦，確實很認眞呢，可惜，眼神都是散的，她這事在認認眞眞地出神、發呆。如果師姐一貫如此，我會在她美麗的臉龐下習以爲常，甚至忽略掉，她走她的神，我說我的話，一切安好。

偏偏我心裡有了情結，偏偏在這一刻有顧客前來。

我仔細地端詳著師姐的一舉一動，那些細線在她的手中翻轉，顧客的臉越來越容光，越來越漂亮。而師姐的神情也愈發舒展、悅色……我知道那一刻她有多麼的專注，更知道她對絞臉這門古老手藝的熱愛。

一抹茶的工夫，抑或更長，時光在專注和美好中前行，我可以說短暫，又可以說漫長。齊老爺子依舊躺在那裡小憩，他似乎早已不問世事了，師姐的心事誰來關心呢？

在離開盧昉鎮的前晚，和師姐坐在後院的秋千上。

我問她：「爲什麼不選擇離開呢？絞臉這門手藝你依舊得到眞傳了，不影響你走向外面的師姐啊！」

她幽幽地說：「不走了，就在盧昉鎮一輩子，這裡有我太多的記憶。有的記憶一旦到了外面的師姐，就變了，散了，消失了……」

我一臉驚愕。

埋藏在煙塵裡的故事在秋千的緩緩蕩行中鋪陳而開。回想那時，自己眞的有些殘忍。我爲什麼要去解開師姐的隱痛呢？

其實，師姐不是不言之人，她曾經也像我這樣說過不停。在她芳華的年紀裡，遭遇了一場刻骨銘心的愛，她又是苦等之人，就像大迦葉遇到佛陀前，那一句「我若尋到，必來接你」讓她有了無盡地等待。

他是一個能讓人一見鍾情的男人，混在鹽幫裡。小鎮的雨季又容易讓人產生一些情愫，比如愛，孤獨寂寞下激烈的愛。

寫下這些文字後，我必須殘忍地指出——師姐是受了愛的蠱。

我想著她的模樣，她在我的畫面裡她幽幽地回憶著，回憶與他的點點滴滴。

她依偎在他的懷裡，似江南的流水，輕柔。他撫摸著她的秀髮，良久，低下頭親吻她的額頭。她閉上眼睛，等待她的下一步動作……

那一晚，他們有了無盡的纏綿。雲雨後，沒有入睡，也沒有說話，就是對著看，他不停地撫摸她的臉頰，她睜大眼睛望著他，彷彿在一刻要望一輩子似的。而他，也在她的眼裡看到了纖柔的花影。

「下一年的雨季我就來接你。」

「嗯！」她點點頭。

他是跑路的，因犯了罪，混在鹽幫裡。鹽幫待不下去了就來到盧昉鎮。這樣的他怎麼可能在下一年的雨季回來？

可是，師姐信了，信得海誓山盟，義無反顧。

從此，她開始了漫長地等待。每一年，她都會爲自己絞臉，她坐在鏡子前，慢慢地、認眞地絞著臉。

「你這樣做，是覺得自己已嫁出去了嗎？」我望著她，小心翼翼地問。

她點點頭，還說自己都去訂做了銀鐲子，也讓銀匠在上面刻好了他們的名字。

……

我以爲這只是在影視裡才會出現的情節，現實中根本不會。

但這一次，我又遇到了。

六

怎麼也沒有想到，我和齊家的一場緣分會結束得那麼早。

可能是盧昉鎮多雨季，多寂寥，也可能是我不配成爲「武陵人」。

窗外的細雨淅瀝，昏黃的燈光下，三個人埋著頭默默地吃著飯。沒有說話，也不需要說什麼話。要說的，我會留到與師姐揮手告別的時候說。

我曾以爲師姐不離開盧昉鎮是因爲堅守絞臉這門古老的手藝。知道眞相後，驚愕之餘，又有一種說不出的情緒在心底蕩漾。

宿居在小鎮的美人啊！你的容顏還能抵擋多久的歲月侵蝕？

而我，就要離開。

「這世上的命中注定就是你無意中做了一個選擇，然後，一輩子也不改了。」我還能記得師姐說的這句話，就像她記得他說的「下一年的雨季，我就來接你」一樣。

「師姐，你……眞的不離開盧昉鎮了嗎？」我心還有不甘。

她搖搖頭。

我又說：「師姐，我……我……可以抱你一下嗎？」

她點點頭。

我抱住了她，頭靠在她的右肩膀上，眼睛裡有些發酸。

她也緊緊地抱住了我，我能聽見她略微急促的呼吸聲。

我們分別在小街的路口。天空飄著雨，涼風吹拂著我們。「師姐，我可以叫你一聲『小蓮』嗎？」

她輕輕推開我，莞爾一笑，沒有作答。

我輕聲叫著。

她再次莞爾。

七

有些莫名的情感會糾纏我們一生。那個再也沒有露面的跑路男人，那個再也沒有回過盧昉鎮的我。

我和他有什麼區別呢？一個是無情，一個是有情吧！或者，我們都是無情的人。

畢竟，我們都選擇了離開。

如果，我的情有用。如果，師姐她能接納我，那會是怎樣的結局？抱歉，師姐，我開始胡思亂想了。回到現實，我知道你是一個那麼懂得去堅守的女人，或者說你本不是堅守，只是迷失心智。所以……所以才會癡癡地、呆呆地等待——除了絞臉的時候。

……

南方城市，我坐在電腦桌前，聽著陳明眞的一支歌：

到哪裡找那麼好的人，配得上我明明白白的青春。

到哪裡找那麼好的人，陪得起我千山萬水的旅程……

聽著聽著，不覺有淚流的衝動，聽著聽著，就快速爲這個故事寫下了最後幾句話：

師姐沒有走！

師姐沒有走！

師姐……沒有走！

PS：這個故事寫得特別得糾結，糾結到連我自己也不知道要表達什麼。也許，這世間莫名的、又得不到的情感才讓人最留戀。也許，傷過的人，傷過的情，有一天想起，已物是人非。

——第三輯

不要走，這只是小難過

——第三輯

沒有消息的候鳥

那個曾經讓他不惜遠走他鄉去追尋的愛情，在多少人眼裡會是嗤笑？

一

大約在十多年前，在朝天門的碼頭來了一個中年男人。

他手拎一隻布袋，腳步生風。

他是來這裡做搬運工的，夥計們都叫他侯鳥。

他爲什麼叫侯鳥，沒人知道。

有人說他可能就不姓侯，也有人說他是不是犯了什麼事，不得已才來到碼頭當苦力。侯鳥不怎麼愛說話，好不容易說上幾句，聽著也是雲裡霧裡的。久而久之，也沒有什麼人願意和他交談了，他也不作氣，但到了領工錢的時候，就有那麼幾個刺頭和他開玩笑，說領了工錢怎麼花啊，要不要去找個婆娘耍一下……

這些人說完後，總能引起大夥一陣哄笑。

在碼頭，有一個賣小吃的寡婦，大夥兒都叫她金鳳。也不知道從哪天開始，這個金鳳看上了侯鳥。有事沒事總會跟他搭訕幾句，再到後來，她不把他當作外人看待。

金鳳就住在碼頭附近，守了寡的女人日子不好過，就連家裡的燈泡壞了都無法自己換。其實，也不是不敢換，自從侯鳥去她家裡換了一回後，這事就被他包了。

碼頭上的好多夥計都記得這樣的場景——

金鳳扯著嗓子喊：「侯啊！我這燈泡又壞了，快來幫我換一下唄——」說完，身子一扭，就像水波一樣晃蕩。而這一蕩，讓在場的夥計渾身酥麻，有的扯開嗓子學著同樣的腔調：「金鳳啊，小侯現在沒得空，要不我來幫你換嗎——」

話音未落，迎來的一定是金鳳的一頓臭罵，或者一盆洗碗水，閃躲不及的就倒楣了。

金鳳向侯鳥表達過愛意，但侯鳥要麼不說話，要麼扭頭就走。這時，金鳳就雙手叉腰，罵罵咧咧地說道：「我看你就是假正經，悶到騷，總有一天老娘會把你弄到手，哼！」

這守了寡的女人眞是厲害，這樣的話都可以明目張膽地說出來。

過了一年，侯鳥好像開了竅，他喜歡上這經歷了風霜的寡婦。

酒喝得半醺醺的時候，他就嘟噥著說：「我什麼都不愛，就愛上了點年紀的女人，那些小姑娘我怎麼也愛不起來，就愛那深紅的，行將凋敗的花，你就是那樣的花。」

若是一般的女人聽了這話，定會兩眼一瞪，怒從心來。

金鳳一點都不生氣，「一朵行將凋敗的花也是花，老娘惹人愛得很呢！」

有一天，侯鳥跟金鳳提起他的過去。

十三歲的時候，父母因感情不和就離婚了。十三的年齡充斥著無知的叛逆，侯鳥雖跟著父親，父親卻沒能好好管教他。漸漸的，他就學壞了，抽煙、賭博、打架……

二十三歲那年，侯鳥認識了一個外鄉女人。在這之前，侯鳥覺得自己的人生已經廢了，自從認識這個女人，他就陷入到一種無法自拔的心境中。

命運偏偏捉弄人，這段年齡差距甚大的感情竟讓他背井離鄉。其中理由卻是「毫無道理」的。我有時在想，明知無望的等待，爲什麼還要去等待，它的誘惑力眞的就難麼大嗎？

侯鳥狠狠地吸了一口煙說：「我這輩子算是完了，可我願意。」

金鳳聽後吃驚不小，忽然緊緊地抱住他，呼吸沉重、急促，「那……你就把我當作她，好嗎？我不要看到你這麼無望地去等待！」

侯鳥沒有說話，只是把金鳳抱得更緊。

二

金鳳說的那個她叫阿玫，侯鳥與她只有一面之緣。就是這一面之緣，他就深深地愛上了她。

好生地不可思議！

……

侯鳥出生的地方叫古坊鎮。

這個鎮子存在的時間已經有好幾百年，每年農曆五六月，這裡氣候異常，酷熱難當，蚊蠅孳生，疾病流行，百姓畏之。

古坊鎮有一習俗，男女老少時常結群到郊外山野去採草藥，用以驅疾治病。到了後來，這種習俗又演化爲踏青、鬥青。在這兩樣中，尤爲孩童、青年男女喜歡的就屬鬥青了，青就是草的意思，鬥青就是以草爲遊戲。

唐朝詩人崔顥在《王家少婦》中曾這樣寫道：「十五嫁王昌，盈盈入畫堂。自矜年最少，復倚婿爲郎。舞愛前溪綠，歌憐子夜長。閑來鬥百草，度日不成妝。」詩裡面的王家少婦竟然如此喜歡鬥百草，以至於嬌憨的姿態顯露無遺。北宋詞人柳永在《木蘭花慢》中也寫道：「盈盈，鬥草青青。」

想像一下，在百花爭妍，陽光明媚的季節裡，柔媚的婦女們爭芳鬥勝，鬥草取樂是何等的愜意？

在古坊鎮的郊外山野盛產車前草，到端午節的時候，鎮上就變得特別的惹惱，引得周遭及遠方的人們紛紛前來古坊鎮，久而久之，就演變成每年都會舉行的鬥青大賽。鬥青大賽能成爲古坊鎮的一道靚麗的風景線，除了熱鬧之外，更重要的是能無形中促成很多青年男女成雙成對。

侯鳥就是在端午節的那天遇見了阿玫。

當時，他那內心深處不知叫什麼的東西倏地萌動了一下，隨後眼睛一亮，他才徹底看清楚眼前的這個女人。

她身上穿一件白底兒草莓花兒的背帶裙，淺淺地露著如雪似酥的胸脯，裙擺只遮住膝，腰間同色腰帶將腰兒束得纖纖一握，更襯得胸脯豐挺。

侯鳥被眼前的模樣陶醉了，惹得對方笑罵了他一頓，「看什麼看，沒見過美女啊！」

「……」

入情的侯鳥頓覺心「撲通」跳得厲害，吱吱唔唔了半天才說出幾個字，「能……能告訴我……你……你叫……什麼名字嗎？」

對方頭一偏，露出乖俏狀，「你——就叫我阿玟吧！」

「那——我們……還能再見面嗎？」

「有緣就見吧！」

「哦……我……我覺得我們一定會有緣的。」

阿玟沒有再說話，踩著碎步漸漸消失在人群裡，留下侯鳥有些失落地站在那裡。

從此，侯鳥像變了個人似的，滿腦子都是她的容顏。

他期盼著下一個端午節早點到來。

好不容易等到第二年的五月十五。

那天，他早早來到了沙灘上，呼吸著早春的氣息，踏著細軟的沙子，心裡充滿了期待。

可等到人們都散去，阿玟也沒有出現。

他決定再等一年，阿玟依舊還是沒有出現。

侯鳥陷入到無盡的相思當中，四下打聽阿玟的下落。幾經轉折，終於從一老人那裡得知阿玟是重慶人，她隻身來到古坊鎮是爲了尋祖的，尋祖無果，就回重慶了。

這樣的資訊顯然是不夠的，或者是半眞半假的。

侯鳥還想知道更多，他把老人知道的一切挖了個空。

老人說，阿玟的丈夫在四年前死於一場大病，來到古坊鎮或多或少也有散心之意。

侯鳥說：「那……阿玟對我什麼印象嗎？」

老人是何等聰明，他說：「小夥子，你要問的應該是她對你有意吧！這個……你自己去想吧，情這東西世人都難過啊！好自爲之吧！」

三

有太多謎團糾結我的心，特別是關於阿玫的資訊太少了。

那會兒，我因幫朋友的新電影選外景來到重慶，在街邊茶館喝蓋碗茶時，和老闆閒聊幾句，而後話匣子打開，算是無意中獲得了這樣一個故事。

我還記得老闆娘當時臉色微紅地說：「老不正經的，你又在那裡說自己的風流史了，你害臊不？」

「老婆子，別瞎說，去把我放在屋角的那罐『女兒紅』拿來，一輩子難得遇到寫書的人，我的故事值得一寫，我得好好說上一說。」

老闆娘有些不樂意，但還是一邊謾罵，一邊去拿「女兒紅」了。看得出，這對夫妻是眞愛，我不由得心生感概：世間情有好多種，侯鳥的又是屬於哪一種喲！

……

那時的侯鳥像是著了魔一樣，整個人都消瘦了許多，嗜賭的父親根本就沒有時間和心思管他。無盡的相思，或者說這相思只是單個的，有什麼的價值呢？明知無望，還要去追尋、去等待？

侯鳥打破了常人對情的執著，他決定去尋找阿玫。

由於沒有路費，他幹了一件極不光彩的事情。趁著月色朦朧，趁著鎮東邊王大嬸回娘家之際，把她家的商鋪子撬了，抽屜裡的錢全部拿光。本來一切都進行得順利，結果在離開的時候被路過的貨郎發現了。

推搡中，侯鳥倉皇而逃，貨郎因上了年紀，不敵，摔倒在地。

事情在古坊鎮傳開了。

大家都說侯鳥是因爲盜竊而離開古鎮的，可誰人知道，他是爲了一個只見過一面的女人犯錯了。

不管內情如何，侯鳥是回不去古坊鎮了。他只能向前，到重慶。

從來沒有出過遠門的侯鳥，第一次感受到了什麼叫孤獨和寂寞。他四下打聽阿玫，可重慶那麼大，叫阿玫的又在何處呢？

他開始變得彷徨。

有一天，他路過一條街碰到一個乞丐。

實在找不到可傾訴的對象，乞丐就是。侯鳥將心中的苦水向乞丐倒。

乞丐樂呵呵地對他說：「你不妨去碼頭尋找，說不定可以找到啊！」

侯鳥聽了，腳步生風地去了朝天門碼頭。

他並沒有找到阿玫，好生失望，後又絕望。

你下定決心想要找的人，有時候就是找不到。你沒有想過要和誰在一起的人，有時候會不知覺地走在一起。這世間情，多奇妙！這世間情，多惆悵！

侯鳥望著江水，心潮澎湃。他決定留在這裡，一邊做搬運工，一邊尋找。

很多時間都在無望中過去，而侯鳥在無望中對金鳳的「交代」又讓他陷入到另外一種情緒。他開始在想，如果一輩子都找不到阿玫，他又該何去何從？是不是活不下去了？如果因爲一段自苦的單相思就將人生毀掉……他不敢想下去了，卻又停不住。

故事聽到這裡，我已倍感唏噓。

侯鳥這人生怎麼如此折騰呢？

表面看起來有一種美的存在，實際上是侯鳥自己爲自己設定了一條不歸路。那個叫阿玫的女人或許從來就沒有知道在這世上還有一個對她如此癡情的人，她算是「兇手」嗎？如果侯鳥這輩子都回不去了……

無望的等待是多麼的可怕啊！尤其是明知無望還要去堅守！

當金鳳聽完侯鳥對過往的「交待」，沉默了。

她覺得這世上竟然有如此癡情之人，不可思議，不可思議，又不值當，但她又莫名地堅信侯鳥是一個值得託付的男人，甚至，由此她想到自己當初的那個男人，十幾年前因欠下一屁股的賭債，最後被逼自盡。她年紀輕輕就成了寡婦。她想過重新嫁人，可婆婆以死相挾。她在痛苦一場後，選擇了隱忍，隱忍到婆婆死去的那天。

那一刻，她很高興。覺得雲開霧散了。可是，「開霧」中卻呈現出一片惘然，就像一覺醒來身邊全是陌生的面孔。朝天門的碼頭那麼開闊，能否容納一個弱女子的身軀？

金鳳是年輕的寡婦，如花似玉的寡婦。這樣的她，即便不想招蜂引蝶，他們也會如鶩而至。爲了保護自己，她不得不將自己裝扮成潑辣的女人，讓那些「登徒子」有所顧忌。

好多年都過去了，好多年她都「忍住」寂寞了，直到侯鳥來到朝天門碼頭，直到他走進她的心裡。

好多煎熬都熬過去了，直到內心的洪水決堤。

「你見過有魚尾紋的旗袍女人嗎？」茶館老闆——當年的侯鳥對我神秘地一說。

我癡癡地望著他，沒有言語，心裡卻起了漣漪，腦海中不自覺地浮現出他描述的畫面。在都覺得自己如缺氧的魚時，他的一句話驚醒了我。

「其實，金鳳是很優雅的女人，她穿著石榴紅的旗袍，頭髮是盤著的，沒有一絲頭髮垂下來。」說到這，他稍作停留一下，眼露光芒的釋放中是他皺紋散開，我彷彿覺他此刻變得年輕了，這或許就是美好回憶的力量，「她——只穿給我看，我爲她沉醉，著迷。所以……」

「所以——你就選擇留下來了。」我的意思是說，侯鳥不無望地等待了，「阿玫呢？她就眞的沒有消息嗎？」

「沒有消息，也有消息。」他一聲長歎，比無情的歲月還長。

有一天，侯鳥在朝天門碼頭看到一艘渡輪。如果他不曾在意那艘渡船的某個身影的話，平靜的日子會如無風浪中行駛的輪船一樣安穩，更會像古廟鎮大多數的老人那樣，人生中再也難有波瀾了。

但意外來的太快，連躲閃的機會都不給他。

侯鳥在碼頭的日子已經有七年了，他的生活就像拉鋸條的工人從A點到B點，有規律。那天，不知爲什麼，本該五點起床的侯鳥四點就醒了過來，並且再也睡不著了，百無聊賴之下，他拿了點吃的，準備去碼頭走一走。

太陽還沒有升起來，在海平面以下。天空泛著一道魚肚白，冷風吹拂著侯鳥寬闊的臉龐，他下意識地收縮了一下身體。這時，江上渡輪的汽笛聲響起，他看到渡輪在慢慢地向自己靠近。

侯鳥停下腳步，深吸了一口氣。他站在岸邊，忽然看見渡船上有一個人背對著他。這身影彷彿在那裡見過，他略感熟悉，但又拿捏不定。這時，那個身影轉身了，她扶著圍欄，向著侯鳥方向眺望。

「會是她嗎？」侯鳥打了個冷顫，腦海中閃念出幾個字——他說的是阿玫——那個他日夜思念的人。

由於天色昏暗不明，他無法確定，只是憑感覺。

他莫名地、強烈地喜歡這樣的感覺，他甚至覺得老天是不是開眼了，正在可憐他、同情他……

那個熟悉的身影近了，隨著渡船的前行。

這時，碼頭的人逐漸多了起來。今天是單日，是渡船回航的時日，現在碼頭上出現的人群大多是來接親友的。侯鳥想儘早確定那個身影是不是阿玫，正欲找到好位置的時候，卻被那些心急的人群搶佔了。

他心裡有些發慌。

不過，他很快整理好了情緒，只要眼睛不眨，死盯著那個身影就可以了。但他萬萬沒有想到，那個身影轉身近了船艙，等她再出來的時候，渡船已靠岸停泊了。

侯鳥有種從未有過的失落感。

他期盼那個身影就是阿玫，他太熟悉了，雖然與阿玫並無深交。但，那個身影走出船艙和擁擠的乘客混在一起的時候，侯鳥又不能確定了。

事實上，那個身影有了一些微妙的變化，她脖子上多了一條圍巾，頭頂上戴了一頂貝蕾帽，手裡拿著小提包。

在熙熙攘攘的人群中，要找到一個人實在太難了。

不管有多難，侯鳥都不會放過。

他知道自己只有這麼一次機會。他拼命地呼喊著「阿玫」這個名字——這多可笑啊！他都不知道她的全名，卻那麼深地愛著她。

侯鳥使勁全力地呼喊著，喧鬧的人群裡，根本不會有人聽到。

那個身影近了，侯鳥朝她拼命地揮手，身影微低著頭，沒有理會她。

「你可以想盡一切辦法擠過去啊！這樣……這樣不就可以……」我忍不住插話道。這故事太糾結我的心了，我比他還要急。

「……我也想過，只是……只是……唉——」他喝了一口茶，在充滿歎息的表情中說道。

「只是什麼？」我挪了一下身子，追問。

「只是發生了意外。」

在就要確定那個身影是不是阿玫的時候，碼頭岸上發生了行竊事件。本來擁擠不堪的人群，頃刻變得混亂起來。

也就在這關鍵的時刻，那個身影不見了。

侯鳥發瘋似地拼命尋找，可晨色朦朧，熙熙攘攘的人群中如何能再找到那個身影？他失魂落魄地癱坐在岸上，路過的行人把他當作卡夫卡裡的「怪物」看待。

直到心緒稍微平靜些，侯鳥才起身。

「再也沒有機會見到她了！」侯鳥喃喃自語，無盡悵然，無盡若失。

「是不是很多人都覺得你不值？這輩子那麼多的光陰就浪費在一個只見了一面的女人身上？」我一臉深邃地問了他兩個問題。

他沒有說話，轉身盯著不遠處正在洗茶碗的老闆娘。

一時間我彷彿明白了什麼，又彷彿什麼也沒有明白。

四

天色近晚，故事尾聲。

可我終是覺得，侯鳥沒有把他的故事講完。

我不知道到如何繼續停留在這裡，只能作罷離開。

就在我起身的時候，他突然對我說道：「年輕人，你我相見是緣，不如吃了晚飯再走吧！」

我心中一喜，我對發生在過往或當下的隱秘故事時常抱有一顆摯愛的心，我希望有生之年都能記錄下它們。

堂屋裡，我們一起吃著老闆娘做的水煮魚。

一個巨大的不銹鋼盆被端上了桌子，雖然賣相一般，味道絕佳。侯鳥讓老闆娘把藏放在家中的陳年老酒拿出來，說要和我喝上幾盅。

盛情難卻，我應了。

侯鳥的家離他開的茶館不遠，我們就坐在他家靠窗戶的位置。

打開的窗戶，吹進的江風，觥籌交錯中的訴說衷腸，在昏暗的燈光中顯得別樣的美。我沒有在異鄉的孤獨和寂寞，我有一顆被候鳥隱秘經歷下跳動的心。

在酒精的催化下，我紅著臉對候鳥說：「老哥哥，我就想再問一句，你眞的再也沒有見到阿玫嗎？」

他沒有立刻回答，端起酒杯，也沒有立刻喝下去，用鼻子緩緩地聞上一聞，那樣子比歲月的悠遠還要悠遠。

良久，他又放下了酒杯，「沒有見過，但……我想……她應該不在人世了。」

「哦……」我凝望著他，「這作何解？」

他抿了一下嘴唇，一種失去的再也無法找回的隱傷就像候鳥飛不過滄海一樣地呈現出來。隨後，他起身到裡屋，拿出一個盒子。

我看到那個盒子佈滿了灰塵，看得出是很久未被翻動過了，它就像一部塵封的歷史靜靜地躺在那裡，只等我這個陌生旅客的闖入，恣情地攪動過往的經綸。

盒子在不那麼清脆的「呀嚓」聲中打開，那些黏在盒子上面的灰塵被窗外的風吹散開，朦朧中，朦朧中……我已看到一張已經發黃的報紙。

他的雙手有些顫抖，我的注意力在高度集中由射向報紙的視角慢慢轉向他的臉龐。

候鳥是多麼的蒼老啊！

我不知道他有多久沒有流過淚了！

我也不知道一個至情之人此刻的內心是什麼的感受。

但我相信，在他的心中一定藏有一個永遠也無法破解的秘密，而這個秘密下我們常人思維的破解答案從來就沒有讓他釋懷過。

我害怕見到這樣的淚光，我害怕世上所有的傷痛、所有的離別……我清晰地記得有人問過我，如果一個人在喝醉的狀態下向你吐露眞情，你會不會也喝醉？

我無解，現在也無解。

我靜靜地不作聲，做一個靜默的旁觀者。唯有這樣，我才能對這些過往的、隱秘的故事做到客觀地描述。有一天，我翻起這些「碎片化」的歷史時，心中總是割捨不下，一絲絲如蔓藤纏繞的歉意在我的內心深處纏繞。

我的難以割捨正如那年侯鳥對阿玫的難以割捨。我也分明看到，那張泛黃的報紙上赫然印著一個標題：戈詩達號遊輪上的落江女。

故事的秘密似乎就要在這幾個字中揭曉了。

可侯鳥怎麼就知道報紙上所寫的落江女就是阿玫呢？

一個失意的女作家對生活毫無戀意，她是如何地深愛著自己的生病的丈夫？

誰也無從知道。

那篇報導只寥寥幾筆帶過，如蜻蜓點水般，如微風吹走一粒塵埃，它對大多數人而言必定不會引起心裡的波瀾。

但——對侯鳥來說，將是晴天霹靂。

他點一根香煙，喝一杯最烈的酒，讓悲痛又複雜的心緒得到輕輕地舒緩。我甚至在想，如果他知道「抽刀斷水水更流，舉杯消愁愁更愁」就不會這樣去做。

所以，當侯鳥的淚水浸濕了衣襟，他知道這個關於阿玫的消息就是多年無望等待的結果，自己是多麼的可笑。

所以，我不會去嘲笑一個對情至深的人。儘管，這在常人眼裡多麼地可笑。我也彷彿知道侯鳥爲什麼要說「有消息，也無消息了」。那是一種欲說還休，虛實結合下的自我安慰和無望。

所以，我又想再問他一個問題：萬一……那則報導上的阿玫……不是那個阿玫呢？畢竟，天下同名的何其多。

侯鳥將發黃的報紙放進盒子裡，看到他蓋上盒子的那一瞬間，我隱約覺得他的眼神中釋放出詭異的色彩。

時間太短，我捕捉不到更多的資訊了。

五

我不得不承認，是我打開了侯鳥塵封多年往事的「匣子」。在這個「匣子」裡，我將時光回溯到侯鳥與金鳳的情緣上。

有人問過我，這世上的情緣到底長成什麼樣子？我說，這情緣就像兩個人的清影，它們默默地走著，那對影子在月光下越來越長。

侯鳥和金鳳有情緣，他們也像清影一樣，在歲月的磨礪中再也不會斷裂。只是，過程是曲折的，甚至是有些畸形的。

侯鳥從碼頭回到金鳳的家裡，渾身上下都失去了光彩，與他昨日還有等待的自己相比，我終於明白了什麼叫作「場景依舊，伊人卻消失在茫茫人海中」。從此，他不再眺望遠方的孤舟，不再聆聽長長的嗚笛聲。

他坐在那張傷痕累累的長椅上，一言不發。外面的天空早已發白，他卻猶覺是黑夜，是天亮留給了黑夜，還是黑夜後沒有了天明？

侯鳥心中沒有答案，在他的心裡只有黑暗。

金鳳來到他身邊，關切地問他：「侯鳥，你這是怎麼了？」

侯鳥什麼也沒有說，只是呆呆地望著她。

金鳳知道他情深義重，可那是對別人。當時的她在想：要是眼前這個男人能對自己也那樣地情深義重，該有多好啊！

想到這裡，她輕輕地閉上了雙眸，一些淚滴悄然落下。

「你就把我當作她，好嗎？」

侯鳥還是沒有作聲，只是突然地抱住了她。

……

金鳳是侯鳥眼前的一道看不清的風景。

他忽兒覺得她就是阿玫，忽兒覺得她就是金鳳。

熱烈地擁抱，熱烈中有心碎。

熱烈地相吻，熱烈中有淚滴。

金鳳覺得自己是世界上勇氣最大的女人。她卻不知道在這一吻後會帶給她什麼？

或許，侯鳥就是一隻侯鳥，終有一天會飛走。而這一天也不會太久了，那個她念念不忘的女人失去蹤影，就等於絕死了侯鳥待在朝天門碼頭的心。

她深望著他，問一句：「你會走嗎？」

他的回答讓她意外，讓她驚喜，「不走了，天下之大，我突然發現無處可去，還不如就在這裡活到死。」

……

六

我問過眼前的老闆娘——昔日的金鳳，我說：「你後悔這麼地深愛過侯鳥嗎？」

「沒有。」

「可是……如果你一直就是侯鳥心中的替代，也不後悔嗎？」我追問。

「我當時沒有想過，只覺得能在他身邊就滿足了。可能……可能我是比較幸運的吧，在那個年代我們勇敢地活到了現在，你看——」她說著，扭頭看著爲客人沏茶的侯鳥，「這就是我們的生活，不驚、平淡，平淡、不驚。如果不是你來到這裡，誰又會知道我們的故事呢？」

我頓時無限感慨，那會兒我突然覺得自己是不是犯了一種錯誤：探尋這樣的故事會不會是一種殘忍？如果此刻的我能抹去這段故事的記憶會不會更好？

這樣，侯鳥就可以一直做一隻「沒有消息的侯鳥」了，沒有人會去驚動他的情感深處。那個佈滿灰塵的盒子就會在時間的前行中隨風而逝。

不翻動，就不會有回憶；

不翻動，就不會有久違的刺痛。

那個曾經讓他不惜遠走他鄉去追尋的愛情，在多少人眼裡會是嗤笑？

其實，這是我們關注的「值與不值」的問題。如果侯鳥說值，如果金鳳也說值。我想，我是無力去反駁的。畢竟，他們竟相濡以沫地相處到了這個古稀的年齡。

我坐在茶桌前，喝著有些苦澀的蓋碗茶，看著他們一進一出的身影，猛然覺得他們才是世間最相配的一對。

阿玫在侯鳥的生命裡只是一個過客，金鳳才是她一生的停留。

七

那個盒子的命運呢？

如果不是我的出現，它應該一直躺在某個角落，不會有人去翻動它。

現在，盒子被侯鳥放在江水裡，隨水流的方向漂流。

如果阿玫有靈魂所知，會作何感想？

我不知道。

愛的感覺和被愛的感覺只有當事人才知道。所以，我更加知道所有的描述在這個當口都是無力的。不過，無論怎樣，我都要寫下這個故事，就算他不夠精彩，也不是我們很多人喜愛的那種情感故事。

畢竟，這世間無望的等待，還有我們「不理解的相守一生」深深地打動了我。

夜色漸濃，吹著江風，重慶這座城市獨特的美讓我陶醉。

你在慢悠悠中走到一個不作久停的地方，依然會發覺一些塵封在過去的事。

你在一杯茶水之間，就會瞭解千年塵事。

你在一笑轉身間，就有了莫名的觸動。

……

想到明早就要離開，心中浮起濃濃的不捨。

呵！沒有消息的候鳥，這一次，你終歸有了消息。

——第三輯

我不是龐樹森

你們都不瞭解杜娟這樣的女人，以為她就是水性楊花，你們都錯了，其實她很善良，她是最美的金達萊。

一

我幾乎不相信傳說，但這一次，恐怕會是一個意外。

那些年，我曾做了一段時間的小報記者，對於採訪、寫就一些人的傳奇經歷有著本能的抗拒。

只是，迫於生計，不得不寫。

我現在寫的這個人叫龐樹森，我習慣稱他爲樹森，他在風情小鎮開了一家雕刻店，主要經營印章、奇石之類的。因雕刻技藝非凡，小店雖小，卻門庭若市，在來來往往，停停走走的人流中有哪些人與他發生了隱秘的故事呢？

樹森以前絕對隻字不提，可就在上個月的三號，他突然給我打來一個電話，說要和我喝上幾杯。

那會兒，我正無所事事，就欣然前往了。

我們在他的店斜對面的「么妹餐館」靠窗的位置面對面地坐了下來。樹森點了一桌子的菜，又要了一瓶「老白乾」。

兩個人，一桌菜，一瓶酒，故事向後、向前交錯地開始了。

必須還要再介紹一下龐樹森，他是我的朋友，但來往並不密切，我甚至有些想遠離他，自從看了他寫的那些莫名其妙的「情詩」（我一度認爲就是騷意滿滿的意淫詩）後，我覺得這人就是一個「披著羊皮的狼的下流詩人」。

對此，他一點兒都不生氣，戲謔地說我不懂藝術，不懂欣賞。

我只能「呵呵」地回應了。

事實上，我很有可能眞的不懂樹森的藝術，自從半年前有一個女人來到他的店裡後，在他的人生故事裡就有了一抹更加看不懂的色彩。

那天，風情小鎮的氣象很風情，一個陌生的面孔闖入這個小鎮。她肩挎一個米黃色的小包，身穿波西米亞裙，饒有氣質地向樹森的小店走來。

他們之前認識嗎？我不得而知，樹森對此一筆掠過。這個女人叫杜娟，她更喜歡樹森叫她金達萊。

「她是朝鮮族姑娘，我心中的詩意女孩。」樹森對我說這話的時候，眼神中流露出策馬奔騰的色彩。

現在，他和他的金達萊坐在一起，在椰島咖啡屋裡喝著咖啡，說著話，也時不時地撩一下頭髮，像美國人那樣聳一聳肩膀。同以前一樣，樹森和金達萊在一起的時候就是風情小鎮最具風情的景色，他紮著小辮子，穿著風衣，陽光從窗外照在他的身上，顯得帥氣，顯得意氣風發。

從廣西來的杜娟小姐，先是樹森的筆友，後是生意上的合作夥伴，最後又是什麼，只有他們才說得清楚。

我曾見過杜娟小姐，樹森給我作介紹的時候，看著我臉上驚異的表情，用腳輕踢了我腳跟一下，刻意地說，她可是才女啊！琴棋書畫樣樣精通。我報之微笑，說「失敬、失敬」！樹森又說，這次杜娟女士是代表XX公司過來是來談合作的，也希望你這個報社記者多報、多道報導。我當時心裡本能地想到，這樹森還是有幾把刷子的，雖然他的社交生活裡充斥著浮誇和蕪雜，但我聽說過XX公司，在向海外銷售工藝品的業務上做得不錯。不過，這都是好幾年前的事了，近幾年來，很少看到有關於這家公司的報導。

於是，我又本能地想到這個年輕的女人是否眞的可靠？

我清晰地記得，在樹森向我介紹杜娟後，她都沒有起身，只是側身微微一點頭，然後慢騰騰地伸出一隻手過來，讓我握一下。這樣的微反應，逃不過我的心裡揣測，我好歹也算一名記者，也見識過「上上下下」的人。她的這一表現，顯然是敷衍我，或者是作爲恩賜的。從她輕抬眼簾的動作中可以看出。

她隨後喝了一口茶，輕輕地咽下，臉上露出一絲難受的表情。接著有些厭厭的說：「這是你們這裡最好的茶嗎？我覺得比不上我們那裡的茶，好像缺少一點什麼味。算啦，入鄉隨味，什麼時候，帶你們去我們那裡，品嚐我們那裡的上品毛尖，味道不錯的喲。」

她說到這裡，我不由得對她要另眼相看了。

我開始很自然地打量著她：確實給人一種高貴、神秘感，膚色不是很白皙的那種，看得出來喜歡沙灘鍛煉，臉型似鵝蛋，頭髮如波浪略微捲起，從我的側面角度看，容易想到三個字：美人兒。

我總覺得她是一個神秘的人。

她看樹森的時候，眼神顯露出來的是如泉水般的清澈，彷彿就是一單純的女孩，若是她微笑，清純中又略帶嬌羞嫵媚。

她看我的時候，我能感覺明顯的不同，雖然她盡掩飾之色。她目光向我瞥來，我心中微顫，那目光中的色彩有矜持，有冷酷，有傲嬌，這一切的不同，讓我不禁暗道：「好一個像妖精一樣的女人！」

二

那次三人相見，我是基本插不上什麼話的。

她和樹森熱切地交談著，有音樂，有影視，有哲學。我是俗人一個，聽不懂他們說的卡農，藍調什麼的，動情處還哼上幾句。她又說著一個叫什麼的義大利導演，最近拍著一個雙重人格的恐怖電影，裡面的罪犯和受害者之間的關係讓人又愛又恨，對於結局則讓人發狂或意想不到。總之，是大師級別的電影，大師級別的拍攝手法。

樹森時而認眞地聽著，時而又和她交融幾句，那樣子有多安靜就有多安靜，有多交融就有多交融。有時候我會覺得，兩人應該結成夫妻，共同去經營他們的一書藝術人生。她繼續說著，談及到她的未婚夫，這時候我敏銳地發現樹森的臉上掠過一絲失落感。不過，在她鬥陡轉的情節敍述中，又流露出會出現結婚意外的可能。

而我，根本不想去揣摩樹森此刻的心理活動進程。我只想知道她是否眞的能將樹森的藝術品推向國外。

對於我的直接發問，她的回覆是應該沒有什麼問題，不過最終要等公司老總敲定。不知道爲什麼，當我聽到這樣的回答後，心裡更沒有底了。

樹森則聳了一下肩膀，說：「那我就靜候佳音了。」

我沒有再說什麼，她突然嘴角上揚，一笑中轉而問我：「你看過畢卡索的畫《哭泣的女人》嗎？」

我怔了一下，說：「聽說過，不甚瞭解。」

她輕輕地偏了一下頭，然後用一種淩厲的目光投向我，忽然抿了一下桃紅的嘴唇，又燦爛地一笑，「這個哭泣的女人，名叫朵拉．米婭，她在將近三十歲的年紀裡邂逅五十五歲的畢卡索。你知道嗎？她是大師——巴勃羅．畢卡索最鍾愛的情人，至少是十年，他一遍又一遍地書寫她的名字：朵拉，朵拉，朵拉．米婭。但是，畢卡索的這一行爲引發了一個男人與多個女人之間的戰爭，我爲她們感到不值……」

我聽到這裡，突感背心冒冷汗。

她又說：「很多男人都是自私的動物，不曉得你們是屬於哪一款？」

我和樹森瞬間如哽住了一般，不約而同地聳了一下肩。

好半晌，我心中升起無限感慨：「這個叫杜娟的女人眞不簡單吶！」樹森呢？

我看他的眼睛眨也沒眨一下，像丟了魂似的。

三

不管那個叫杜娟的女人有多麼地不簡單，她和樹森的生意活動進展是緩慢的，甚至到了後來，就不了了之了。

老實說，我很怕她這樣的女人，杜娟是不是一個騙子，暫時難以下定論。

樹森特意托人四下打聽了一下杜娟說的合作項目到底存在不存在。三個月後，終於有了一個答案：確有此事，但X X公司的老總否認公司裡有叫杜娟的人。

我擺出智者的姿態數落樹森，說：「你看，你看，這事就是荒唐吧，你還當作是至寶。」

樹森不死心的說：「那也未必，說不定那老總有什麼難言之隱呢？我總覺得杜娟是一個值得去探究的女人。」

我眞想狠狠地罵他一句：「你呀！就是色迷了心竅，早晚栽在她手裡。」然而，我終是沒有表達出來，只是囑咐他小心爲上。

多情小鎮風景依然獨好，像沒有什麼意外發生一樣。

一天，我受命外出採訪，要路經風情小鎮，順便看下順森。

我看見樹森坐在店裡精神有些恍惚，他就像一棵枯樹那樣坐在那裡，對著一塊奇形怪狀的石頭發呆，手裡拿著的雕刻刀不知道該如何下手。

我輕步走進店裡，向他打招呼。

他朝我側了側頭，又將目光引導我向桌上看去。在那裡，擺放著一本畫冊，我走近拿在手中翻閱起來，上面有他近期的作品，我注意到第三頁的一幅作品，那是一幅根據修拉的名畫《大碗島的星期天下午》，樹森通過雕刻的形式給予呈現了。

「我就知道謎會在意這幅畫。」樹森突然開口緩緩的說道。

我感到萬分驚訝。驚訝的不是他說出的這句話，而是這句話的背後讓我想到的兩個問題——

一、樹森竟然瞭解我，而我竟然不瞭解他。這說明，我之前對他的印象判斷有誤。

二、他爲什麼要雕刻修拉的名畫？這是否與那個女人——杜娟相關。

我再仔細看那幅畫的時候，發現它和修拉的《大碗島的星期天下午》有些不同。比如，在畫的左下角位置女人背後的那條狗換成了金達萊。

頓時，心中一陣被樹森的莫名藝術行爲所蠱惑的感覺襲上心頭，我放下畫冊，對他說：「樹森，你不會想不開吧？」

他揚了一下手中的雕刻刀，又在奇石上劃下一刀，「你說，這塊石頭雕刻成金達萊如何？」他沒有回答我的問題，而是關注到創作上。

我更加猜不透他了，「我是門外漢，這個……這個……我給不了什麼有用的意見。」

「你再仔細看看這石頭的紋理，它就像一束花呢！」

我近眼一看，上面的紋理正如他說。「可……爲什麼一定要雕刻成金達萊呢？」

「是啊！爲什麼呢？」他喃喃的說道，「爲什麼不是其它的呢？」

這時候，我的電話響起，報社催我回去。

我道別，臨行前說：「樹森，雖然我們並不是知己那種，可作爲你的一個朋友，最近可得留點神……」

他點點頭。然後，低頭繼續在奇石上雕刻著。

過了幾天，樹森的女友秋豔突然給了來了一個電話，心急火燎地問我知道樹森去哪裡沒有。我那會兒正忙著寫稿子呢，就說，不知道啊！是不是出去找石頭去了，或者是不是去鄉下寫生去了。

豔秋在電話那端沉默了一會兒，隨後，「哦」了一聲，就掛了。

四

我一想樹森這人是不是有神經質，一想到就不免歎然。

我記得他給好幾個朋友談論過他這輩子的一些夢想。比如去窮鄉僻壤待上三五載，比如去小寺廟做和尚，比如去印度做苦行僧……這其中不排除不打招呼就去執行一項。

以上這些皆有可能，但最關鍵的問題不是去了哪裡，而是和誰去。

樹森的女友豔秋是美甲師，也是他的親戚、朋友最看好能走在一起的佳人。她長得並不算漂亮，卻端莊賢淑，對親戚、對朋友、對陌生都能和睦相處。

爲了能追到這樣的佳人，樹森使出了渾身解數。

從時間上來看，比一般的追求者要長好幾倍，足足花了三年半，終於攻破豔秋的芳心，答應和他交往，但豔秋的父母堅決反對。他們認爲樹森是一個不可靠的人，他那些所謂的一書行爲表現就是浮誇，並會衍射到情感問題上。一句話：樹森就是華而不實的文藝男。

可豔秋的芳心已經動了啊！

她想盡辦法地去說服父母！

好不容易成功了，樹森卻突然失蹤了！

這絕對是一重磅炸彈，尤其是豔秋的父母，恨得是咬牙切齒。按照他們當初的判斷，這樹森就是百分之百不可靠之人。想到自己的寶貝女兒的執迷不悟，那種痛心疾首的撕裂感足以先暴打一頓，再讓豔秋磕頭認錯。

豔秋知道了事情的嚴重性。所以，她那麼心急火燎地打來電話問我。事實上，在之前她已經問遍了所有能問的人。

我能聽得出豔秋對樹森一幫朋友的抱怨，大抵的意思是說他那幫朋友把樹森帶壞了。現在出事了，這幫朋友一個個事不關己的樣子。

我表示很冤枉，我跟樹森並不熟，如果要算朋友，只能是一般的朋友。如果不是報社領導要求我去採訪他，我可能一輩子都不會與他有交集。

豔秋是眞的動了情，否則，她不會那麼的憔悴。特別是哭到傷心處，完全沒有了一個淑女的形象。

我們都爲此感到痛心，這樹森怎麼能莫名其妙地玩失蹤？

情感的變化是無常的，我們無法預知在哪一刻，哪一站出現意外。但問題出現了，就要想辦法去解決。現在，樹森失蹤這一嚴重問題，已經不是豔秋一家人的問題，也牽扯到他的一幫朋友。

於是，我們都形成了一個共同的目標：尋找樹森，不遺餘力地尋找樹森。不管是出於對朋友的一份責任，還是對豔秋的同情。

我們需要找到樹森離開多情小鎮前的線索。

按照路邊列印店小鄭的描述，她見一個背影很像樹森的人拎著小行李箱急匆匆地朝車站方向趕去，由於帶著氈帽未看清臉。不過，根據他的走姿，能判斷出他就是樹森。

樹森會去哪裡呢？杜娟說她是廣西人，樹森有沒有可能去廣西？換句話說，只要弄清楚杜娟有沒有在廣西，就極有可能找到樹森。

於是，尋找樹森演變成尋找一個廣西女人——杜娟。

很快，就有了眉目。

這個杜娟的確在廣西，是一個路演歌舞團裡面的演員。而且，根據一些愛看路演的人透露，這個杜娟的確有幾把刷子（即很厲害的意思），演什麼像什麼，而且私生活有些混亂。據說，有一次她跟一個臺灣商人搞在一起，這個臺灣商人是做玉器和草藥生意的，對杜鵑小姐是一見傾心，就包養了她。有一天，不知道發生了什麼，杜娟像發了瘋似地追著那個臺灣商人打。對方自始至終都沒敢還手，大概是理虧吧！反正那一次，杜鵑小姐更有名了。還有人說，杜鵑小姐也熱衷於做公益，曾看到她爲山區的孩子搞募捐活動。反正，關於她的資訊有很多，但有一點，我們絕不敢告訴豔秋：聽說杜娟和龐樹森住在一起了，有朋友也想盡辦法弄到了具體住所。

豔秋急得不行，知道樹森在廣西，卻又找不到人。等到快絕望的時候，樹森竟然一個人回到了風情小鎮。

不知道爲什麼，樹森回來一點兒也沒有表現出負疚感。當然，這可能只是表象。他在回來的第三日就邀請一幫朋友在「祥和飯店」聚餐。豔秋也在，她看起來神情疲儂又略悲傷。一幫朋友看到她略顯木訥地牽著樹森的手，而樹森面露微笑。席間，豔秋忍不住哀歎自己的情感竟然由不得自己做主——自己竟然原諒了樹森。

按照我的思維方式，我會覺得這極有可能是謊言，也極有可能是委曲求全。畢竟都定好婚期了，若退婚，雙方家人的面子上都掛不住。

樹森舉起酒杯對大家說：「在座的各位兄弟，這段日子辛苦你們，也給你們造成諸多麻煩，請允許我說一聲對不起了。我自罰一杯！」

豔秋和樹森的符合讓大家都送了一口氣，這件事總算有個了結，也省得豔秋再抱怨他們。這頓聚餐，大家吃喝得還算高興。爲什麼說還算高興呢？因爲有人覺得這事背後總有什麼蹊蹺似的，指不定哪天平靜的風情小鎮就要發生大事了。

不管如何，這事至少在大家看來就這麼過去了，樹森的認錯態度還是端正的，豔秋也不在哭鼻子、紅臉了。

五

也不知道是具體的哪一天，杜娟悄然地來到了風情小鎮。

那天的太陽有些毒辣，樹上的知了斷斷續續地叫著，早沒有了往日的自然音符。

豔秋正在美甲店裡懨懨欲睡，杜娟竟然在這時候出現在她面前。她先是裝成顧客的樣子，豔秋給她做美甲的時候，她也像聊家常一樣閒談著。可後來，不知道爲什麼就演變成女人之間的戰爭了。再後來，樹森也到場。

根據隔壁賣服裝的老闆娘繪聲繪色的描述，樹森到場後，大約三分鐘的時間，他就氣衝衝地走了。等豔秋和杜娟追出去，早已經不見了蹤影。老闆娘說，從沒有見過豔秋那麼地瘋狂，那個叫杜娟的女人被她打慘了，不但臉上詮釋著累累傷痕，連胸罩都給扯斷了，衣服也被撕扯成一條一條的。那場面，連自己都覺得心疼……

老闆娘說得太精彩，以至於讓人覺得這樣的女人戰爭有些變態。她居然對杜娟的性感身材流露出羡慕之情，又說杜鵑這樣的女人就是妖精，豔秋鬥不過她的。

經過這次桃色事件，樹森的名氣更大了，大得讓很多人都對他刮目相看，對他失望透頂。朋友都覺得這次樹森的回來，不是認錯的，倒像是爲了做出一個了斷。只是礙於某種道德標準的限制，他需要較長時間才能做出最後的決定。

可是，人算不如天算。就在樹森還沒有做出決定的時候，中途偏偏出現這麼一出女人的戰爭戲。有人說愛一個人是沒有理由的，同樣，不愛就是不愛了，不管對方有多麼的好，該發生戰爭還得發生戰爭。

作爲朋友，他們都勸樹森不要再瞎折騰了，豔秋是一個多好的女人啊！想想當初你是怎麼去追她的？得來不易，應當珍惜才是啊！又說像杜娟這樣的女人，就是紅顏禍水，今天能愛你死相隨，明天就能絕情不相見。

樹森像是著了魔，居然不顧朋友的一番規勸，竟用他怪異的思維替杜娟辯解。他說，你們都不瞭解杜娟這樣的女人，以爲她就是水性楊花，你們都錯了，其實她很善良，她是最美的金達萊。

朋友反駁說，爲什麼你覺得杜娟好，那是因爲你被所謂的愛情沖昏了頭腦。

他又說，杜娟跟我在一起的時候，從來不奢望我能給她什麼，她可以不要名分，可以不顧閒言碎語，可以……總之，她可以做到很多女人也無法做到的。

那……豔秋呢？她也無法做到！

假如上面這些話被豔秋聽到，估計她連死的心都有了。萬幸的是，豔秋沒有聽到。朋友們都有一顆憐憫的心，而更萬幸的是樹森最終選擇留在豔秋身邊。

可以說，這樣的結果是大家共同努力的結果，樹森的懸崖勒馬是出於對某種結果的恐懼，也是出於對豔秋還有愛。我們也有理由相信經過上次兩個女人之間的瘋狂戰爭，樹森會變得更理智一點。

不久，樹森和豔秋結婚了。

婚禮那天，豔秋打扮得特別漂亮，不仔細看還以爲是某某女星。有個朋友注視著豔秋，忽然發出感慨，畢竟是在我們的地盤上，怎能讓一個外來女人占了上風？我們好樣的，豔秋好樣的。

這話多少有點蒼涼的味道。樹森和豔秋眞的會幸福嗎？一幫朋友的盡力維繫是否是一個錯誤？

六

現在看來，讓樹森懸崖勒馬多少爲後來發生的事留下了伏筆。

樹森自己和杜娟斷絕了來往，但他卻莫名地陷入到了一種迷惘的境地。由於樹森的人設坍塌，很多與他合作的夥伴都不再願意合作了，其收入大大減少，就要到關門的地步了。

好事來了，有一家行銷公司願意幫助樹森，並承諾會帶來一些香港商人親自面談。那

會兒，豔秋一直陪伴在樹森身邊，和他一起並肩戰鬥。

郝行銷公司的老總郝先生我們都不認識，只有豔秋認識。原來，郝先生的時尚老媽經常在豔秋店裡做美甲，對豔秋甚是喜歡，總誇讚她長得美，手藝好。

問題再清晰不過了，樹森的店能起死回生是因爲豔秋。

樹森那一陣子參加郝先生的飯局，豔秋從不缺席。

那天，郝先生帶著好幾個香港商人來到樹森的店裡，他們欣賞著樹森的傑作。作爲媒體報導的我也去了。

風情小鎮，樹森的店裡一下子就熱鬧了，而我的報導也成爲頭條。

人很多，聲音也嘈雜。我無意中發現一個問題，就是豔秋看樹森的眼神和看郝先生的眼神不一樣。可能你們會說，本來就應該不一樣啊！但是，我要說的是豔秋看郝先生的眼神略帶有柔情似水，看樹森的眼神有些神情恍惚。而且，最重要的是郝先生趁著人流攢動的時候，拉了豔秋的手一下，被豔秋推開了。但，那種抗拒給人的感覺不像是眞的抗拒。

我是想太多了嗎？或者這是我的幻覺？在這樣的情緒中，我繼續深想，難道在郝先生與豔秋之間似乎已經發生了什麼？不……我不能確定……又或者豔秋和樹森之間也發生了什麼？豔秋……豔秋不會爲了樹森就背叛了他？她那麼地深愛著樹森……

天啊！我不敢再往下想。

七

事情的發展在鬥轉。

在風情小鎮像樹森這樣的店不只一家，幾個香港商人也去了另外幾家洽談。按照他們的答覆，這次的合作是要做的大一些，將這個鎮上的工藝品都推向海外。

問題就出在這裡了，看起來是好事情，但這背後的競爭卻不言而喻了。

郝先生雖是盡力促成香港商人與樹森的合作。可到最後，他們只挑選了少許的幾件，還沒有其他店的零頭多。

樹森鬱悶至極，竟然生病住院了。

我們去醫院探望樹森，看到豔秋坐在走廊的凳椅上，面色憔悴。

我們都安慰樹森，還有豔秋。有人問他們夫妻今後作何打算。樹森閉口不言，倒是豔秋說了一句話：往後的怎麼辦啊？看來……只有走一步是一步了，我家樹森是沒有鬥志了，我還指望他養我，現在啊！是我養他了，唉——

那聲歎息好綿長，好深邃！

八

年終歲末，風情小鎮下起了小雪。

白茫茫的風情小鎮好美，白茫茫的早晨，樹森出現在我的視線裡。

我看到他緩行在街道上，逆著寒風而行。不久，他也看見我，就把手舉起來，我才看見他的右手拎著一個酒瓶子。

我很吃驚，樹森這是弄哪齣？

樹森身上的雪花越來越多，如果他一直這麼緩行，極有可能被雪花包裹，成爲雪人。如果他成爲雪人，會不會徹底對生活、對愛情失去某種信念？

我快步過去，拉著他朝街邊的茶樓走去。他卻表現出不慌不忙的模樣，說家裡的酒已經喝完光了，現在喝的是多年不喝的米酒。

……

我和樹森不熟，我們不是關係很好的朋友，最近走得有些頻繁了。

我看見他眼神破碎，走路趔趄。他滿嘴酒氣，對我說著肉麻的話：「還是你好，只有你不會躲著我，只有你……」

我扶著他坐下，不用他再說什麼，我也猜出發生了什麼。

事實上，之前我的疑惑是有道理的。

樹森在一幫朋友的勸阻下成爲一個顧家的男人，可豔秋卻變心了。那個郝先生看上了豔秋，也掐準時機，趁虛而入，他和豔秋不知覺地就在一起了。樹森爲此很生氣，但豔秋死活不承認，說捉賊捉贓，捉姦捉雙，沒有眞憑實據就不要亂猜疑。

結果，樹森沒忍住積壓多日的怒火，甩手就給豔秋一巴掌。

這一巴掌打下去，打出了兩人的分居。

從此，樹森變得更加的萎靡不振，天天喝酒。

我不知道該怎樣去安慰樹森，只是給他選了醒酒茶，放在他面前。他沒有喝，也不說話了，做出的動作讓我也覺得難受——他指指脖子，有兩道傷痕，他又指著胸口，痛苦狀，心都碎了。

我擔心如果我再不開口說些什麼，他接下來肯定要大談婚姻，大談負心女人。若是這樣，他將更加痛苦，更加對他的遭遇嫉恨更多的人。

所以，我先開口了，主動將話題引向藝術範疇，雖然我並不太懂。

我輕喝一口茶，說：「樹森，我覺得你的藝術風格可以再靈活點，你知道的……」

話未說完，他兀地一聲冷笑：「藝術，去他媽的藝術，我都這倒楣樣了，還有什麼藝術？」

顯然，他是看透了我的心思。

我頓時啞言了。

他繼續說道：「你知道嗎？我都恨死你們了，一個個虛僞至極，你們利用了我的道德，我的善良，你們十惡不赦，用這兩樣綁架了我，天殺的啊……你們竟這樣殘忍地綁架了我，你知道嗎？我錯過了她，錯過我的金達萊，金達萊……」

樹森就這麼說著，說著，最後痛苦地抱住了頭，「嗚嗚」地哭了起來。

我更加啞言！啞言的是樹森說得對，他和豔秋的事一幫朋友有什麼權利去插一杠？去指點江山？如今，豔秋背叛了樹森，誰來爲他買單？

現在，我終於知道爲什麼樹森願意在這個時候找我了。我在整個事件中極少發言，我知道自己不是他最好的朋友。

可，樹森對我說這些又有什麼用呢？我不知道，我不知道……

窗外的雪越下越大了，隔著玻璃窗看著雪花飛舞，有一種淒涼的味道在蔓延開來，僅在一瞬間，就把我們包裹，壓抑得快要窒息了。

樹森的酒喝雜了，嘔吐嚴重。刺鼻的酒精味刺激著我們的味覺，就像他無法自拔的憤懣，就像他鬥轉的人生，狠狠地撞擊著墮落的靈魂。

第一次嘔吐後，他說自己還沒有醉夠，只要醉夠了，就可以清醒了。

第二次嘔吐後，他蹲在馬桶前哭了，說要去找他的金達萊。

大半個上午，我都在茶樓陪著樹森，直到他在沙發上沉沉睡去。我囑咐這裡的服務員一定要照顧好他，又給豔秋打去電話，說無論如何，也要將事情解決，這樣鬧下去不是辦法。

電話那頭「嗯」了一聲，就掛了。

我輕歎一聲，也不知道他們的事到底能解決不？

……

杜娟在哪裡呢？

風情小鎮，還是廣西，抑或其他？

九

我不是事件的參與者，我只是在聽樹森幾年後風光地回到風情小鎮的陳述，陳述一件雞零狗碎的事。

故事本身或許是沒有太大的要義的，要義的是故事中人的百態。所以，我要去記錄下他們的向左、向右，抑或停滯不前，甚至倒退。

我和樹森一併仰頭，乾了酒杯裡的「老白乾」。

樹森砸了兩下嘴唇，眼神迷離的說：「這酒帶勁，就像這帶勁的人生，老子風光地回來了，多情小鎮，看你娘的有多情？」

我一臉驚愕！對於他的這般粗口，以及粗口下的情緒捉摸不透。但有一點還是清晰的：他心裡有火，而這股火會讓他今後的人生怎樣，我無法去猜想。

畢竟，我和他不熟！

＋

樹森與杜娟有沒有在一起呢？

兩人很長時間都在水一方。他們之間似乎還刻意保持著某種聯繫，只是從未見面。

我現在看到的樹森，是多年後從緬甸回來的樹森，沒有人會料到他在那裡承包了個農場，種香蕉，種甘蔗，而且一待就是好幾年。

樹森發福了，他坐在我面前少了當年的藝術氣息。我心中有千萬個問題，比如這些年過得好不好？到底有沒有去找他的金達萊？

我最想知道的是後者。

他說自己已經放下，卻又歎氣的說，去了廣西，也見了她，可人家已經是三個孩子的媽媽了。

我又問：「你確定那三個孩子是她親生的嗎？」

他遲疑了一下，說應該是吧。

我再問：「你現在爲什麼還是單身，是在等她嗎？」

他聳了聳肩，然後，發出一陣短促又誇張的笑聲。

我不知道這種笑聲裡是有自嘲，還是蔑視，或者憤怒……

總之，很複雜，我弄不明白。

我短暫地沉默起來，想起之前他心裡隱藏的火，不禁一寒顫，「是懲罰自己呢？還是懲罰我們折騰的人生？」我暗暗地對自我中的那個自我說道，「也許，這才是眞實的龐樹森，你我都看不懂……」

樹森突然神秘地一笑，說：「其實我一直在等。不過，我絕不是在等杜娟。他說杜娟的時候咬字很重。我在等我藝術事業的第二春，一家韓國的大公司有意向與我合作。我覺得我這麼多年的漂泊、孤獨……就快要過去了。你知道我爲什麼還要回到風情小鎭嗎？」

我搖搖頭。

他說，失去的尊嚴終是要找回來的。

我呆住了！這麼多年來，他心中的恨還在，他恨人情的冷暖，恨背叛，雖然他自己也曾背叛過。

所有的愛與恨在樹森踏上緬甸之路時，已經幻化爲「尊嚴」二字，這兩個字就像兩根鋒利的鋼釘一樣，深邃地打入他內心「火一樣的自我」。

現在回想起來，和樹森的吃得這頓飯眞是吃得驚心動魄啊！我甚至在奇怪地想：如果我就是當年的龐樹森，我又會變成什麼模樣？

說眞的，我腦海裡最先浮出一句話：我不是龐樹森！我做不到像他那樣去折騰。

……

十一

樹森的故事還沒有完。

有一天，杜娟帶著三個孩子來到了風情小鎭。

她那天還是穿著一身波西米亞裙，只是沒有了當年的那種氣質。歲月的痕跡在被她刻意掩飾後變得更加明顯——她就像街邊的風塵女郎，渾身沾滿了俗氣與滄桑。

我聽到有朋友這麼去評價杜娟。

她一點也不生氣，只淡淡地一笑，完全沒有了當年的那種淩厲。

落日的黃昏裡，樹森和杜娟，還有杜娟的三個孩子聚在一起吃了一頓飯。

她問樹森，豔秋這些年過得怎麼樣？

樹森說，過得很好，嫁給了一個富翁。

那……你們還聯繫嗎？

樹森說，不聯繫了，她過她的生活，我過我的生活。

「那麼……你呢？」樹森問杜娟。

杜娟閉了一下雙眼，緩緩睜開，眼神中流露出一絲看不懂的神情。回想起自己這些年的經歷，感覺很荒唐，而最荒唐的是這些年中曾想過自殺。

那天，她站在樓頂，心如死水，想一跳了之。她說到這裡的時候，表情變得很艱難，彷彿說出這些話是做出了最痛苦的抉擇。我當時遺書都寫好了。

「你知道我爲什麼最後沒有跳下去嗎？」

「爲什麼？」樹森盯著著她問。

「別用這樣的眼神盯著我，不是你……是這三個孩子。」杜娟聲音有些哽咽，「我看到他們穿著睡衣走到了樓頂，對我說，媽媽，你別丟下我，你要跳，我們陪著你跳。你知道嗎？那一刻，我心都化了。」

樹森眼睛睜得大大，沒有說話。

「這三個孩子不是我親生的，是那個可惡的糟老頭子的……」說道這裡，杜娟垂下了眼簾，「三年前，他病死了，留下了三個孩子。我想一走了之，我想過去找你，但我最終沒有去。這些年，我背負太多罵名，我覺得是我害了你。我也想過我有一天還會不會和你在一起，但我想不出一個答案。」

樹森咬了一下嘴唇，依舊沒有說話，他眼中隱約閃爍著淚光。好半晌，才從嘴裡突出幾個字：我不是龐樹森！你也不是杜娟！

欲望若是太重，就享受不到愛情的滋味。

人到中年

一

林小白已經年過四十了，一個長滿絡腮鬍的中年男人最近喜歡上了回憶。

人總是要回憶的，有的人把回憶當作調料，有的人把回憶當作難以割捨，期待還能繼續發生點什麼。

林小白屬於哪一類呢？

……

林小白回憶起與左小青的事兒，臉上充滿了複雜的表情，既有一點兒得意，也有一點兒鬱悶。

「她總是想和我在一起，但我卻時常繞道而走，後來我們在湖南遇到了，當時我和她都拉著行李箱，她身邊還有一個看起來七八歲的小女孩，我們沉默半晌，就說了一句好久不見，然後就生硬地走了。」

林小白這番話聽起來有些五味雜陳，在他表述的內容裡可以找到一個奇點——她身邊還有一個看起來七八歲的小女孩。這就是說，林小白覺得沒有希望了，對方孩子都有了。

其實，林小白不知道左小青生硬地一走，那一會兒眼裡是泛著淚花的。之後的相遇或者說在一座城市裡，無論是在公開還是私下的環境裡，兩人的一切表現都和普通朋友沒有什麼兩樣。

但是，這裡面一定有問題。譬如，林小白是否清楚左小青的淡定完全是經過一番痛苦掙扎修煉出來的。不過，左小青心裡一定非常清楚自己做了一件極不道德的事情——深深地愛上一個已婚男人。這個長滿絡腮鬍子的男人不敢對她越雷池，而自己卻想著有一天能了卻心中所望，不就是一個狐狸精？

左小青的這番想法是較爲深刻地剖析了自己，甚至可以說是一種「明知故犯」的執著。但，這有什麼辦法呢？這個世界就有許多人爲情所困，這個世界能有什麼辦法停止一個人對另一個「不該愛的人」的愛呢？

「一定有的！」左小青輕捶了自己一下胸膛，「那就趕緊去愛上另一個人吧，就算愛不上也要找一個比自己更愛自己的人。」

她的這種想法很好，不至於跌入放縱自己、糟踐自己的深淵。她要努力地活得更好，要比林小白的老婆還要漂亮，要讓這個「無動於衷」的鬍子男人後悔。

可惜，她的這種想法失敗了！她發現自己越是這樣做，心裡反而越是湧起一陣陣的熱烈——對林小白的思念更加瘋狂了。

所以，左小青悟出一個道理：一個人能做的就算是一次次地努力克制自己，最終不過是自己欺騙了自己。

可是，總不能像古時候那樣去搶親吧！

後來，左小青決定儘量減少與林小白的見面機會。這當中也有問題存在呢，儘量減少並不代表不見面，畢竟兩人在同一家公司。

辭職？捨不得，待遇高著呢——也可能是一個藉口，左小青心裡還有對林小白不能湮滅的情感之火。絡腮鬍子男人彷彿正在用他的魅力藕斷絲連般地住進她的內心深處，就算掐掉，也會很快黏上。

三月中旬，公司最近洽談的一個項目要上馬了。

週四的下午，上司突然通知左小青、林小白務必準時參加當晚八點的一個飯局。接到通知後的左小青表現得急促不安起來。

當時，燦爛的陽光正斜照在她的屋子裡，透過玻璃窗，屋子裡有種讓人不得不產生遐想的色彩渲染在她美麗的身體上。這彷彿是人類對光和色彩的天生敏感，難怪在酒吧裡一定要佈局燈光迷離的色彩，寂寞的人、狂歡的人、佯裝安靜的人……他們的故事總在這樣的光景裡上演著。

左小青不停地在地板上走來走去，最後在一盆綠蘿花前停了下來，她拿著手機，螢幕熄了又亮，亮了又熄……

到底要不要打電話問一下林小白呢？打過去後，又問些什麼呢？

到底要不要精心地打扮自己？肯定是要的，是爲了公司，還是林小白？

到底要不要提醒林小白別忘了帶上高濃度膳食纖維素片呢？飯局上喝酒是少不了的，他的那個她應該會提醒他吧？

到底……

「糟了，時間怎麼過得這麼快，手裡的策劃案還沒有做完呢？還有兩小時就下班了。」左小青忽然意識到。

她回到辦公桌前，望著電腦螢幕，回想起上個夏天林小白和他並肩走在林蔭小道上，那是一條筆直的小道，兩旁的樹木將這條小道裝綴得美麗繽紛。迎面風吹來的時候，左小青的秀髮亂了，她瞇起眼睛，踱步舞蹈起來，碎花裙曼舞裡的她在飄葉中美輪美奐，整個畫面可以當作一部抒情詩集來欣賞。兩人繼續前走，走到筆直小道的盡頭，在更加光亮的一刻，林小白擁抱了一下左小青，然後鬆開，說：「就這樣吧，這是我能做得最多的了。你……知道的，我不能爲你再做更多了。」

左小青當時就震了一下，她覺得相遇不再是最美的事情。她覺得這條路走得太快，她覺得擁抱不夠。可不夠又能怎樣？這個絡腮鬍子男人那麼決絕地選擇了離開，頭也不回。

下班了，左小青開著車回到住處。

她的確精心打扮了一番，不管是爲了誰。

她確定地給林小白髮了一條短信：晚上八點，青石路「約客來」，別忘了周總約定與客戶洽談事宜。

發完短信後，左小青深吸了一口氣，將手機緊貼在胸前。她能清晰地聽到自己的每一次心跳聲。

三分鐘後，林小白會了短信：嗯！

其實，林小白不是一個不動情的人，或者說他不是一個絕情的人。他內心的糾結與痛苦不是左小青能瞭解的。何況，他還不止左小青這一件心事。眞正的麻煩在於現在的狀況讓他很尷尬——

其一，就眼下所在的公司，他的位置不上不下——想要繼續高升，難度較大。

其二，家裡的那位過於強勢——嚴格的說，是娘家掌控著他的脈門。如果鬧僵，淨身出戶的可能極大。

說到底，這是一個中年男人到了瓶頸期的困惑。因這個困惑，無法放開手腳；因這個困惑，彰顯了他內心的無比恐懼。

有意思的是，林小白不承認這種恐懼。總之，他不敢放手一搏。

林小白出生在一個沒有任何背景的家庭裡。之所以剛一畢業就能找到一份好的工作，得利於他現在的妻子。因此，還沒有深入交往他就毫不猶疑地選擇與這個家境優越的女友結了婚。當然，這裡面是有一些法門的，林小白雖然是外地人，但好歹也是大學裡的優等生生，加上相貌也還不錯，體貼細心等優點，女方家又愛女心切，只要女兒認定的事，幾乎都會答應的。

就這樣，林小白和徐舒結婚了。他沒有花費一分錢，卻住進了市裡位置絕佳的別墅區。

有一天，林小白正對著鏡子刮鬍子。刮完後，他抹了一把臉，端詳著鏡子裡的那位：這是我想要的生活嗎？他微微怔了一下，然後回答：是。媽媽、爸爸都說自己是有出息的人，村裡人、朋友們……都羡慕不已。

這時候，徐舒進來了。看著林小白的模樣，有點不解的問：「你傻乎乎地站在那裡幹什麼，今天不是說好了陪我一起去四姨家的嗎？」

「哦，好的！」林小白應聲道。

林小白和徐舒結了婚，林小白是幸福的，至少他不用為戶口、房子、車子……操心了，徐舒全部會搞定。要是左小青能早一點與林小白相遇，他的生活又是另一番景象：他們兩人的結合算得上是郎才女貌，天造地設。

可是，這世上哪有什麼「要是」啊！

所以，從林小白的角度來看，他不敢走出那一步。至少，在很長一段時間裡不可能。

所以，從左小青的角度來看，她也不敢有實際的非份行動，但她不忘提醒自己：未來是充滿變數的，說不定守得雲開見月明。

二

兩人都準時出現在青石路「約客來」。左小青將自己打扮得優雅大方，林小白將自己打扮得成熟得體。席間大家相處得還不錯，專案的溝通也較順利。中途的時候，林小白上了一趟洗手間，左小青也去了洗手間。

我一直認為洗手間不只是洗手間，它還是某種相遇或傾訴的場所。林小白站在洗漱台前的時候左小青也在。奇妙的是此刻沒有其他人，也就是說整個廁所裡只有他們兩個。

我不知道該如何去描述這樣的場景，反正林小白給我講述的時候，他眼裡流露出一種甜美的神情。他說左小青主動地親了他，而他沒有拒絕。他還說左小青的嘴唇好濕潤、好柔軟。

「之後呢？」我問。

「之後……」林小白略略沉思了一會兒，「之後她突然推開了我，咯咯地說自己滿足了，從此不再想他。」

怎麼能說不想就不想呢？左小青沒有做到，她告訴自己要遵守道德，絕不去破壞林小白的家庭。

林小白的人生軌跡忽然有了一個轉折，他跳槽了。

這事給了他一個不小的衝擊。那天，林小白心緒不寧，他也不知道這是怎麼了：部門會議開得並不認眞，按理說左小青不會再給他什麼羈絆了。畢竟，那場錯誤的追求與相思已經過去了三年。眼下的自己不但換了公司，還有了第二個孩子。最重要的是，左小青也換了公司，兩人沒有在一起共事了，而且她也出國進修了半年。人生進展到這地步，該不會再爲前事瓜葛了吧！

事與願違，林小白渾渾噩噩地忙了一天。

徐舒帶著孩子會娘家了，林小白回到家裡泡了一杯普洱茶，坐在沙發上這才意識偌大的屋子裡有一種從來沒有過的沉寂。更要命的是，內心的寂寞突然跳動起來，他不知道是因爲徐舒不在的緣故，還是左小青又莫明地鑽進了他的身體。

此刻的左小青在哪裡呢？她正在跟閨蜜一起閒聊。

這座城市的黃昏景色格外美麗，但左小青的情感世界是否也近黃昏了呢？

她有些略帶回憶的說：「其實我已經放棄了，只不過還有一件事擱在我心裡而已。」

「什麼事呢？」閨蜜問。

「我一直想弄明白一件事，他到底有沒有愛過我？我是一個奇怪的人，但凡輕而易舉就能得到的男人，我會很快就失去興趣。林小白是我心裡難以揮去的，所以……我才愛他那麼久久。我覺得我們都不是那種癡情到底的人，只是心裡還有割捨不了的東西而已。」

「聽不懂你在說什麼？」閨蜜凝視著她。

「聽不懂也沒有關係，反正我想自己在結婚之前，再和他見面一次。」

閨蜜的嘴型立刻變成一個大大的「O」，彷彿眼前的女人就是一怪物。

林小白給了左小青見面的機會，不過，他又後悔了。後悔的是給了左小青某種希望，像是舊情復燃那樣。在某個夜晚，他執拗不過她的數次電話，與她在聽雨軒見面了。

林小白說：「我們這樣做會陷入罪惡深淵的！」

左小青說：「罪惡？那你爲什麼還要來？」

林小白說：「我來是想告訴你一句話……」

話還沒有說完，左小青就阻止了他，「我不要你說出來，我還想用上次那樣的方式。」她突然抱住他，吻，熱烈的吻……

林小白在半推半就後，最終還是狠狠地推開了她，「我要告訴你的話就是，我們之間不可能，你給不了徐舒能給予我的。」

左小青愣住了，隨後痛苦地跑開了。望著她遠去的背影，林小白沒有去追，而是搖頭。他沒有想到自己會說出如此絕情的話。

時間溜走，左小青要結婚了。結婚對象是公司的周總，他很有誠意地追求左小青，這次回來就是要瞭解人生大事的。

左小青沒有給林小白發請帖，但林小白托左小青的同事隨了一份大禮。婚宴那天，他獨自開著車行駛在郊區的公路上，車裡放著周傳雄的《黃昏》，他感覺一種輕盈的憂傷和難以割捨在血液裡流淌。他開始感歎人生，更多是自己像是到了遲暮的年齡，除了在回憶裡跳動著與左小青的一切，再也無力做出什麼。注視著車鏡，他將頭慢慢偏移，發現上面已有了些許白髮。

「白髮未到三千丈，緣愁似個長。」林小白絮絮叨叨說出這樣的話，這些年自己夠拼的了，可一直做不到事業的巔峰。

林小白失魂落魄地開著車回到了住處的樓下。下車後，上了樓，回了屋，一飲而盡一杯紅酒。

徐舒發現了林小白的不對勁，就問：「幹嘛喝酒啊！」

「沒事，就是想喝喝。」

徐舒瞪了他一眼，「我說你是不是應該多花點時間在孩子身上啊！咱們家又不缺錢，你天天在外瞎忙些什麼？」

林小白沒有看徐舒的臉，「我沒有瞎忙，唉，不說了，說了你也未必懂。」

徐舒又瞪了他一眼，「我也不想懂，明天你陪我去見國際學校的校長，咱們孩子得上最好的學校。」

林小白「嗯」了一聲。至少有好幾個時刻，他覺得自己真的可以做一個好丈夫，好父親。不管心裡的情感再怎麼樣，他是對得起這個家庭的。但此刻他卻發現，這麼些年，自己的生活被工作、家庭、小孩……磨損得不再鬆軟。他覺得自己面對的四面都是堅硬的，那些看起來充滿那人情味的笑臉，真的好假。他甚至殘忍地覺得，人生就是一個個大的坑洞，就算不掙扎，也會隨著時間的推移往下沉。

這是林小白悟出的人生，一個中年男人的「有惑」之言。我不知道這是否具有普遍的代表性。但對像林小白這樣的男人，此刻，他正處在人生的十字路口，向左、向右，還是……他充滿的迷惑、恐懼……

左小青呢？

她選擇了與周總結婚，已是家庭主婦。婚後的第三年，一家人去了湖南定居，事業的重心地點也轉移到了湖南。

徐舒呢？

她愛上了打扮、塑型。特別是近期竟然購置了一套昂貴的家用健身設備。林小白週末在家看雜誌的時候，她也不休息，躺在橢圓機上做運動。林小白漫不經心地看了她一眼，說：「差不多就得了，那麼賣力幹嘛？」

徐舒喘著氣說：「你懂什麼，這個年齡階段就要對自己狠一些，保持好的身型最重要。」

林小白沒有再說話，心裡想著：其實，徐舒還是挺不錯的，就算沒有嫁給自己，她應該也會過得多姿多彩。

三

現在，左小青、林小白的日子過得無風無浪起來。但，無風無浪後又是什麼呢？

因此，故事得回到開頭——左小青和林小白，或者說林小白和左小青在湖南相遇了。

傍晚的時候，左小青來到「米羅」咖啡廳。

她想見一個人，確切的說，林小白也想見她。有時候想見一個人，並不是還想挽回些什麼，而是想徹底弄清楚一些事而已。

林小白發現左小青身上沒有散發出多餘的家庭主婦氣息，她看起來有些憂鬱。並且，他還注意到一個細節，左小青的手不再像以前那麼細嫩了，在她端著咖啡杯準備喝的時候發現的。

「你……過得還好嗎？」林小白故作平靜的說道。

左小青苦笑了一下，眉頭略微緊鎖，「不算好，最近總是失眠，老做一些奇怪的夢，什麼都有，都是關於過去的。」

「是因爲他……對你不好嗎？」林小白心裡咯噔一下，試圖想安慰他，卻發現自己再也說不出什麼話來。

左小青喝了一口咖啡，望著窗外，慢悠悠的說道：「我也說不上他對我是好是壞，就那樣吧。我現在除了照看好孩子的學習，料理好他的生活，就是去瑜伽訓練中心上課。不過，挺奇怪的，我練不好，老師說我靜不下心……」

林小白聽了，心裡立刻湧起一陣愧疚感。她現在的狀況自己也是有責任的，當初就不應該勸她嫁給周總。別人的幸福別人做主，自己爲什麼要去橫插一杠呢？

兩人在咖啡廳坐了好長時間，咖啡是續了好幾回，期間也去了洗手間好幾次，但這都和以前不一樣了，他們沒有同時起身，也沒有在梳洗台前相吻。

離開咖啡廳。林小白突然說了一句：「他今晚在嗎？」

「不在，怎……怎麼了？」左小青眼望著她。

「沒……沒什麼。」林小白抿了一下嘴唇說道。

左小青微微一笑，抬頭望了一下天空，然後說：「我……我好像忘記車停在那裡了，是的……我好像忘了……」

這是多麼好的機會啊！左小青不是一直想對眼前這個男人深入地瞭解嗎？

兩人一句話也沒有說，步履有些沉重地去了一家酒店。在長長的酒店房間的走廊上，在前方，他們好像看不到盡頭。在房間門「嘀」地響了一聲後，林小白讓左小青先進去。

左小青拉開窗簾，窗外人來人往，她發現千姿百態的面孔下是如蜉蝣般移動的身影。林小白關上房門後，走到左小青身後緊緊地抱住了她。好長時間，兩人皆無言，只是彼此靜靜地聆聽著心跳聲。

……

「我想離婚！」左小青幽怨的說道，「你別害怕，我不是爲了你，我不會去破壞你現在擁有的一切。我只是想一個人生活……」

「你……」林小白剛要說出些什麼，手機鈴聲響了起來。

是徐舒打來的。這麼多年林小白已經習慣了。每次出差或離家時日，她總要多次打電話。林小白心裡很清楚，這意味著什麼。有好多次他想發火，衝著徐舒大喊大吼：「信任，信任——很重要！」但他沒有，他說不出口，無論是不敢，還是其他什麼的。

「接吧！」左小青從林小白的緊抱裡掙脫了出來。

林小白手拿手機，盯著螢幕，沒有接。

「爲什麼不接？」左小青柔聲問道。

林小白沒有說話，停頓半刻後，他掛斷了手機。之後，鈴聲又響了起來，他再次掛斷。

十幾分鐘後，短信鈴聲傳來，他看都沒有看一眼。他知道，就算不看，也知道內容是什麼。

兩人躺在床上，呆呆地望著天花板。

兩人或許該發生些什麼，但林小白沒有告訴我到底發生了什麼。離開酒店已經是夜裡十一點了，兩人在一路口道了別。涼風吹拂著他們，吹拂著他們只有自己才懂的心情。望著左小青開車離去的身影，林小白掏出一支煙，點燃，抽了起來。

他這時才發現，左小青很清楚車停放在哪兒啊！他甚至又發現她說想離婚不是爲了他是假話。中年男人蹲身下來，猛吸著煙。這麼多年來，自己看清楚徐舒了嗎？也許看得很清楚，也許從來都是模糊的。

林小白起身，一臉惆悵地消失在月色中。他只想在暴風雨沒有來臨之前，自己好好地靜一靜，想一想。

四

故事至此，已經尾聲。

「這是一個什麼的故事呢？」我在想，「人到中年，總會想起那些關於風花雪夜的事兒。可我又覺得，這不是一個關於風花雪月的事兒，過往的回憶不過是在確保安全的前提下，中年男女『文藝青年』般的精神作弄罷了。」

還想再多說什麼，可我實在沒有語言表達了。

如果一定要再說些什麼，一句話：慾望若是太重，就享受不到愛情的滋味。

——第三輯

林雪的人生

林雪的人生是故事裡的電影，電影裡的故事。

一

年終歲末的時候，因採訪需要我去了一趟深圳，順便見了一下林雪姑娘。坐在咖啡店的時候，她對我說了一句膈應的話。

她說自己只能看到來時的路，爲了「桃花運」只能去冒險。

我被這句話嚇倒了，我的三觀裡容不下這樣的「哲言」。可人又是充滿好奇的，畢竟我被林雪的人生啞言了。

我是記得她在異鄉的故事的。

動筆要寫她的時候，突然發現這讓人很是揪心。

見到林雪的時候，她正推著一個褐色的行李箱在機場附近漫無目的地行走著。她戴著一副眼鏡，我跟她打招呼時，她好像懵圈似的。

我再次提醒她，她「嗯」、「啊」地回應著。

從她的一身行頭來看，應該是出了一趟遠門，並且極有可能遭受了某種挫折。譬如，情感上的，在她的衣服前面不就赫然印了一行英文嗎？Can't forget。「不能忘記」？我心裡咯噔一下。以前，我知道一些女孩子爲了忘記情傷，總會在什麼地方弄點印記什麼的。

林雪也不例外。

老實說，認識林雪已經有很長時間了。

我當時在一家策劃公司做事，她比我先到公司，算是我前輩她多次提攜我，與她的來往就多了，後來也成爲了無話不談的朋友。僅僅是過了不到一年，她突然辭職去了貴州。我問及理由，她簡單說「爲了桃花運」。

現在，故事需要重播。我覺得，林雪的人生是故事裡的電影，電影裡的故事。眼鏡是維維替她買的，連行李箱也是維維的。

林雪就這麼便宜地出門，只要過了閘，上了飛往海南的航班，在機艙裡會有一個好位子在等著她。只是，她不知道坐在她旁邊的人會是誰。在轟鳴聲中，飛機起飛了，林雪看到周遭的旅客相繼合上了眼睛。

林雪可能又在犯錯誤，就像當初離開公司不到一個月就跟我發短信：姐後悔了。

我說：「後悔什麼？」

她回：「不應該拒絕邵明明。」

我略略地回憶了一下，她說的邵明明是一村長的兒子。

那時候，他們在一起談戀愛，打麻將、旅遊、吃串串、嗨歌……日子過得挺瀟灑。後來，不曉得爲什麼分手了，林雪隻字不提。有些人犯錯誤就是沒個準，我的意思是說，林雪會老犯錯誤。她時常不知道怎麼做才算是對的，這些年錯了很多次，還不是一如既往地乘坐飛機飛來飛去，有好幾個空姐都對她熟悉了。

林雪挺了挺腰板，這時空姐走過來禮貌地問她需要什麼說明不。她搖搖頭，心裡想著反正合上眼過不了多久就到目的地了。

後來，我問過她與邵明明的事。

她說高中畢業那會兒就想離開小鎮的，遠離一幫不正經的朋友，促使她付之行動是街頭趙瞎子算的那一卦：遠離生地，方可爲，命犯桃花，要謹慎。林雪把這卦語的前部分記住了，偏偏「要謹慎」沒記住。她走的那天，邵明明還哭了，她說他沒出息，男人就不應該哭。

林雪坐上「三奔子」頭也不回，邵明明的哭聲被「三奔子」發出的噪音輕而易舉地淹沒了。

邵明明有什麼不好？至少是村長的兒子。在這小鎮上，很多女孩覺得只要嫁給他就能一眼望到頭地看清楚自己的人生。

林雪知道自己錯了已是多年以後。她說還可以記得當時坐在「三奔子」上一路顛簸，一路塵土飛揚的場景：離開小鎮，到遠方，那裡有美好光景在等她。

二

到了廣州，林雪去了一家皮革廠做工。在男女混雜的廠房裡，計件式的工作讓她和很多工友不得不加班加點。老闆是香港人，長得肥頭大耳，手上戴著大鑽戒，神氣十足的派頭從沒獲得過工人們的喜歡。

林雪是個特例，她對老闆沒有怨言。她清楚自己就是一個小鎮姑娘，手裡的拮据讓她對月底發工資有著更大地渴望。

有一天，她正在工作中。

老闆突然來到她跟前讓她放下手中活一起去見個重要的客戶。這事說來也是有由頭的，主要是林雪聲音和身材不錯，和她在策劃公司的時候，我還跟她半開玩笑的，說她應該去投資公司任職。譬如，ＸＸ貴重金屬投資公司什麼的，那甜辣的嗓音定能安撫電話那頭惴惴不安的投資者，打消他們的種種顧慮和擔心。

老闆催促林雪趕緊出發。她忙不迭地拍拍身上的粉末，起身走到放鞋的地方麻利地打開鞋袋，拿出上個月大半工資才買來的高跟鞋。在腳套進去的那一刻，老闆的眼神中掠過一絲驚異，他的嘴角上揚，右下巴上的毫毛在上揚過程中微微地顫動著。

林雪在兩分鐘內收拾好行頭，她一個轉身，風姿好美。

林雪「咯噔咯噔」地向前走，她的背影在斜斜的陽光下逐漸拉長。

林雪的命運就這樣發生了改變，老闆看上她了。林雪覺得自己沒有理由不答應，特別是在腦海裡閃回著一個個加班的場景，她看清了來時的路。

反正老闆是孤身一人，早先跟他共患難的夫人已選擇離開。現在，林雪和老闆的關係是男離婚，還未娶，女未婚，可以嫁。這多像一段桃花運啊！街頭的趙瞎子算得眞準！

可惜，林雪又犯錯誤了。這樣的桃花運結局是難料的啊！只是，那時候的林雪不會覺得這是什麼錯。皮革廠的老闆世故老成，關於他的資訊林雪瞭解不算全面。簡單老說，他不是工廠的最大決策者，在他的上面還有一個老傢伙，他才是具有最終話語權的，只因爲上了年紀少有拋頭露面罷了。

皮革廠的命脈掌握在這個老傢伙手裡，他只要一翻掌，即可讓工廠徹底翻盤。人是想往高出走的。

有一天，老傢伙來廠裡視察，在男女混雜的廠房裡一眼就看上了她，遲暮之年的他一下子像打了雞血似的，人生的迴光返照就這麼籠罩在廠房裡，那難聞的皮革氣味就這麼被蒸發掉了。

所以，人與人的相遇就這麼在特定的環境裡發生了。看起來，多麼像一部電影啊！可這又是眞實的。

所以，林雪不用再做工頭了。老傢伙能給予她更大的權利，她也理所當然地成爲廠裡銷售經理。

至於前任——那個沒有什麼實權的老闆算是前任吧，他並沒有顯現出有失落的神情。他覺得女人還有很多，何況林雪是一個什麼樣的女人，他心裡很清楚。沒過多久，他離開了皮革廠，後來聽說到了一家鞋廠做了經理，老傢伙也重新物色了一個人上任廠長。

林雪在工人們的羡慕中快活了好一陣子。

時間是獲取一些眞相的不二法門。譬如，老傢伙沒有想像中的大方；譬如，老傢伙眞實的年齡會讓林雪翻白眼。

「雪兒啊——」老傢伙經常這樣稱呼林雪，「你也別恨我，是你沒有趕上我人生中的好光景。」他抽了一口煙，緩緩地吐出煙霧。

在煙霧繚繞間，他的一隻手搭在林雪的肩上，林雪剛經歷過一場蜻蜓點水式的浪漫。

但今天，林雪要發作的不是這回事，而是她在抽屜裡翻出了他的身份證。林雪在發現上面的出生年月後心裡涼了大半截。曾以爲他不過是老了許多罷了，現在還要在「許多」後面多加一個「許多」。

「一九五〇年！你不是說你才五十歲嗎？」林雪氣得朝他吼道，「大騙子！」

老傢伙的反應很淡定，不慌不忙地又吸了一口煙，「所以才說你沒有趕上我人生中的好光景嘛！」說完，一隻粗糙的手從肩膀滑落，落在林雪的大腿上，輕輕地撫摸著。

林雪氣未消，高聳的胸脯此起彼伏。她覺得，老傢伙騙她年齡這事要緊的不是年齡大得離譜，而是騙。女人這時候又對情感中的眞誠堅守了，如果林雪看重的只是桃花運，她又何必如此呢？她變得單純了。

不過細想下來，林雪也想通了，騙她年齡就騙吧，沒有什麼大不了的，至少沒有騙她的錢，這個老傢伙最近在工人們的工資問題上做了不小的手腳，工人們的工資比以前減少了好幾大百。

這事就這麼過去了。

三

林雪在一個週末閑來無事，又從壁櫃裡翻出一張老照片。這下，她開始了狂吼，「你……你不是說自己一直孤單，沒有結過婚嗎？」

「這有什麼嗎！只不過年輕的時候結過一次。」老傢伙依然反應淡定。

「那你告訴我離了沒有？」林雪氣得渾身發抖，恨不得能甩他一個響耳光。

「你別這麼性子急啊！正在離，正在離——」老傢伙坐在沙發上吸著煙，聲調拉得有些長。

林雪覺得自己的心理承受極限正在崩潰中。她可不願意成爲這個老傢伙的二奶，本來和他在一起這事已經受到周遭人的詬病了。「總不能讓他們看笑話吧！」林雪這樣想道。

後來好幾天老傢伙都沒有現身。當天吵架後，老傢伙說要回一趟老家辦一些事兒。林雪想跟他打電話，電話總打不通。林雪的心還梗在結婚照這事兒上失魂落魄。她想著對方一定是做賊心虛跑回老家辦離婚這件事兒了。畢竟，少有男人不想娶年輕漂亮的女人啊！

這一次林雪又錯了。老傢伙捲著資金溜了，原來皮革廠在市場競爭中倒下了。

「眞是一個地地道道的老傢伙，狡猾狡猾的……」林雪狠罵道。

一週後，林雪收拾細軟，帶上一張存有二十來萬的銀行卡離開了廣州。她來到成都，又幾經周折進入到一家策劃公司上班。

我就是在這家公司認識她的，她比我先到，我後到，多像電影裡的場景啊！讓我有機會知道關於她的故事。

林雪在成都待了兩年，後來去了深圳。這樣，我所講的故事前後就有了一個照應。

有一天，林雪突然接到一個陌生電話，讓她火速趕往貴州。電話是老傢伙打來的，他說現身在貴州，一切都很安穩了。

「要不要去呢？」林雪有些犯難了。她又回想了一下來時的路，走走停停、相遇相遇，鬥轉鬥轉，老傢伙這些年對她還是可以的，在她身上沒有少花錢。

林雪心一橫，火速趕往了貴州。在一個偏遠小鎮上，她見到了老傢伙。

老傢伙看起來更蒼老了。見到林雪的第一句話就是：「親愛的，沒事了，一切都搞定了。」

林雪不知怎的，突然「哇」的一聲哭了起來。老傢伙抱著她一個勁兒地說著：「沒事了，沒事了，我們好好過日子。」

當天晚上，兩人在一個平房裡住了下來。他們有了日久不見的激情。幾天後，他們搬到了市區。

林雪再次犯了錯誤，她不應該答應與老傢伙結婚。

老傢伙倒是把婚眞離了，但付出的代價挺大的，前妻獅子大開口。這樣一來，兩人辦婚禮的排場就小了許多。林雪表現出一副大度的樣子，說婚禮可以簡辦。兩人組成新家庭後，錢就是共同的了。可是，老傢伙再怎麼說也應該有一筆不菲的錢財啊！林雪竟然忘記了思考這一層。她的朋友也不是沒有提醒過她，也替她不值。

婚紗是從一家普通影樓租來的。林雪穿上這邊角泛了黑，腋下還有杏黃色汗漬的婚紗，加上胸部又大，背後的抽索不能拉得太緊，否則遠遠望去就像捆了個粽子似的。這樣的比喻可能不大恰當，但當時林雪的伴娘就是這麼說的。

林雪穿著這樣的婚紗，挽著一個精瘦的老男人步入了宴席。站在T臺上，她朝在座的賓客舉起手中的酒杯時，無名指上連一顆鑽戒都沒有。

賓客裡有雙方的親戚和朋友。

林雪讀書時代的同學來了好幾個，當時耍得要好的同學之一韓梅，在林雪過來敬酒附在她耳邊說：「我給你包了二萬的紅包，我只出了二仟，剩下的都是邵明明給的。」說完，她站起身來對著兩口子一番客套後，將杯中的酒一飲而盡。當時，林雪心裡突然五味雜陳，很不是滋味。

無論怎樣，兩人還是成為一家人了。

四

不久，林雪懷孕了，吃什麼都吐。老傢伙忙著做藥材生意，無暇顧及，有時好幾周也見不上一面。生孩子還是韓梅等一幫同學在身邊忙上忙下。孩子生下來，老傢伙還在趕去醫院的途中，錯過了聽到孩子第一聲的啼哭。當老傢伙趕到醫院抱起來孩子來，發現是一個女孩，遲疑一下就撂下了，臉上掛著一絲失望的神情。

林雪的錯誤在於不應該把孩子生下來。韓梅曾這樣說過，林雪當時無力反駁，也許是看著乖巧的女兒，她心裡放下了許多事情。說起來，老傢伙也是一個風光過的生意人，現在淪落了。他說貴州這邊天氣不怎麼好，不適合養身子，建議把市區的房子退了，搬到鄉下去住。

韓梅有時間也去看看林雪，兩人在閒聊中說到邵明明，還說邵明明找到了一個漂亮的女孩，有打算結婚的意思。

「你家那個每個月到底給你多少錢啊！」韓梅突然這麼一問。

林雪怔住了，好半晌才說：「大概兩千吧……兩千……是的，兩千。」

韓梅覺察到自己可能說錯話了，趕緊把話題一轉，說：「我們幾個姐妹打算星期天去公園走走，打打麻將，再聚聚餐，你也一起去吧！」

林雪臉色有些黯然，說：「還是你們去吧，這兩天孩子有些拉肚子，我得照看好她。」韓梅也不好再說什麼了。

其實，林雪心裡很不平靜，特別是想到邵明明可能要結婚了。

日子就這麼過著，孩子已經學會到處爬了，一口一口地叫著林雪「媽媽」。林雪享受著這樣的幸福。她近來學會了抽煙，緩緩地吸了一口，煙霧繚繞中的她看起來有些風塵僕僕。當雪白的煙灰掉在地上，她坐在了沙發，望著這並不寬敞的屋子緩緩地閉上了雙眸。耳邊彷彿回蕩著當年離開小鎮時「三奔子」的轟鳴聲……在這聲音裡又好像夾雜著邵明明的哭喊聲。林雪睜開雙眼使勁地搖了搖頭。她不敢再多想下去。

正在這當口，手機鈴聲響了起來。電話那頭傳來老傢伙的聲音。

林雪要去深圳了，老傢伙說的，去深圳他姨媽家，那裡條件好。又說好日子會回來的，一定要多堅持。林雪「哇」的一聲哭了，這一次哭和上次在貴州哭不一樣，上一次是久別重逢，這一次是討價還價。林雪說現在過的是什麼好日子，想想都覺得心寒。經過一番討價還價，老傢伙同意每月的生活費加到四千五，並親自過來接母女倆。

林雪感覺自己勝利了，臉上露出一絲得意的笑。在經濟艙，老傢伙顯得疲憊不堪，他抓住林雪的手說：「雪兒，你也別再跟我發脾氣了，我知道這些年讓你受了許多委屈，那還不是因爲你沒有趕上我的好光景嘛！你就放心吧，我這把年紀了還可以拼的。」

到了深圳，安頓了下來。一年後，林雪打算去一趟海南，所以故事回到了開頭。

林雪飛海南只有一個目的，想要看看「桃花運」還在不在。原來，邵明明眞的要結婚了，結婚的對象讓林雪萬萬沒有想到，竟是韓梅。她記得韓梅在之前還說過邵明明在酒吧裡喝酒大哭了一場，說忘不了她，還問她過得怎樣。

當時林雪就問道：「那你怎麼說的？」

「我就說你過得挺幸福的啊！」韓梅在電話那頭有些遲疑地說道。

林雪彷彿如釋重負，鬆了一口氣，「唉！男人就是這樣的，他要是知道我說過得很好，就會多愛我一些。所以我不想說我過得不好。」

韓梅吃驚不小，表示聽不懂。

林雪說：「聽不懂就聽不懂吧！等你老了就懂了。」

韓梅倏地掛了電話，也許這就是一個徵兆。是的，的確是一個徵兆，韓梅和邵明明在一起了，因爲她老是去安慰他，所以動了情。

林雪已經下定決心要去海南了。就在前一天晚上她收到韓梅發的婚帖。不管邵明明心裡還有沒有她，還愛不愛她，她都要去一趟。

深圳結識的姐妹維維幫她打點好一切。臨行前，維維拉住她的手說：「林雪，你得爲自己尋找出路了，你說跟著那老傢伙做什麼，他每個月給你的那點錢在深圳眞的不夠花，你不爲自己打算，那孩子呢？總得打算吧！」

「現在孩子都幾歲了，他終歸是他爹，我也是他名正言順娶過門的。」林雪吱唔的說著。片刻後，她「哇」的一聲哭了，這一次哭，不同於前兩次，她可能眞的感受到了危機。

上飛機前，林雪擦乾了眼淚。下了飛機，她選了一家酒店住了下了。躺在床上，她思緒萬千，想了許多次回頭路。她甚至還想過要不要大鬧婚禮場，要不要現在就打個電話約邵明明出來。

林雪的手指在手機螢幕上點觸著，那「滴滴」聲讓她心跳加快。電話那頭傳來「喂」的一聲後，她卻迅速地掛了。不久電話響起，她又掛了，之後，她把電話調成靜音。

「還是回去吧！我給不了兩萬的紅包！」林雪清楚地記得卡裡的錢還有多少，「也許『桃花運』早就沒了，韓梅才是他的『桃花運』。」

林雪打算明天就回深圳，就當路過海南罷了。

五

我看到林雪的時候，她剛下飛機不久。

我覺得人生有的時候充滿了巧遇，但我忘不了她戴著眼鏡，漫無目的的樣子。在機場附近的咖啡廳坐了將近兩個小時，我彷彿感覺自己領略完了一個女人的一生。也許是我過於敏感，又或者我是一個寫作者，總想用文字記錄點什麼。

寫下這個故事，不敢給林雪看。我怕她說我寫得不好，可我分明又知道這是一個藉口。她說她只能看到來時的路，爲了「桃花運」只能從一而終地去冒險。

她今後還會冒險嗎？我不知道。

我感覺這話讓人好心塞，既然要去冒險，爲什麼不接邵明明的電話？

人的一生不應該只看到來時路，還要對未來有一個相對明智的判斷。這是對於情感，爲了所謂的「桃花運」去冒險只是一個藉口。眞相是我們心有不甘，又不知道取捨，最終痛苦了自己。

——番外篇

流鶯時代

——番外篇

那些淹沒在歷史風塵中的各色流鶯，如同她們所處的時代灰飛煙滅。但，其間所尚存的不屈不撓、敢於打破封建禮教之決心，定當為後世所傳頌。

流鶯時代

中國的漢字素有優美之感，譬如流鶯。我初聽這詞兒就想起李商隱的那詩句：流鶯漂蕩復參差，度陌臨流不自持。李商隱說流鶯那樣辛苦地歌唱，其實也是自己執著追求的精神寫照。作爲一隻美麗的鳥兒竟然遭受到「漂蕩復參」的不公平命運，讓人唏噓。

流鶯亦作「流鸎」。流，是在說鶯的鳴叫聲婉轉。南朝的梁沉約在〈八詠詩．會圃臨東風〉裡有言：「舞春雪，襍流鶯。」宋朝的晏殊在〈酒泉子〉裡說：「春色初來，遍拆紅芳千萬樹，流鸎粉蝶鬥翻飛。」這些都是對流鶯的美好之辭，很難讓人聯想到它的另一番隱意：流鶯竟然和青樓女子扯上了關係。

據說，曾輔助姜小白（齊桓公）成爲春秋五霸之首的管仲就是流鶯行業的祖師爺。其依據源自《戰國策．東周策》中的記載：「齊桓公宮中七市，女閭七百，國人非之，管仲故爲三歸之家，以掩桓公。」這大概就是「女閭七百」的由來吧！而「女閭」一詞也就成爲娼妓居處或妓院的代稱。《韓非子．說難》中又說：「昔者桓公宮中二市，婦閭三百。」婦閭卽女閭，這樣看來，在管仲時曾開設女閭是有可信度的——韓非子他老人家應不至於說謊。流鶯，或者說像她們這樣的「流浪者」終於有了「歸宿」。

男人們大抵都喜歡去青樓之地吧，那裡有多情的女子，她們像流鶯一樣婉轉情深。或許去那裡的都有各自的理由，譬如說感受不到愛情的溫暖，試圖在青樓中獲取；持有強烈的好奇心，在青樓中尋找刺激；出於某種報復心理，以求「平衡」；缺乏責任感，不願背負婚姻的重擔；尋找靈感，以獲得繼續創作的激情。這些理由都有一共同點，卽逢場作戲，再加上到青樓尋歡的男人大都信奉「婊子無情」的教條，這樣的心態促使他們對青樓女子的感情有了難以跨越的隔閡。於是「多情總被無情傷」的悲劇就這樣輪番上演了。

應該說，青樓女子是「多情總被無情傷」的主要受害者。這大概是由她們的地位與性別決定的。古代對地位和性別的芥蒂比較森嚴，像女子是不能隨意出閣的，就連那厲害的狠角色慈禧也得「垂簾」。當然，也有例外的，才女謝道韞便是一例。在會稽內史王凝之被害後，朝廷任命了一個叫劉柳的人去那裡做太守。這個劉柳仰慕謝道韞的才名已久，特地登門拜訪。謝道韞也是久聞劉柳的才氣，於是就粉黛不施，素衣素袍，坦然出來和劉柳相見。在古代社會裏，像謝道韞這樣地位較高的女子不多見，更何況她也不是青樓女子。而那些貧苦人家的子女多被賣至青樓，成爲流鶯。這樣的命運與地位，在性別上也處於弱勢，當她們動了眞情，又得不到應有的回報，最終只有情斷恨海，像杜十娘怒沉百寶箱就成了千古絕唱。

那些理智的青樓女子在有了「前車之鑒」後，在感情的投放上變得謹愼起來。她們在對男人有了好感之後，不會急於收拾細軟脫離青樓，而是進行一些別有情致的試探。她們特別在意男人對自己的看法。譬如說，眼前的這個男人是否將自己認作隨意拋撒春情的風塵女。

明初女詞人張紅橋也作風塵。因家居紅橋西側，故自號紅橋；又因與明初詩人林鴻的情事而在明清筆記中頻頻出現，也成爲文人筆下豔羡、嗟歎的對象。正所謂「不羡君才羡君福」，但張紅橋和林鴻並沒有走在一起。當時福清才子林鴻路過福州，看見張紅橋在庭前焚香，那楚楚動人的模樣讓他心起了漣漪，遂作詩〈投贈張紅橋〉：桂殿焚香酒半醒，露華如水點銀屏。含情欲訴心中事，羞見牽牛織女星。張紅橋見詩心喜不已，頃刻間迸發鍾情，頭腦中幻想著託付終身的幸福場景，又擔心偶遇負心郎，遂作〈紅橋答詩〉以試探：梨花寂寂鬥嬋娟，銀漢斜臨繡戶前。自愛焚香消永夜，從來無事訴青天。接下來，兩人你來我往，以詩訴衷腸，當情深處時，林鴻的回答卻隱含了些許輕漫，他言：「記得紅橋，少年冶遊，多少雨情雲緒。」此語一出，既像是寄託相思之情，又對未來持迷茫狀。這簡直就是在玩曖昧，張紅橋卻不解其意，心亂如麻，以致憂慮成疾，最終落得一病而逝的悲慘下場。

唐代北裡前曲妓女王福娘的命運也不比張紅橋好多少。我初知此人是見於馮夢龍在《情史類略》中的記載。這孫棨在長安城小有名氣，贏得少女心。在唐朝，北曲是妓女的聚集地，裡面各色女子應有盡有，乃風月之天堂，處於年青的孫棨心有嚮往。一日，與之相遇，那王福娘對孫棨有了情意，又擔心是奢想，便試探孫棨是否願娶。她文筆所向：日日悲傷未有圖，懶將心事話凡夫。非同覆水應收得，只問仙郎有意無。孫棨一面表示感謝愛慕之意，一面說：「甚知幽旨，但非舉子所宜，如何？」王福娘聽後，竟然泣曰：「某幸未系教坊籍，君子倘有意，一二百金之費爾。」這就是說，私妓從良不必經教坊司批准落籍，只要付給老鴇一筆身價費就可以了。孫棨未及時作答，似有難言之隱。王福娘心不死，覺得眼前這個男人不是無情之輩。可孫棨的題詩作答讓王福娘哭泣得無言以對。他說：「韶妙如何有遠圖，未能相爲信非夫。泥中蓮子雖無染，移入家園未得無。」原來，落花有情，流水無意，孫棨認爲青樓女子不可娶，你王福娘再怎麼如蓮花一般出污泥而不染，也不可能成爲我家庭中的一員。這回答雖然委婉，拒絕之意卻挺明確，給熱衷從良的王福娘當頭澆上一盆涼水，好不尷尬。於是，她只好言：久賦恩情欲托身，已將心事再三陳。泥蓮既沒移栽分，今日分離莫恨人。孫棨看後悵然馳回，再也不進其門了。

張紅橋、王福娘的悲劇下場難免讓人心歎，但究其原因還是這樣的青樓女子缺乏對男人的眞正瞭解。大部分男人去她們那裡僅是尋歡作樂，她們卻以情深付出，自是難得回報。如果懂得理智，結局或許不一樣。當然，也並非所有男人都是單純的肉體尋歡，在留戀青樓的男人中也不乏渴望找到眞愛，願與家人長相廝守之輩，但他們面對諸如金錢與社會道德的壓力時，辜負佳人美意的事兒就多發了。有的迫於經濟能力，有的屈從於家庭阻梗，他們只能以無情了結這段姻緣。

這樣看來，金錢和社會道德是橫亙在男人面前的「罪魁禍首」，尤其是金錢。古代文人深受儒家觀念的影響，他們大都清高、迂腐，又恥談金錢。可青樓這地兒偏偏就是個銷金窩，大量小說、影視所刻畫的老鴇足以讓人退避三舍，其可憎定是取自現實生活中的老鴇形象。那種「有理無錢莫進來」的門檻設定，如果不是擁有家資巨萬，涉足青樓只能是偶爾爲之，逢場作戲，心照不宣，何來眞感情？再者，就算有眞感情，又哪來能力籌足那大筆的贖身錢呢？因此，金錢與愛情的分水嶺，在青樓這樣的地方顯得是多麼的欲蓋彌彰。

在《清代聲色志》中講訴了這樣一個故事：一個名叫李玉桂的四川女子，她長得婷婷玉立，風韻無比，知書識字，只因世亂流離才來到武漢做了青樓女子，且長於待客應酬。一日，書生李孝廉與三個哥們在李玉桂的閣樓中宴飲。也許是一見鍾情，這李玉桂竟將所有的媚色傾注在李孝廉身上。

一段青樓之情就這樣開始了。當然，悲劇也由此開始了。

此刻，李玉桂芳香如蘭，無限柔情，她與李孝廉耳語：我自淪落天涯，願以終身相托。不過，若要解救我脫身需要很多的金錢。如果你囊中不足，我自當為你籌謀。

李孝廉聽了這話，頗為感動，承諾以春天的會試放榜報捷為期。從此，李玉桂居住的枇杷巷裡深掩長門，楊柳樓頭不見人影。有時，客人來到，一定要見李玉桂。她不得已出迎，也是愁斂雙眉，再無往日的媚態豔姿。

到了第二年，有人從京師回來把李孝廉落第的情況告訴了李玉桂。她悵然若失，淚落樽前。這時，有人替她寫了一封書信催促李孝廉實踐他的預約。李孝廉動了心，遂題詩扇端寄給玉桂。結果寄的東西還沒到就有位富商以千金定要奪得李玉桂。事情突然，李玉桂不知如何是好，竟衣不解帶絕食七日而死。

李玉桂選擇以自殺的方式來證明自己有多麼的眞愛，雖說極端，但也足見其眞誠。而李孝廉的輕率承諾加速了這段悲劇的發生，儘管本意並非欺騙，細想一下，眞正的罪魁禍首還是金錢。這樣的例子還有很多，唐代白行簡所著的《汧國夫人傳》中，滎陽公子鄭生到長安應試，在平安里與名妓李娃一見傾心。後來，因資財耗盡，被老鴇設計逐出，只能到凶肆（協辦喪事的殯儀鋪）靠唱挽歌苟活；明代馮夢龍所著《警世通言》中的王景隆與京城名妓蘇三一見傾心，遂搬至妓院與之同住，錢財在妓院被老鴇詐盡後被無情轟出；清代的孔尚任在《桃花扇》中，雖說侯方域與李香君情深意濃，卻依然無法救李香君逃離火坑……這些因錢財散盡而享受情之淒苦的青樓故事，讓人們嗟歎之餘也讓很多身往青樓的男人不敢相信愛情。

來自社會道德的壓力讓男人們卻步青樓之情。在傳統宗法制下，血統與宗族佔據極其重要的地位，而娶妓回家顯然是敗壞了家族的門風，也紊亂了正統血緣，故被嚴厲禁止。在唐代，《通典．選舉三》中就有明文規定刑家之子及工賈殊類之徒不得應選。朱元璋也制定祖訓，規定皇室子孫不得娶青樓女子。青樓女子屬於「殊類」之列，如果娶其爲妻，不但政治前途將因此葬送，更會危及到子孫後代。在光宗耀祖、功名利祿的強大的壓力下，就算是男人情深似海，他可以將感情託付與相好的青樓女子，一旦涉及到婚姻大多都選擇避而不談，甚至逃之夭夭。

《清稗類鈔》裡記載了一則讓人心痛的故事。合肥的李某本是一好好書生，他刻苦讀書，不與那些惡少聲色犬馬、酒食徵逐。一日，李某被哥們強行拉入青樓尋歡，正巧被一名妓看上，名妓情深地表白不介意他有妻室，願意爲小，李某迫於家庭，感覺此事萬萬不可爲之。但他又不好當場拒絕，居然假意設宴並讓對方彈奏琵琶曲以助雅興。至一曲半，李某藉故上廁所，這一出門就騎上事先準備好的駿馬飛奔而去。名妓知曉原委後竟然日日鬱鬱寡歡，最後吐血死。這李某就是一典型的負心郎，讓一情深女子命喪青樓。

像這樣的例子還有不少。有一位青樓女子，她在一次接客中與姓楊的書生動了眞情。

對方說三年之內必來娶她。可惜三年的時間一晃就過去了，她左等右等就是不見對方的身影出現。她憂鬱成疾，最後選擇自縊而死。姓楊的書生爲什麼沒有如約而至，這是她的心中之痛，以致死後魂魄不散，常常回到當初相遇的青樓希望有一天能遇到對方。可惜，這樣的情深換來的是對方早就在老家娶妻生子的結局。

太在意外界的評價讓男人們最終決定遠離青樓女子。他們覺得自己的名聲高於愛情，更何況，青樓之地何來愛情呢？唐代元稹在《鶯鶯傳》中，講述了貧寒書生張生對沒落貴族女子崔鶯鶯始亂終棄的悲劇故事。其實，元稹自身也是一位負心郎，情場高手，他寫的青樓故事與影響千古的名句「曾經滄海難爲水，除卻巫山不是雲」兩者眞是「相得益彰」啊！不過，該詩的後兩句還是見證了他曾經的情深，他信誓旦旦的說：「取次花叢懶回顧，半緣修道半緣君。」原來，我在花叢中任意來回卻懶於回顧，一半是因爲我潛心修道，一半是因爲曾經有你啊！試問，哪個女子聽後不動容？我們再看他寫的《鶯鶯傳》，主人公張生對鶯鶯始亂終棄卻沒有絲毫內疚，反而在朋友面前無恥誇耀：你看我的品行是多麼的高尚啊！我可以做到不爲美色所動。《禮記・內則》中說：「聘則爲妻，奔則爲妾。」白居易在《井底引銀瓶》中也說：「聘則爲妻奔是妾。」這就是說，私奔以後就會被對方家裡看不起，這是多麼痛的領悟。像鶯鶯這樣的良家婦女都「享受」被棄的待遇，更不用說那些身份比她更爲低賤的青樓女子了。

唐代的蔣防在《霍小玉傳》中，記載了絕世美女霍小玉的悲劇故事。那李益因沉迷於霍小玉的美貌，曾有「海枯石爛不變心」的信誓旦旦。於是，他李益索性住在霍小玉家中，每日裡二人同吃同住，同出同入，猶如眞夫妻一般。當李益取得功名後，卻無情遺棄對方。

書中記載：「生以書判拔萃登科，授鄭縣主簿。」在兩人相見的那一刻，霍小玉拿起一杯酒潑在地上，表示與李益已是「覆水難收」，隨卽便倒地而亡。封建時代如同李益一般的文人是無骨氣的，功名與紅顏之間的取捨他們習慣性地選擇前者，寧做負心郎，不做有情郎。十年寒窗苦終歸是要換回一個功成名就的，與青樓女子的感情不過是人生中的一段插曲而已。李益後來的結局也不好，他變得性情爆烈，不再相信她所見到的女人，包括他的妻子，甚至草芥人命。（明《王世貞・觚不觚錄》）從此，再無幸福的婚姻相伴。

清代的俞蛟在《潮嘉風月記》中，講述了一個叫滿姑的青樓女子。一天，她與翁寶山相見甚歡，隨後情投意合。後來，滿姑的鴇母生病而死，滿姑心喜地懷揣千金陪嫁想要嫁給翁寶山作妾。可這翁寶山卻堅持不受。原來，他太在意名聲，認爲自己是清清白白的官員後代，怎麼能掠取不義之財呢？翁寶山只因維護自己的名聲，置戀人的終身幸福於不顧，不免讓嗟歎迂腐，但也證明了當時很多風月男人的假正經。

「一病奄然百事灰，多情無力挽春回。青山綠水橋邊路，苦望郎君撥棹來。」（清《俞樾・右台仙館筆記》）這是建立在無數悲劇之上而得出的結論，她們以一顆執著的心等待郎歸來，卻多是遙遙無期，甚至有的所托非人，以致羊入虎口，成爲負心郎的犧牲品。

一位絕色的青樓女本已命苦，賠笑於各色男人之間，只因從良心切，被一名姓陸的書生花言所騙，以爲終身有靠。當她聽到對方無錢爲她贖身時，當卽表示願意將自己的私房錢交付與他，以作贖身之費。這樣的一往情深原以爲就能從此脫離苦海，誰知左等右等，不見對方的人影。後來，她從姐妹的中得知對方將贖身的錢拿到賭場豪賭輸了個一乾二淨，怎敢前來見人？看來，在這場情感的博弈中青樓女子註定是輸家。誰用情越深，傷得就越深。對那些去青樓的男人而言，他們只願如湯顯祖在《牡丹亭》中所說的「萬花叢中過，片葉不沾身」。這的確是一樁划算的交易，就算在聞悉情人的噩耗時，灑下的也不過是幾滴虛僞的眼淚。大概是因爲如此的不公，世間對此的譴責一向是不留情面。譬如，憑什麼青樓女子就不能獲得眞愛；憑什麼悲劇就在她們身上發生；那些負心男人該受到怎樣的懲罰……在《秦香蓮》中，陳世美拋棄結髮夫妻秦香蓮，因而成爲鐵面無私包公的鍘下鬼。這最後一幕看得觀衆拍手稱快，解心頭恨。

元代的柳貫在《王魁傳》（該書的作者存在爭議，這裡以柳貫的爲藍本）中，講述了薄情郎王魁拋棄癡情女殷桂英的故事。王魁在高中狀元後，拋棄自己在患難結識的絕豔女子殷桂英，殷桂英在說出「魁負我如此，當以死報之」後，揮刃自刎。兩年後，王魁在南都試院做官，一天深夜，他在批閱公文，忽然看見燈燭下緩緩出現一長髮披散，柳眉倒豎，怒眼噴火的白衣女子。王魁嚇得不行，定睛一看，原來是已經死去的殷桂英。王魁說：「你不是已經死了嗎？」殷桂英厲聲呵斥：「你這個忘恩負義的東西，輕易就忘記我們之間的誓言，我死不瞑目……」王魁聽後，哆嗦而語：「是我的錯，我願意爲你多燒紙錢，請僧侶超渡你的亡魂，你可願寬恕我的罪孽？」殷桂英當然不願，遂以冤魂附其體，任憑王魁如何驅之，終不散。最後，王魁瘋癲而死。這樣結局也讓人們怒氣稍消，王魁的死是作者對負心郎下場的命定，而書中的荒誕情節「借鬼混索命」也傳達了青樓女子對負心郎無可奈何之舉。試想一下，對那些苦命的青樓女子來說，即便是遇到這樣的戀情：妾本多情，郎亦有意，那又如何呢？由於青樓之地本就是金錢與肉體交易的風月場所，一旦負心郎離去，豈是幾句山盟海誓既可以讓其回心轉意，或者破鏡重圓的？

一入青樓深似海，對於那些想從良的青樓女子，她們心有所盼，想找個好人就嫁了的心理是比較強烈的。這世上，沒有誰心甘情願成爲青樓女子，除非像宣武靈皇后那樣的女人。她能說出「爲後何如爲妓樂」的無恥之語也算是千古奇葩了。做皇后難道沒有做妓女快樂嗎？這應該是胡氏高居權位信口而說，很多流鶯並不是心甘情願才做的皮肉生意的，她們大都因生活與命運所迫，才不得不入風月場所的。譬如，有被丈夫拋棄，墮入青樓的；有因金錢誘惑、威逼利誘墮入青樓的。

因此，一有機會她們就像抓住一根救命稻草，難怪會有那麼多青樓女子義無反顧，哪怕未來是個陷阱也在所不惜。她們就像一群飛蛾，明知是火，依然猛撲。那些有心脫離青樓是非之地的女子出路在哪裡呢？譬如遇見情投意和，又願意爲其贖身的男人；又譬如，不求於他人，自己拼命存錢，然後贖身的。

前者看起來要容易許多。畢竟，有人願意爲其贖身是一件多麼幸運的事兒。因此，這個誘惑力自是很大的。有的男人出於同情或者情投意合，自然願意掏錢；有的男人貪戀其美貌，方便恣淫，也願意掏錢贖身。這兩種男人都必須具備一點，就是擁有相對充足的錢財，又不考慮社會道德等壓力，青樓女子從良的可能才有保證。那些窮光蛋只能靠邊站了，青樓女子是她們娶不起的，不爲別的，就是那高得嚇人的贖身費就讓他們避而遠之了。唐代的孫棨在《北里志》裡說：「褰簾一睹，亟使舁回，而所費已百餘金矣。」這費用太嚇人了。據說，唐昭宗中和年間，南曲裡有一名妓叫天水仙哥，她只是出去陪酒掀開簾子讓客人看一眼，隨即就坐轎返回，客人就要付費百餘金。

這只是陪酒，要是爲其贖身呢？

費用就不好說了。再看那王景隆爲了結識蘇三，僅是給見面錢就已經三百兩了，他再單獨和蘇三相處，不到一年時間就支付了三千六百兩。這就是說，平均每天支付的費用就在一百兩以上。而那些能開得起青樓的各個都是吸血鬼，他們把金錢看得尤其重要，想要贖身，費用一定不小。《史記．扁鵲倉公列傳》中，濟北王花了五銖錢四百七十萬買回一個叫豎的妾。董小宛的丈夫冒襄在《影梅庵憶語》記載，十九歲的董小宛贖身銀是三千兩，折合成現在的人民幣大約一百五十萬。

歷史上有沒有成功脫離苦海的呢？馮夢龍在《情史類略》中記載了一個叫王朝雲的錢塘名妓。孔凡禮在《蘇軾年譜》也記載有此人，其內容爲：《燕石齋補》謂朝雲乃名妓，蘇軾愛幸之，納爲常侍。這就是說，王朝雲是成功嫁給大才子蘇東坡了。顯然，不是每個青樓女子都有這樣的好命，一旦遇上僞君子，或者別有用心的無賴、流氓那可慘了，贖身是假，戀其美貌錢財爲眞。

若是不求於他人，自己拼命存錢，然後贖身就得不斷地積累錢財。她們都如何操作的呢？在古代，妓女的收入叫作纏頭。陸游在〈梅花絕句〉裡說：「濯錦江邊憶舊遊，纏頭百萬醉青樓。」明代的淩濛初在《初刻拍案驚奇》中也有語：「當日取出十兩銀子送與王賽兒做昨日纏頭之費。」在進入青樓後，所有青樓女子都屬於其「財產」了，她們所得的纏頭也就屬於青樓的所有者，只能吃住在裡，不能領工資或者分紅。但是，這也不能阻止她們攢錢。一旦有「恩客」出現，這樣的男人去她們那裡自是少不了出手闊綽，再加上她們施展渾身解數，獻盡媚眼……總有人要給其小費，只要不被老鴇發現，這些費用就成爲私房錢。

當然，也有一些老鴇目光長遠，像天水仙哥、蘇三、陳圓圓等身價頗高的名妓，對於她們存私房錢當然會睜隻眼閉隻眼。當錢財足夠贖身了，卽可從良。儘管，這樣的成功案例不多，依然阻止不了她們爲從良所做的努力。

無論是蔣防筆下的霍小玉，還是劉斧所寫的譚意歌，以及石君寶頌揚的李亞仙，抑或到馮夢龍所述的杜十娘，她們的故事至今感動著我們。正如李亞仙與老鴇母爭論所說：「娘慈悲，女孝順；你不仁，我生忿。」她的心意是多麼的決絕沒有絲毫退卻之意。

唐代的韓翃在〈章台柳〉中說：「昔日青青今在否，縱使長條似舊垂，也應攀折他人手。」青樓女子猶如流鶯，命運多舛，而「所恨年年增離別，一葉隨風忽報秋，縱使君來豈堪折」（《柳氏．楊柳枝》）的怨語也無不讓人心碎。她們所經歷的各個時代，印記下當時的社會風情、人間悲歡……好在那一曲曲挽歌，抑或喜笑顏，甚至淒苦悲喪已經成爲過去。那些淹沒在歷史風塵中的各色流鶯，如同她們所處的時代灰飛煙滅。但，其間所尚存的不屈不撓、敢於打破封建禮教之決心，定當爲後世所傳頌。

國家圖書館出版品預行編目資料

我遇見了所有的不平凡，卻沒有遇見平凡的你
/ 熊顯華
作 . -- 初版 . -- 臺北市 : 博客思 , 2019.05
面；　公分
ISBN　978-957-9267-10-6（平裝）

857.63　　　　　108003490

現代輕小說 12

我遇見了所有的不平凡，卻沒有遇見平凡的你

作　　者：熊顯華
編　　輯：楊容容
美　　編：楊容容
封面設計：陳勁宏
出 版 者：博客思出版事業網
發　　行：博客思出版事業網
地　　址：台北市中正區重慶南路 1 段 121 號 8 樓之 14
電　　話：(02)2331-1675 或 (02)2331-1691
傳　　真：(02)2382-6225
E—MAIL：books5w@gmail.com 或 books5w@yahoo.com.tw
網路書店：http://bookstv.com.tw/
https://www.pcstore.com.tw/yesbooks/
博客來網路書店、博客思網路書店
三民書局、金石堂書店
總 經 銷：聯合發行股份有限公司
電　　話：(02) 2917-8022　　傳 真：(02) 2915-7212
劃撥戶名：蘭臺出版社　帳號：18995335
香港代理：香港聯合零售有限公司
地　　址：香港新界大蒲汀麗路 36 號中華商務印刷大樓
C&C Building, 36,Ting, Lai, Road, Tai,Po, New,Territories
電　　話：(852)2150-2100　　傳真：(852)2356-0735
經　　銷：廈門外圖集團有限公司
地　　址：廈門市湖里區悅華路 8 號 4 樓
電　　話：86-592-2230177　　傳 真：86-592-5365089
出版日期：2019 年 5 月 初版
定　　價：新臺幣 280 元整（平裝）
ISBN ： 978-957-9267-10-6